（小幸运
系　列）
01
Lucky little

而你
轻藏心底

Erni

Qingcang

Xindi

唐之风
—著—
TANGZHIFENG

贵州出版集团
贵州人民出版社

图书在版编目（ＣＩＰ）数据

而你轻藏心底 / 唐之风著. -- 贵阳 : 贵州人民
出版社, 2017.9（2020.3重印）
　　ISBN 978-7-221-14356-3

　　Ⅰ.①而… Ⅱ.①唐… Ⅲ.①长篇小说－中国－当代
Ⅳ.①I247.5

中国版本图书馆CIP数据核字(2017)第235052号

而你轻藏心底

唐之风 著

出 版 人：苏　桦
出版统筹：陈继光
选题策划：大鱼文化
责任编辑：潘　媛
特约编辑：周丽萍
装帧设计：Insect
封面绘制：卜若梨
出版发行：贵州人民出版社（贵阳市观山湖区会展东路SOHO办公区A座
　　　　　邮编：550081）
印　　刷：三河市华东印刷有限公司
开　　本：880×1230毫米 1/32
字　　数：227千字
印　　张：9
版　　次：2017年12月第1版
印　　次：2017年12月第1次印刷
　　　　　2020年3月第2次印刷
书　　号：ISBN 978-7-221-14356-3
定　　价：45.00元

目录 / *Catalogue*

目录 / *Catalogue*

第一章
医生，请多指教！

"没想到你不光开车没准头，连走路都是无证驾驶。"

Er Ni
Qing Cang
Xin Di

【1】

"一，二，三……"

苏宁安这辈子都没这么紧张过，刚默数到"三"，手都已经开始颤抖了，最后索性眼睛一闭，心一横，脚下一踩油门，对着前面刚转过弯来的奥迪车保险杠就直直地撞了过去。

"哐"的一声，车身剧烈一震。

意料中的撞击声如期传来，生平第一次干坏事的苏宁安顿觉没脸见人了，脸死死地压在方向盘上，心跳得简直快要脱离地心引力，直冲火星。

几秒过后，传来轻轻的叩窗声。

肯定是林顾白……苏宁安脑袋"嗡"的一声，突然不知道该怎么面对林顾白了。

暗恋一个人八年，想象中的各种撩汉姿势此刻皆已废材。

都怪该死的江小满，居然帮她想出这么个烂招，而她居然还脑残地采纳了！

果然，干坏事是需要过硬的心理素质的！

叩窗声已有些不耐烦，苏宁安知道他一定非常非常非常生气，但事情既然已经到了这一步了，也是没办法了，只能硬着头皮继续撑下去。

常言道，自己挖的坑，跪着也要跳完。于是，苏宁安手指攥紧方向盘，硬生生逼着自己从方向盘上抬起头，然后挤出一个人畜无害天真纯良的笑容，对着车窗外十分傻白甜地放电。

林顾白的脸色可想而知，阴沉得几乎要下一整个雨季的暴雨。任谁一大早就在停车场遭遇这种事，心情都不会好到哪里去。何况，他本来心情就不是很好。

所以，尽管车内那张脸再怎么漂亮出众，笑容再怎么美丽无辜，都没办法改变他的郁闷心情。

车窗缓缓摇下，里面的女孩笑得更加饱含歉意纯良无辜了："不好意思，不好意思……那什么，我实习中，新手，新手……"

林顾白皱了皱眉，看看车身，确实看到了一个黄色的写着"实习"字样的车标。

不知道是因为她是个新手情有可原，还是她的态度实在太过真诚，他胸中憋着的火此刻已渐渐地消了一些。清了清喉咙，林顾白转身又看了看自己的车，保险杠已经面目全非，好在车灯什么的还健在，似乎并不太影响开走，于是又转过身，对刚打开车门还在一个劲儿鞠躬道歉的女孩淡淡地说了三个字："你全责。"

"是是是！"女孩的认错态度绝对无可挑剔，全程一副新晋"马路杀手"的无知和懵懂，"那什么，您这是新车吧？送去4S店吧，多少钱我出。"

林顾白看了看她身后大概也就几万块钱的小车，又看看她一副在校大学生的年轻模样，实在有点不忍心告诉她他这车并不是国产的。

"您电话多少？我打一下，您记一下我电话。"苏宁安拿出手机，继续一脸真诚地看着林顾白，"我身上没带那么多现金，您先去修，或者喊我一块去店里修……"

林顾白报了电话号码，听她打了过来，马上挂断，然后抬手看看腕表，发现已经耽误了五分钟。今天是他回国上任第一天，免不了各种介绍寒暄，还不能耽误查房，不能再耽误下去了，他边想边转身往自己车走去，还是淡漠无波的语气："再联系。"

苏宁安站在原地眼睁睁地看着林顾白流畅地把车开走，迅速消失在视线范围之内，才慢慢回过神来，在手机里认真地输入"林顾白"三个字存入新建联系人。

等坐到驾驶室，她才想起来，貌似从头到尾林顾白只对她说了六个字。

——"你全责。"

——"再联系。"

居然拿了她的电话连名字都没要，甚至是姓氏都没问！

太酷了！简直了！

江小满的电话不失时机地打来，兴奋地询问事态进展："怎么样怎么样？有火花吗？"

苏宁安沉痛地叹了口气，对着内后视镜第一次对自己的容貌产生了怀疑："没，完全没。他就说了六个字——你全责，再联系。然后人就走了。"

"走了？"江小满失望地失声叫了起来，"车没撞上呀？"

苏宁安无语地皱皱眉："大姐，轻撞一下叫计谋，玩命撞上去那叫谋杀！蹭一下保险杠意思意思就行了，你当我真敢把人家一几十万的全新进口奥迪撞到面目全非呀？他不得恨死我啊！"

江小满哈哈大笑着："安安女侠办事果然有分寸。不过，讲真，他真没别的反应？就您这么一娇滴滴大美人，往他面前一站，他眼睛都没眨一下？"

苏宁安轻轻叹口气，一切尽在不言中。

"和尚啊这位！"江小满也觉得意外，"安安，你这位大医生不会是已经结婚了吧？都八年了，他是不是心有所属了？当小三的事儿咱可不能干啊！"

"闭嘴吧，谢谢。"苏宁安烦闷地摁下电话，开着自己壮烈牺牲了一个灯的小破车颤颤巍巍地往4S店而去。

等到上午十点左右，估计医院的查房和会议都差不多结束时，苏宁安才鼓起勇气给林顾白打了个电话。

电话响了好几声才被接了起来，听筒里他的声音仍是淡淡的、毫无温度："您好。"

"您好，林……"苏宁安差点就叫秃噜了嘴，险些把林医生三个字给叫出来。

她赶紧缓过神，利用林和您两个字的接近音，继续说道："您好您好！我是今天撞您车的那个……"

"对不起，我现在在上班，回头我会联系您。"

林顾白的声音疏离到似乎他马上就要挂断电话了，苏宁安连忙喊了一声："是这样的，我特别不好意思，担心您开那辆车影响心情。我有一个朋友是租车公司的，要不我帮您租一辆好点的车，您修车期间开？"

"不用了，谢谢。"

"嘟嘟嘟……"

苏宁安茫然地看着突然就被挂断的电话，突然有些怀疑自己是不是脑子抽风了才下定决心想要磨这个冷面石头男。

八年前，他第一次出现在她面前时，就是这样一副永远都波澜不兴的淡漠模样，仿佛什么事都不能让他情绪有点起伏，冷静得离谱，完全不像是一个新人医生该有的模样。

不过仔细想想，那时候的他似乎无论从哪个角度来看都比现在要暖男一些。连声"再见"都没说就直接挂人电话，确实让人感觉不怎么美好啊……

"今天状态不太好呀？"江小满走过来，在苏宁安对面坐下，递给她一杯热咖啡，笑眯眯地看着她。

苏宁安白了她一眼，低头喝咖啡。

"也是，你这长相估计也是生平第一次在男人面前受挫，理解，理解！"江小满笑眯眯地眺望远方，优哉游哉地跷起二郎腿，幸灾乐祸地抖了两下，才又接着说，"不过呢，情场失意，职场要得意呀！这次拍摄可是现场结钱的，咱拍完早点收工，奥迪车的维修费不就赚回来了吗？"

苏宁安懒得理她，思绪还沉浸在林顾白那短短的几句话里。

也是神奇了，明明很冷淡的几句话，她居然还能翻来覆去地回味那么多遍，最后还能品出花痴的味道来，也是够了。

直到苏宁安也受不了这样花痴犯贱的自己了，才一脚踢了踢江小满嘚瑟抖动的小腿肚："喂，开拍了，大摄影师！"

这是苏宁安的兼职。上大学之后，苏宁安认识了学摄影的江小满，一眼就被她看中，成了她的专属模特。江小满弄了个工作室，所有和摄影有关的活都接，收入不菲。俩人在外面租了房子，吃住在一起，一起赚钱一起花，逍遥自在。

今天的工作是给一个文艺范的服装网店拍春季上新图，还是外景。冷飕飕的料峭寒风还吹着，苏宁安这边已经光着腿开始漫步春日了，一脱下羽绒服外套，苏宁安就忍不住打了个寒噤。

好不容易将十几套衣服全部拍完，收工，苏宁安就发现自己好像有点感冒了。刚坐进江小满的车里，她就一连打了好几个喷嚏。

"冻着了？"江小满一脸关心地扭过头。

苏宁安瞪了她一眼："你脱光了试试？"

江小满扑哧笑出声："我脱光了没人看，谢谢。"

苏宁安从保温桶里倒出一杯黑糖姜茶喝了几口，才觉得通身舒服了些。她拿出手机看了看，依然没有丝毫动静。

江小满发动车子，继续发挥最佳损友的调侃本色，打趣道："思春呢？"

"滚蛋！"苏宁安真想一手机砸晕了她。

"教你个办法。"江小满慢悠悠地来了一句，"不是感冒了吗？去趟医院，好歹也能来个偶遇是不是？"

苏宁安无语地瞪着她："拜托，人家是儿科的！儿科！我都二十一了好吗！这么高龄你给我挂个儿科试试？"

江小满却一脸严肃认真："毕竟咱们是连撞人家车套电话号码这种事都能干出来的人，还有什么下限是不能刷的呢？"

【2】

江小满一直都是个刷下限小能手。她既然能打探到林顾白的车牌号和停车位，就一定能打探到他住在几楼几号，这效率让苏宁安觉得她完全可以胜任私家侦探的工作。就手里这设备，当摄影师简直可惜，不如直接转行跟踪人家捉小三。

"俗话说，近水楼台先得月，咱们赶紧搬家，搬你男神对面去。"江小满摩拳擦掌，志在必得。

苏宁安有些好奇地看着江小满："喂，我最近发现你越来越有本事了哈，怎么什么都能打听到？"

江小满微微一愣，面上蓦然升起一团可疑的红晕。苏宁安眨了眨眼，似乎看出了什么门道，飞身扑了上去，想要严讯逼供，谁料江小满身手颇为矫健，一下子躲开了，远远地站着只是冲她笑。

苏宁安眯了一下眼睛："喂，有情况啊？"

江小满脸越发红了，却一本正经地转移着话题："苏美人，现在重点是你要追男人，麻烦你用点心好吗？咱们这房子本来也要到期了，不如提高一下生活水准，离你男神近一点，如何？"

江小满的效率很高，三天就搞定了换房子的事，而且就在林顾白家隔壁。

苏宁安简直不敢相信自己的眼睛，她第一次对江小满产生了家世背景方面的好奇心。认识三年多，她眼中的江小满浑身上下永远都带着一股我是女王的气场，应该是家庭条件不错的女孩，从她刚入学就开着宝马跑车这点就能看得出。但更多的，她也没打听过，只是觉得江小满人不错，是可以交的朋友。

不过，从最近的苗头看，临近大学毕业的江小满气场越来越足，貌似还认识了什么很厉害的男人，估计离揭开谜底的时候不远了。

"现在都住在隔壁了，有没有什么想法啊，采访一下？"江小满拍拍手，笑着说。

苏宁安微红了红脸，撇撇嘴没说话。讲真，近人情怯。突然离得这么近，人还住在隔壁，她确实有点紧张，连听到门外有点什么动静，都能把一颗心提到嗓子眼去，扑通扑通地跳上半天。

"走吧，出去吃点东西。"江小满对着镜子补了一下口红，"顺便熟悉一下这附近的环境。"

这里地段很好，生活十分便利，吃饭逛街运动都挺不错。俩女孩随便吃了点晚饭，又去小区门口的花店买了点花花草草，还没走出店门，就听见江小满倒吸一口气，整个人倏然止步，害得苏宁安一鼻梁撞到她后脑勺，一阵酸爽。

"喂，你干吗啊……"苏宁安捂着鼻子，泪眼婆娑。

江小满立刻压低声音扭头在她耳边说："你男神！"

"啊？"苏宁安立刻精神一振，猫下身子躲在货架的后面，果然看见挺拔高挑的林顾白信步走进店来，目标非常明确地冲着薄荷盆栽去了。

"你男神品位挺特别啊……"江小满低声笑着在苏宁安耳边悄悄地说道，"这世界居然有人喜欢养薄荷！这喜好，果然和他本尊一样禁欲。"

苏宁安哪有心情琢磨这些事，一颗心跳得简直能造反。

搭讪?

不搭讪?

说什么好?

您车子修好了吗?

呃! 什么开场白!

……

苏宁安这边还在天人大战, 那边江小满已经机不可失地伸手一推, 把毫无防备的苏宁安一把推向正在准备结账的林顾白身边。

苏宁安完全没想到江小满会来这么一招, 她整个身体完全失去了平衡, 抱着百合花直直地就撞到了林顾白掏钱包的胳膊肘上。

"唔……" 苏宁安瞬间觉得自己的鼻梁要废了。

林顾白也被吓了一跳, 下意识地伸手去拉面前的人。

等对方站稳了, 他定了定神看过去, 正对上泪光盈盈、楚楚可怜、惊魂未定的一双眼。

很漂亮的一双眼。

一张让人过目不忘的脸, 粉黛未施, 却依然面若桃花, 娇艳姿容完胜她怀里含苞待放的粉嫩百合。

人比花娇。

不知怎的, 当时他脑海里只出现这四个字。

"不好意思, 不好意思……" 林顾白还没出声, 那女孩已经开始一脸真诚地又是鞠躬又是道歉了。

林顾白眸光一闪, 嘴角溢出一丝笑来。

是她啊……这么巧。

那天她穿得挺成熟, 脸上还化着精致的妆, 非要比对的话, 肯定比现在的素颜要艳丽好几分。

不过比较下来, 他更喜欢此刻穿着一身粉红运动服、捂着鼻子眼泛泪光的这个小可怜。

——喜欢？

他心里突然紧了紧，对猛然蹦出的这个词很不喜欢。

林顾白抽出一张一百元，继续买单，嘴里淡淡说着："没想到你不光开车没准头，连走路都是无证驾驶。"

江小满很不厚道地在两步之外扑哧笑出声来。

苏宁安涨红了一张脸，硬着头皮接话："不好意思啊……"

"没关系，我胳膊不疼。"林顾白买好单，居高临下地看着她，"倒是你鼻子不会好受到哪里去。"

苏宁安委屈地摸摸鼻梁，心里把江小满掐死一万遍啊一万遍。

见林顾白转身径直走出花店，苏宁安心一横，赶紧追了上去："您好，请问车子维修费出来了吗？"

林顾白目不斜视，拿出车钥匙遥遥一摁，苏宁安顺着方向看过去，发现是辆白色的福特。

苏宁安愣了一下："那……费用是多少？"

林顾白扫了她一眼，勾了勾嘴角："你确定你要赔？"

"是啊，我全责嘛……"苏宁安低下了头。

林顾白却淡淡地抛下一句："算了，只要你别再没事在我工作的时候打我电话就行。"

"？"苏宁安有点尴尬，愣了愣，等她缓过神来时，发现林顾白已经快步走到自己车前，发动车子，闪人了。

江小满连忙从花店里追出来，看着林顾白绝尘而去，一脸八卦地开始追问："怎么样怎么样？"

苏宁安一脸生无可恋："没戏了。"

"怎么了？"江小满皱皱眉。

"人家不要我赔，还警告我不要没事打他电话……"

"什么？"江小满有些意外，瞪圆了眼，"什么意思？"

"就这意思呗，人家嫌我烦了呗！"苏宁安鼻子有点酸，比刚刚被撞的时候还要更酸的那种酸。她觉得自己简直脸都丢尽了，这辈子都在林顾白面前找不回来了。

"不对呀……"江小满环抱双手在胸，歪着头分析，"这年头居然还有对方全责不追责的人呀？这是为你好呢，还是烦你呢？不过正常男人也很难对你这样的美丽小白兔有免疫力吧？我看他要么是性冷淡，要么就是名草有主了！"

这两种当然都不是苏宁安想听的答案，她默默地跟在江小满后面，抱着怀里的百合出神。

其实江小满问过她很多次，问她为什么对林顾白无法释怀？说实话，她也讲不明白。她想，就算她把她无法释怀的缘由一五一十地讲给江小满听，江小满估计也会给自己送上两个字：傻瓜。

爱情也许就是世上最无厘头的东西。说不清，道不明，只是某个人在某个点恰如其分地出现，便再也无可替代，直叫人在心头莫名地缠绕多年，却终究难以忘怀。

有时候，她会想，十三岁的小女孩懂什么叫爱情吗？也许只是崇拜吧。

在那个早晨，他像天神一样降临，挡在她的面前，成为她一生中第一个为她遮风挡雨的人。

那天早上，林顾白，身高"两米八"。

苏宁安失眠了。

不仅是因为那个她暗恋了八年的男人就住在她的隔壁，更是因为她心里的慌乱。

他永远都不会记得生命中曾经出现过她这样一个小女孩。也许那只是他日常工作中短暂的一瞬，过后就足以忘掉。

那年，他也就二十四五岁的样子，模样不像现在这样成熟，身板还有些青少年的影子，一张眉清目秀的脸在众多老医生中间显得格外年轻稚嫩。

八年过去了，他已经三十出头。他的生命中从来没有过她的影子，而他，却只因八年前的那几分钟而影响了她最为重要的八年青春。这可真不公平，她咬着被角默默地想。

为了能接近他，她从那天起开始努力用功读书，考上重点高中，又准备考大学时选择在她喜好范围之外的护理学。

每当心力交瘁的时候，她都会在医院楼下转一圈，或者在他出门诊的时候去他诊室前坐一坐，期待病人开门关门的瞬间，能看到他哪怕一秒钟的侧脸。

可是，就在高考前夕，她再也见不到这个人了。

在别的医生那里打听了一下，才知道，林医生出国读博士了。

那一刻，仿佛整个世界都已经毁灭，她突然发现自己的人生没了方向。

那种目标突然消失的挫败感和无力感，让她开始手足无措。

她茫然浑噩地度过了高考前最晦暗的那段日子。填报志愿时，她犹豫了许久，终于还是选择了英语专业。

人总要开始学会清醒。比起将来找工作都困难的护理专业，填报她最擅长的专业，也许才是她明智的选择。

她总要先活下去。除了她自己，她早就没有人可以依靠。

【3】

同样是大四，江小满已经完全处于放养状态，而英语专业的苏宁安却是为了奋斗专八而必须头悬梁锥刺股。只要没有拍摄任务，她每天都非常准时七点出门，去学校自习室发奋努力，把一室慵懒全都留给懒猫转世的江老板。

刚摁下电梯控制键，她就听见隔壁的门也响了一下。敏感的神经瞬间绷紧，脑袋不由自主地转过去看，她赫然发现正准备出门上班的林顾白也被吓了一跳，明显愣了一下。

"早啊！"苏宁安突然有点同情起林顾白来，于是十分纯良地抛出一个友善的笑容，主动和林顾白打招呼。

林顾白渐渐缓过神来，冲着眼前清汤挂面、乖乖地背着学生双肩包等电梯的姑娘面无表情地点了点头，而后并肩站着，一起等电梯。

这个时间点本就比较早，不是上下班高峰期，所以直到一楼，都没再上过一个人，两个人就这样在一种十分一言难尽的沉默中到了一楼。

电梯门应声而开，苏宁安迈步出门，不忘十分亲切地友情提醒一下林顾白："您应该是去地下车库吧？赶紧摁一下负一层吧。"

电梯门缓缓合上，她十分愉快地从林顾白永远波澜不兴的脸上看到了一丝尴尬。

这感觉，倍儿爽！

小区门口就有一个公交车站台，苏宁安买了两个肉包和一袋豆浆当早饭。正准备过马路去公交车站等公交车，余光看见白色福特缓缓在她身边停下，车窗摇了下来，露出林顾白的斯文俊脸，他问："你去哪里？"

"S大。"不可否认，苏宁安因意外来得太快，激动得连声音都有点没有把控好。

"上来吧，我送你一段。"林顾白说。

"……"苏宁安结结实实地愣了一下。他能主动跟自己打个招呼已经很不容易了，现在居然主动要送自己去学校……好吧，虽然S大和他工作的医院一个方向，但还是太让她意外了。

"上来。"林顾白看了眼后面鸣笛催促的车辆，言简意赅地又蹦出两个字。

苏宁安不做他想，只知道机不可失时不再来，迅速拉开车门，坐了上去。

早上的车流不算太拥堵，苏宁安不好意思当着自己男神的面啃包子，正襟危坐了一会儿，才决定绝对不能辜负这大好时机，主动开口缓和气氛："您这么早去上班呀？"

"嗯。"林顾白轻轻应了声，眼神挺专注地看着路面。

"挺早啊，真辛苦，呵呵！"明知道对方是谁却偏偏装作不认识是种什么样的体验？答案只有两个字：尴尬。

"嗯。"林顾白还是只有这一个字的回应。

苏宁安咬了咬唇，实在找不出其他话题了，只好扭头去看窗外的风景。

眼睁睁看着路过两个红绿灯，就在苏宁安以为自己快要喘不过气来的时候，林顾白突然主动来了句："你是住我隔壁的？"

"啊？对！"苏宁安脸上马上堆起笑容，"好巧，是吧？"

"嗯。"林顾白又应了声，顿了两秒，才接着说，"我也刚搬来，一直没见到邻居是谁，没想到是你。"

苏宁安红了红脸，有点不敢直面自己其实是追着他上赶着搬过来的这个事实。要是不小心说出来，绝对能把人给气疯了，肯定以为自己碰到了神经病。

"到了。"苏宁安还在神游，林顾白已经稳稳地把车停下，提醒她一句。

"哦！"苏宁安马上回过神来，手推开车门，"谢谢您了。对了，请问您叫什么名字？"

林顾白在后视镜中的目光明显顿了一下。

苏宁安连忙笑着解释："远亲不如近邻嘛，认识一下。"

"林顾白。"

"我姓苏，叫苏宁安，S大英语专业大四学生。"比起林顾白的简洁，苏宁安觉得自己的自我介绍绝对够诚意。

可是林顾白的反应似乎并不太有诚意，他只是淡淡地点点头，深棕色的眸子没有丝毫波动，似乎并不是很感兴趣地点了个头，算是表示听到了。

苏宁安只好又道了谢，然后忙不迭地跳下车，目送着林顾白绝尘而去。

早餐已经冰凉。苏宁安感冒刚好，不敢吃太凉的东西，索性先到食堂再买一份。边吃着早餐，边打开手机微信，她赫然发现林顾白居然通过了她添加好友的申请！

几天前刚拿到他号码时，她曾按照手机号码在微信上搜索过他。当时正处在激动期，所以手一贱，就鼓起勇气申请添加好友，可是这几天一直没动静。这会儿突然看到林顾白把自己添加到微信好友里了，她高兴得差点跳起来，拿着手机的手都忍不住在颤抖。

万里长征第一步，这是终于要开始了吗！

幸福来得太快，简直想要热泪盈眶怎么办！

苏宁安深吸了一口气，逼迫自己冷静，再冷静。几秒钟后，她才颤抖着手指点开他的微信相册。

讲真，江小满的话让她有点忐忑。这么多年过去了，他就算没结婚，也不排除有个正谈婚论嫁的女朋友什么的，否则也确实有点不太正常。如果能通过朋友圈了解一下他的感情状况，发现点什么苗头能提早撤，也总比自己稀里糊涂一头栽进去，再脱一层皮退出的强。

不过看了一圈，结果让她觉得有点遗憾。

他的朋友圈几乎是一片空白。如果不是几天前有一张机场照片，上面写着两个英文单词"再见，波士顿"，苏宁安几乎以为自己已经被他屏蔽权限。

他的朋友圈看起来虽然无趣，但到底让苏宁安燃起了一丝希望。人最怕是没有希望，一旦有了某种希望，每一天都能让自己起死回生。

苏宁安从十几岁开始就不断被人追，自己却从没有一丁点儿倒追的经验，要不然也不可能被江小满三言两语一怂恿就脑门一热地对着林顾白的车子来了那么一下，几乎弄巧成拙。

不过既然已经到了这一步，该撩还是得撩，趁热打铁什么的，说的就是要抓住好时机。

只是，硬撩什么的的确不是很好。略一思忖，很少放自拍照的苏宁安从手机里翻出一张比较满意的近期自拍照放了上去，想了想，她又加了一句：前几天感冒现在还没好利索，喉咙很疼，好想有个医生男朋友哦！

文字编辑好，权限选了"仅林顾白可见"，眼睛一闭，直接发了出去。

嗯，倒追就得有这种大无畏的精神。

苏宁安一边红着脸起身去教室，一边忍不住觉得丢脸。虽然他那样的性格想必连看都不会看一眼，就算看到了也未必愿意理睬，但总算迈出了第一步，她必须得为自己鼓鼓掌。

果然不出所料，林顾白没有丝毫反应，这一招再次宣告失败。面对连续挫败，苏宁安渐渐又没了自信，回家路上给江小满打了个电话诉诉衷肠。

江小满听完笑了老半天，一分钱面子都没给，气得苏宁安直接挂了电话。

江小满的电话紧跟着又打了过来，她笑嘻嘻道："行啦，脸皮薄是追不到汉子的！来，既然你们早上都碰上了，姐再教你一招！"

"放！"苏宁安牙缝里蹦出一个字。

"这样——"江小满清了清喉咙，"今天呢，我就委屈一下，不回去了。你呢，要么就把林医生邀请到我们家吃个饭，让他尝尝你的手艺，就当撞他车的赔罪；要么就装作钥匙没带，可怜兮兮地往门口一坐，让林医生把你领回家。总之呢，咱花了这么多钱租到人家对面，好歹也要利用起来呀！"

苏宁安悄悄红了脸。她就知道，江小满这个没有下限的女人想不出什么正常的招来。不过除了这个办法能让她和林顾白之间有所交集之外，他们还真没有什么机会深入了解。

"你听着啊，医生呢，都挺辛苦的，特别是三餐，特别不定点。你得从厨艺这关入手，懂吗？"江小满笑嘻嘻地补充。

苏宁安哪里算计得过这只腹黑小狐狸，一时说不出话来，最后总算在她字里行间找到一个漏洞，眼睛骤然一亮："喂，你今晚夜不归宿？你准备去哪儿啊？老实交代！"

"我回家住啊笨蛋！"江小满迅速地讲完这句话，麻溜儿地就挂断了电话。

苏宁安撇撇嘴，她要是相信了江小满的话，那才是真的有鬼。虽然江小满也是本地人，但她极少回家住，一向野得很。估计是真的和她家那位发展不错，以后夜不归宿的机会怕是会越来越多。

思维回到自己的事情上，她的小脸又开始热辣辣地滚烫起来。

孤男寡女，夜深人静的，好像不太合适吧……可是，除了这一招，她还能怎么办呢？

打定主意后，苏宁安下车之后第一站就是超市。刚搬家，家里冰箱什么东西都没有，粮草还是要储备一些的。

这个点的生鲜区人已经不是很多，她刚挑了一盒鸡蛋，就蓦然看见林顾白也一个人在生鲜区游荡。

她看向他的同时，似乎他也发现了她，两人俱是一愣。

苏宁安迅速回神热情地冲他笑了一笑，而他还是淡淡地点点头，只是嘴角多了一丝她从未见过的柔和。

苏宁安从来不知道嘴角一点弧度的改变能让一个人的气质有这么大的变化。

冷冰冰的林顾白，永远一副生人勿近的疏离模样，而嘴角微微勾起的林顾白，却仿似一缕春风拂面，让她脸上的笑容绽放得更加灿烂，一整天的抑郁瞬间一扫而空，心情好到简直飞起。

"林大哥……"苏宁安走到林顾白身边，弯着眼睛看着他，"我叫你林大哥，行吗？"

"还没人这么叫过我，"林顾白目光随意扫着生鲜区，似乎还没想好要买点什么东西，"叫我名字就行。"

"好的，林顾白！"苏宁安笑着脆生生地叫了一声。

林顾白已经记不清自己大学时代是否有过这样的女同学——简单、爱笑、活泼、靓丽，又富有青春朝气，还有着这个年龄段的女孩子该有的青涩娇憨。

也不过是十几年前的事，他却好像已经记不大清楚了。关于女生的记忆，好像永远停留在汪漪那一款上。

汪漪要强，汪漪好胜，汪漪有野心，汪漪喜欢刺激，汪漪害怕寂寞……他不想再往下想。

那并不是什么愉快的回忆。

他已经不再年轻，总被这些不愉快的回忆牵扯着，并不是什么明智的做法。

苏宁安眼睁睁地看着林顾白嘴角的柔和笑意渐渐消失，脸色透出些倦色和疲惫。她想起江小满的话，也知道医生确实辛苦，像他这样的专家面对的都是疑难杂症，心情难免受到影响，阴晴不定也是人之常情，所以她忽略掉他渐变的神色，笑得依然灿烂："您是不是还没想好买什么呀？"

"哦。"林顾白应了声,顿了顿,又轻声补充了一句,"一个人生活吃饭是个大问题。"

"您一个人住吗?"苏宁安仿佛听见了脑海中烟花漫天的喜庆声音,"您还没结婚呀?"

"没。"林顾白说着,拿了棵白菜放进购物车里。

"女朋友呢?也没女朋友吗?"苏宁安跟屁虫一样也拿了一个白菜放在自己购物车里。

"也没。"林顾白淡淡说着,又拿了两颗洋葱。

"这样啊……"苏宁安努力控制住自己心底仿若起了海啸般的激动,不动声色地也拿了两颗洋葱放进购物车。

林顾白嘴角勾了勾,终于忍不住回头看了她一眼:"你怎么和我拿的都一样?"

"?"苏宁安一愣,盯着购物车看了两眼,两颊渐渐绯红。

"不过也对,"林顾白深深地看了她一眼,避免让她更加尴尬,于是回过头推着购物车继续往前走,"感冒了,多吃点洋葱是好的。"

苏宁安惊讶得差点咬到舌头——感冒?这么说,他看到她的朋友圈了?

她突然感觉幸福得一阵天旋地转。

苏宁安整个购物过程简直一言难尽,不知所谓,毫无逻辑。总算把一堆东西买好了,结账,出了超市,她整个人都还沉浸在一种幸福的眩晕中。

男神单身……单身……单身……

他看了她的朋友圈……他看了……他居然看了!

那么接下来怎么办?

请他吃饭?

还是去他家吃饭?

哎哟，好害羞！

苏宁安悄悄放慢了脚步，跟在他的身后，不由自主地低头单手摸了摸滚烫的脸。

两人拎着购物袋一前一后地走着。等电梯的时候，几个跳广场舞回来的大妈齐刷刷地盯着两个人。

苏宁安觉得有点不好意思，眼睛直勾勾地盯着不断往下跳的电梯数字屏。

电梯门打开，一群人上去，林顾白摁了"18"层。

大妈们看着站在林顾白身边的苏宁安，会意地笑了一笑，其中一个颇有点领导气质的大妈对两人说道："你们是刚搬进来的十八楼的住户吗？"

苏宁安点点头："对。"

那大妈一脸和蔼地笑着说道："我是咱们这个小区的居委会工作人员，前不久得知这栋楼1801的业主终于搬进来了，不过还没来得及上门打招呼。"

苏宁安立刻抬头看了看林顾白，1801是他的房子，这些大妈说的是他。她眨了眨眼，希望他能接下话茬，谁知道他居然依然摆出一张扑克脸，没有丝毫反应。

然后她听见大妈继续热情地对她说："咱们社区活动还是非常丰富多彩的，姑娘这么漂亮，以后要代表你们小家庭积极参加呀。另外，你们户口准备迁过来吗？到时候怀孕了建卡、产检什么的，我们要及时跟踪服务的……"

苏宁安刚刚稍微冷却下来的脸瞬间又涨红了起来，这……什么跟什么呀……

大妈见她脸红了，又笑着说："姑娘别害羞，结了婚可不就是要怀孕生子嘛。现在市民的福利可好了，很多补助呢，一定要配合做登记哦……"

感谢天，感谢地，感谢大妈们终于陆陆续续地都下了电梯。

苏宁安长舒了一口气，抬起眼瞪着林顾白："您都不知道解释一下吗？"

林顾白淡淡回了句："素昧平生的，有什么好解释的。"

"……"苏宁安怔了怔。

她还没想好怎么再开口，十八楼已经到了。

两人各自站在自己门前开门。林顾白家里安的是密码锁，很快就开了门，可苏宁安这边就不那么顺利了。

对天发誓，刚刚被大妈们一阵袭击，她早就已经没勇气踩着江小满同学划定的下限请人吃饭或者蹭人家饭了。她现在是认认真真地翻着包找钥匙，然而，很不幸，没找到，包里只有一串钥匙，还是老房子的。她仔细地回想了一下，貌似是新钥匙忘在鞋柜上，忘了串进钥匙圈了。

"怎么了？"林顾白半个身子已经进了房门，见她急得差点把双肩书包里的东西都要倒出来了，好心地问了句。

"钥匙忘带了……"苏宁安很丢脸地低声说了句。

"……"林顾白愣了两秒，"你一个人住吗？"

"和我朋友。"苏宁安拿出手机，"我给她打个电话。"

"哦，那你慢慢打。"林顾白淡淡说着，闪身进了屋子。

苏宁安愣了一下，觉得林顾白最后一秒的表情有些不太友善。不过他这个人对"素昧平生"的人一向都不太友善，所以她摇摇头，决定忘记这件事，拨了个电话给江小满。

江小满老半天才接了电话，听声儿好像在挺热闹的地方。

苏宁安委屈得小嘴一撇："小满，被你乌鸦嘴说中了，我真的忘了带钥匙……"

"天赐良缘啊安安！"江小满吃吃笑道，"快去吧，勇敢地敲响医生大叔的房门，不到明天早上不准回来！"

"江小满！"苏宁安羞愤难当，气得直跺脚。

"好啦，"江小满笑着说，"我尽快回去，不过也不会太早，估计得两个小时，要不你先去找个地方坐坐吧。"

苏宁安懒得再去找地方，索性把书包放在地上，掏出一本书靠门翻着。

楼梯里的灯光有些昏暗，看了一会儿眼睛就有些累。她轻轻叹了口气，换个舒服一点的姿势，掏出耳机闭目养神，练习听力。

不知道过了多久，苏宁安觉得好像有人在推她。

她迷迷糊糊地睁开眼，惊讶地发现林顾白不知道什么时候蹲在她的面前，身边还站着刚才电梯里和她说话的那个居委会大妈。

苏宁安脑袋有些迷糊，赶紧拿下耳机，莫名其妙地抬头看着面前的两个人。

"我说小姑娘，这生活就是磕磕碰碰的，可再怎么着也不能拿身体撒气是不是？"居委会大妈看苏宁安神志清醒了点，苦口婆心地开始劝，"这大冬天的，楼道里冷飕飕的，把人冻坏了可怎么好？赶紧的，跟林医生回家，有什么话关上门慢慢说，好吗？"

苏宁安茫然地看看大妈，又看看面上依然没什么表情的冰山林顾白，半晌回过神来："我不是……"

"起来吧，"林顾白伸手拉了下她的胳膊，把她拉了起来，"先进屋。"

大妈这才满意地点点头："这才对嘛，夫妻本来就是床头吵架床尾和的，赶紧回去吧！"

"阿姨，我不是他妻子！"苏宁安脑袋有点疼，皱着眉澄清，"真不是！"

大妈"啧"了一声，瞪了她一眼："我知道呀，我刚刚做过业主登记了，林医生是还没结婚，但不是说男女朋友就不能互相体谅了。现在的年轻人啊，就是爱斗气，作天作地的，仗着年轻，自个儿的身体都不管。这样坐地上半天，要是着凉了，小姑娘家家的，一辈子的事情呢……"

说着话，大妈状似十分无语地摁了电梯，下楼去了。

苏宁安还没从震惊中回过神来，就看见林顾白已经弯腰把她垫在地上的书包拿了起来，转身率先进了自己房子。

苏宁安只好乖乖地跟在后面，走了进去。

林顾白的房子装修很简单，看起来也比她们住的那个要大一些，所以显得格外空旷，略显冷清。

"坐吧。"林顾白把她的书包放在沙发上，然后从厨房盛了一碗面送到她面前，"白菜汤面，随便吃点凑合一下。"

面条清汤寡水，连个鸡蛋都没放。苏宁安只觉得脑门突突地疼，肠胃也有点不太舒服，想来应该是真的着凉了，完全没胃口。

"怎么了？"林顾白站在身侧居高临下地看着她，"不舒服？"

苏宁安挺不好意思地低下头："唔，我好像是着凉了……头有点疼。"

林顾白看了她几秒没说话，最后转身回到房内拿了个电子温度计出来："量一下吧。"

"没事！"苏宁安连忙摆摆手，笑了笑，"肯定没发烧。"

"那就先喝点热水，"林顾白走到饮水机前接了水过来，"暖和一下再说。"

林顾白是个不善言辞的人，他做完这件事之后，便一个人坐到沙发上拿了本书看了起来。

苏宁安静静地喝了水，觉得稍微舒服了点，才把一碗面默默地吃了。老实说，这碗面味道确实不怎么样，味道很淡，估计除了白菜和一丁点的油，以及一丁点的盐之外，其他什么都没放。

目测他做饭火候把握得还可以，只是万物少了盐油和各种调味料，再美味的食材做出来估计都是这个味儿。估计是当医生的太注重养生了，不过这确实也太清淡了点。

苏宁安将一碗面吃完，把碗筷送回厨房，自己动手洗了。林顾白似乎看书看得挺入神，一直目不斜视，也没有她多说一句话。

气氛有点压抑，饶是苏宁安这么神经粗线条的人，都不知道该说点什么好，还是什么都不说，静静地坐在那里好。

她大气不敢出地也拿了本书悄悄躲在沙发一角，拿出手机给江小满发了条微信：什么时候回？

江小满一直没什么反应，估计是约会太专注了。

苏宁安暗暗叹口气，翻开书，努力让自己看进去。

渐渐地，放松了神经之后，苏宁安觉得这样的氛围也挺好。两个人互不干扰，各自做着各自的事，有种莫名的安定感。

虽然她觉得这种臆想纯属虚构，但想想又不犯法，所以她还真忍不住继续畅想起来，心情越发好了起来。

"好点了吗？"林顾白的声音突然不带温度地传来，他的目光甚至都没有从书本上挪开。

苏宁安翻书的手猛然一顿："啊？啊！好多了。"

"如果还是觉得不舒服就得吃药。"林顾白又接着说。

"嗯，我知道。"苏宁安抬眉冲林顾白笑了一笑，眉眼弯弯，眼神清亮。

林顾白不经意抬头，正好撞上她黑亮清澈的双瞳，目光微滞。

他不明白一个二十来岁的姑娘为什么还能拥有孩童般黑白分明的大眼睛，黑色的瞳仁格外明亮，比墨还黑，泛着潋滟的水光，仿若一汪清澈见底的清泉，所思所想全写在里面，纯净得让人心悸。

他不着痕迹地移开目光，轻轻放下书，端起茶几上温度适宜的薄荷水喝了一口，再轻轻放下。

苏宁安好奇地看着他杯子里的薄荷叶："您买薄荷，是为了泡水喝啊？"

林顾白再次拿起书，单手捏了捏眉心："一物多用，省事。"

气氛再次变得安静，林顾白已经回到了老僧入定的状态，苏宁安却越发大胆了起来。她没有收回自己的目光，毕竟这样和他相处的时光何其珍贵。

林顾白生得好看，短发利落，眉眼分明，鼻子英挺，让原本略有些柔和的清隽五官多了几分英气。他本就身材颀长，略显瘦削，但身上穿的这件粉蓝衬衫却丝毫不显得他身形单薄瘦弱。纯棉质地的衣料之下，能隐约感受到成年男性的肌肉紧绷感。

穿衣显瘦，脱衣有肉，说的就是这种人。然而这个八字描述委实太具有画面感，让她霎时有些脸红心跳，甚至不敢再看第二眼。

他低眉看书的样子十分恬静，有着浓浓的书生气。可苏宁安却知道，当他抬起眼时，他的眼角和唇边总是不经意地透出些疏离和淡漠。你分不清他什么时候生气，什么时候在意，抑或是什么时候不为所动。

他是个很会隐藏自己情绪的人。苏宁安默默地想。

这对医生来说，也许是件好事，但这样的人，是否也时常会觉得寂寞？精神上的离群索居，那种滋味，她曾经有过——十分痛苦，终生都不想再回味。

第二章
是心动吗？

他有点心里没底，分不清这突如其来的思念，到底是欲，还是怦然心动。

Er Ni
Qing Cang
Xin Di

【1】

兴许是她的目光太过炙热，林顾白淡淡地抬眸扫了她一眼。

苏宁安如同偷吃糖被大人抓到的小孩，慌张得手足无措，眼睛不知看向哪里，最后只好垂头盯着自己的双脚，手指慌乱地绞在一起。

"闷了？"林顾白顿了两秒，问道。

苏宁安红着脸摇摇头："不是……"

"你想看电视就看一会儿吧，"林顾白起身，"我去书房。"

"不用不用！"苏宁安连忙也站起身，晃晃手里的书，"我也要看书。"

"专八？"林顾白看到了书名。

"嗯。"姑娘乖巧地点点头，一直垂着头柔顺地看着脚上明显大了好几号的全新男款拖鞋。

林顾白顿了一顿，退回到位置上坐下，把书重新翻开，翻到此前折起的那页。

借着余光，他看到面前的姑娘纤细的脚踝动了一下，以一个十分淑女的姿势也坐了下来。

林顾白胸中有些发紧，陡然觉得这个夜晚太过寂静，让他有些呼吸不畅，他已经记不清上次有过这样的局促是在多少年以前。

为了让自己显得随性一点，他跷起了二郎腿，抬眼望过去，正对上她水汪汪的一双眼，还带着似乎酝酿已久的笑意，仿佛有话对他说。

他动了动喉结，发现喉咙也有些发紧："嗯？"

爱脸红的姑娘因他的主动发问再次晕红了脸颊，干干净净的一张脸白净透亮，带着些羞涩粉意，格外娇俏。笑意此刻仍噙在眸中，更显得姑娘明眸皓齿，楚楚动人。

"您是医生，对吗？"姑娘咬了咬唇，试探着发问。

林顾白有点意外："你怎么知道？"

"就刚才居委会阿姨说的呀！"小姑娘眼角挑起，带着一点小得意。

"……"林顾白一时哑然。的确，好像是有这么回事。

"其实我差点也成了您的同行呢！"姑娘说着话，双目潋滟，明艳不可方物，"考大学时，我差点选了护理学。"

"哦？"林顾白声调微微上扬，"为什么没读呢？"

姑娘粉唇遗憾地嘟起："因为学医赚钱慢，我等不及。"

林顾白眉毛微挑，不明所以，却只静静地看着她，礼貌地并没追问什么。

"我得赚钱养活自己呀。"姑娘倒不在意，又笑了起来，灿烂如春花，自顾自地说着，"我爸我妈都有自己的家，没人愿意管我。学医需要经历漫长的实习期，我估计会被饿死。"

林顾白听完之后清隽冷清的神色终于有了些许的波动，静默三秒，他最后温声说："你想得的确没错。"

手机突然响了一下，是一条微信。

苏宁安打开一看，是江小满发来的。

"快了。你现在哪儿呢？"

苏宁安马上回："林顾白家。"

江小满迅速回过来："怎么样怎么样？"

苏宁安："聊天中。"

江小满发过来一个猥琐的表情："扑倒他。"

苏宁安扔过去一个黑线的表情。

江小满紧接着发来一串字："追人就得主动。女人一主动，男人就没辙。该说的赶紧说，能拒绝你的人，要么是瞎子，要么是同性恋。勇敢上，我晚点回。"

苏宁安顿了顿才回复了句："确认了，没女朋友，单身中。"

江小满神一般迅速回复："上！不扑倒不是中国人！"

苏宁安咬着唇，很辛苦地忍着，最终却还是没忍住，不小心笑出声来。

林顾白表情古怪地看了她一眼。

苏宁安连忙摇摇手机，澄清自己神经没有毛病："我室友。和男朋友约会呢，舍不得回来。"

林顾白听罢微微点头，摆出一副了然神态，嘴角以一个好看的弧度微微勾了勾，苏宁安再次满意地欣赏到了专属他的十里春风。

接下来，她开始发愁了。

苏宁安一直觉得自己是一个矛盾结合体。世上的事对她来说，没什么难易之分，只有和林顾白有关的事，与和林顾白无关的事。

除林顾白之外，她没什么可怕的。

这么多年过去，她自认没怵过谁，要不然也不可能和江小满混在一起，还挖到了人生第一桶金。

可面对林顾白时，她的智商就瞬间归零，一举一动仿佛只能依靠那个无下限的狗头军师江小满。

她转了转眼珠，反复衡量了一下，觉得江小满说得没错。既然苦等了这么久，为什么不勇敢上？

他未娶，她未嫁。也没有什么未成年的障碍，自己长相也过得去，这样的天时地利人和，如果再被别人截了和，岂不是亏大了？

再说，人家不都说女追男隔层纱什么的吗？不管怎样，既然追人，就得拿出点追人的气势来。失败了，大不了一觉醒来，又是一条好汉！话说她这人还没追到手，连车子带房租，已经损失了好几千，还欠了林顾白好几千。如果真不幸被拒绝了，及时止损也挺好，早死早超生，总比一直没着没落的好。

心一横，拿出当初壮着胆子撞车的勇气来，苏宁安再次抬头去看林顾白时，目光格外明亮，耀得林顾白竟下意识想闪躲。

她走到他的面前，蹲下身子，拿起之前她喝白开水的杯子，也给自己倒了一杯薄荷水。

薄荷水清清凉凉的味道随着氤氲的水汽飘到鼻尖，令人通身舒爽。她保持着蹲在他身侧的动作没动，浅浅啜了一口，糯糯地感叹了声："是挺好喝的。"

姑娘没有化妆，眉眼清淡，但身上用了些淡雅的香水，似百合的清香，清雅入骨，沁人心脾。林顾白胸口再次发紧，看着她的发梢安静地垂落下来，有几根扫在他的膝盖上。

她放下杯子，顺势在他身边落座，右手垂在两人腿间，歪头看他手里书的封皮："专业书吗？"

"不是，随便看看。"林顾白嗓音微微喑哑。

"英文版《追忆似水年华》？"她有些诧异，边说边伸手很自然地拿过了他手里的书。

林顾白发现她的手也特别美，同样没有任何装饰，却细白纤嫩，手指修长，指甲圆润粉红，带着少女独有的那种如玉般温润。

他并不诧异她能看懂他手里的书，毕竟她读书的时候看起来非常乖，应该是个不错的学生。一个知名大学英文专业的学生，一个大四了还早起去自习的学生，确实比较少见。

"我二外是法文，"她垂目柔声道，"我看过法文原版，英文倒是第一次见。我能借去看两天吗？"

"可以。"林顾白说着站起身，拿起水壶给阳台上的薄荷浇水。他不敢再继续这样坐下去，担心某些不合时宜的身体反应会吓坏这个眉眼清澈的小姑娘。

林顾白当然不是和尚。

一个三十多岁的正常男人，面对这样一个足以让世上所有正常男人都为之动心的姑娘，他也做不了柳下惠。

单身已经三年多，时光漫长得有些残酷。

可是他还有理智，知道生理的冲动和真正动心的爱情有着遥远的距离。

他看得出这个在他面前特别容易脸红的姑娘对他有些意思，但只是几面之缘，少女的心思未免来得太肤浅。

这样的女孩，他已经见怪不怪。那些小护士和年轻女医生心里想的什么，他早就心知肚明。尽管这姑娘对他的心思不若旁人掺杂了许多的利益，但终究动心得太过容易。

单凭一张皮相便要以身相许的人实在已太多，这本就是个越来越浮躁的社会。

他的无声躲避让苏宁安有点尴尬，她以为自己暗示得已经足够明显，而他的拒绝，也同样明显。

不喜欢她这一型？

苏宁安低头看看身上的休闲穿着，确实不凸不凹，乏善可陈。

要不要从明天开始每天不化妆不出门？

嗯，有必要。女为悦己者容，整天泡在小护士堆里的人，眼光一定比较挑。

苏宁安这么想着，笑盈盈地原地满血复活。

林顾白浇完阳台的几盆植物，见她坐在沙发上极为认真的看书模样，便去了书房，挑挑拣拣地想要再找一本书打发休息时间。

就在此时，门铃响起。

以为是江小满终于回来了，苏宁安几乎是蹦跳着奔向大门的。

然而门外并不是江小满，而是个气场强势的女王姐姐。

女王留着利落的齐耳短发，化着精致的妆，通身的大牌，踩着足足十厘米的高跟鞋。美中不足的是，就算妆容再精致，也无法掩饰眼角岁月遗留的鱼尾纹和缺少了胶原蛋白支撑的皮肤。

而这些，女王眼前的这个女孩，全部都有。

女孩年轻又漂亮，五官精致，黑发顺直柔顺，眉眼清纯干净。而这样清纯干净的眉眼间却因着微微上翘的天然眼梢而无端多出了几分魅惑妖娆。不自知的风情最勾人，这样的女孩，简直是全世界女人的天敌。

最要命的是，她是真的年轻。哪怕她只是穿着最简单最普通的毛衣，都无法遮挡住她的青春逼人。细白的皮肤透亮，嫩得仿佛春日雨后的牙笋尖儿，不掐都能溢出水来。

这样的女孩，不用说话，就已经是最大的威胁。

天底下应该没有任何男人能够抗拒得了这样的女孩。

无声之间，屋内屋外两个女人瞬间已把对方审视了个透彻。

"你是谁？"女王终于先发制人，皱着眉头发问，气势迫人。

"你找谁？"苏宁安不是傻子，这个时候用这种眼神看着自己的女人，不是林顾白亲妈，就是暧昧对象。女王顶多三十出头，所以后者的可能性更大。既然如此，她当然不能示弱。林顾白绝不能被截和，这是她的底线，所以她的气势也不弱。

"林顾白在家吗？"女王眉头果然不耐烦地又紧了紧。

"在家。"苏宁安笑了笑，侧身一闪，"姐姐请进。刚刚以为您找错了门，既然找顾白，那就没错了。"

女王脚下没动，脸色越发难看。

苏宁安则是一扬白嫩的脖子，柔腻地冲着里面喊了一声："林顾白，快出来，你有客人来了。"

【2】

林顾白不是没听到门铃声，也不是没听到汪漪的声音，可是他却双手撑着书桌，痛苦地闭上了眼睛。

他不想面对汪漪，甚至有某种阴暗的期待，希望苏宁安的存在能让汪漪恼羞成怒，转身离开。

只是，汪漪不是个会轻易放手的人。这么多年来，她想得到的，便没有不成功的。当自己再次成为她想要捕获的猎物，想要轻易脱身，就没那么简单了。

当听到苏宁安甜甜的声音喊着他的名字时，他心中突然有种莫名的激荡，也同时有了某个决断。

缓步从书房走出来，他平静的目光看向汪漪："怎么这时候过来了，也不提前打个电话？"

汪漪冷哼一声，看着苏宁安："如果提前打电话，是不是就见不到这位漂亮的小妹妹了？"

林顾白笑了一下。

这是苏宁安第一次见他真正笑起来，却比不笑更让人觉得冷。

"不会。在你面前，我无论做什么都不需要刻意隐藏。"

汪漪蹙了蹙眉，停顿了几秒，才放缓了声音对林顾白道："就是因为她，所以你才千方百计地不想和我结婚？"

苏宁安甜甜的笑容凝固在了脸上，就像三九寒冬一秒便被冻成冰的水滴，冷得刺骨。

这是他的结婚对象？

原来他有结婚对象？

可是，他为什么要骗她？

苏宁安震惊地看向林顾白，目光与林顾白平静看向她的视线撞在了一起。他眸光闪了闪，随后平静地走到苏宁安的身边，单手圈在她的肩上，对着汪漪又笑了笑："你错了，三年多以前我们就已经不可能。那时候她才十八岁，我也还不认识她，可那时候我们就已经分了手。"

"可是我已经向你道过歉了！"汪漪大声地说道，"人的一生不可能只经历一个异性。如果没有比较，又怎么知道谁才是最适合自己的呢？"

"是吗？那我应该感谢你，经历了你，才让我知道，她更适合我。"林顾白平静地说。

"……你！"汪漪终于恼羞成怒，咬牙道，"林顾白，你最好想清楚再回答我！"

"我的确想得很清楚，"林顾白淡淡地说，"汪漪，不要强迫我，你知道我这个人最讨厌被人强迫。"

"这种话，你最好亲自去宋院长面前说。"汪漪冷笑一声，高傲的目光射向躲在林顾白臂弯里一脸娇羞的小女孩。她似乎还想说些什么，却在碰触到林顾白冰冷的眸光之后戛然而止，最终只冲苏宁安鄙夷地笑了一声，愤愤地又冷哼了声之后，便踩着尖细的高跟鞋，扬长而去。

门被甩上的那一刻，林顾白的手也从苏宁安的肩上迅速撤离。

他刚要转身离开，她却突然拉住了他的手。这时她才发现，他的指尖冰凉，手心都已汗湿。她心里一惊，瞬间便明白了方才那个叫汪漪的女人在他心中的分量。

不爱不恨。因为爱过，所以分手三年多依然无法释怀。

她突然很嫉妒那个女人，至少，那个女人在自己漫长的暗恋过程中，曾经完整地拥有过这个男人，早已赢了自己好大一截。

她怅然放开他的手，缓缓地后退了两步，单手扶着沙发靠背缓缓地滑下，慢慢地坐回到沙发上。

林顾白皱了皱眉，看着她渐渐发红潮湿的双眼，有些吃惊。

"对不起，"他忙蹲在她的面前，真诚地道歉，"再怎么样，我也不该利用你的。对不起。"

她的泪珠扑簌簌而落，又急又快又多，因着他这一句话。

他被吓了一跳，明显无措了起来："你……你别哭呀……"

他向来不擅长哄女孩子，汪漪是从来不会哭的那种女人，从来都只有她让他难过。有时候他会觉得自己的深情是否成了她放肆游戏感情的资本，感情世界里，总有一个人犯贱，才能长久。当他一旦不再想扮演那个永远都在等待的角色时，一切才会开始改变。

只是，她未免也太自信。

深情的人，往往最绝情。这点，她不会懂。

苏宁安觉得委屈，而这种委屈却说不出口。她没办法对林顾白说她暗恋了他八年，这会吓坏他的。

可是她只要一想到那八年的时光里，他曾深深地爱过别的女人，甚至和别人到了谈婚论嫁的地步，她就委屈得只想痛哭一场。

她思之若狂而不可得，而她的宝贝却被别人弃之如敝屣，这绝不是"委屈"两个字可以概括的。

君生我未生，我生君已老。这种委屈，当真难以描述。

她哭得可怜巴巴，他却只能眼睁睁看着，无能为力。

两人一个坐着哭得尽兴，一个蹲着追悔莫及，林顾白只能一张张地给她递送抽纸。

就在他因为脚麻差点要撑不住的时候，她却突然伸手圈住了他的脖颈。

他吓得浑身瞬间僵硬，她却把下巴搁在他的颈窝，软软糯糯地磨蹭，吸了吸小鼻子委委屈屈地继续抽噎。

他本就双脚发麻，如今承受了她的重量身形越发不稳，一个不小心，便跌坐在了地上，同时带着她一并倒了下去，而她顺势坐在了他的大腿上。

待两人好容易支撑住身体之后，才发现这个姿势极为暧昧。她双腿分开，骑在他的大腿根部，他则为了稳住身体，双手下意识地揽在她的腰间。

她羞得连抽噎也忘了，只是涨红着一张脸，定定地看着他。

百合的馨香抱个满怀，林顾白说不清这是幸福还是折磨。

她的身体柔软且轻，搂在怀里的小腰仿佛一碰就能折断。她真的挺瘦，而拥在怀里的感觉又让人难以放手。

他陡然想起白天看到的那张照片。

化了浓重眼妆的姑娘媚眼如丝，白嫩的手指被咬在齿尖，凌乱的鬈发妖媚地随风飘动，无一处不是勾引，分分钟能要了男人的命。

那应该是个广告照，光线合适，镜头高清，角度完美。她也许在演绎着一个模特该有的角色，而这光芒，是属于她一个人的。

妖精一样的千面女子。

黑夜是个神奇的存在，四周一片寂静，越发凸显出彼此身体的变化。男人的呼吸不由自主地越发粗重，女人的脸蛋越发娇艳妖媚。只是互相这样对视着，便仿若透过彼此的灵魂，触到了心底最柔软的下限。

如果不是江小满突然回来，苏宁安不知道他会不会下一秒就吻上她。

可是，江小满终于还是在一个不该回来的时候，回来了。

门铃再次响起的时候，两人触电一样瞬间分开。

苏宁安再也不敢主动去开门，林顾白整理了一下衣服，拉开门，看到门前正站着一个小巧玲珑的精灵般可爱的姑娘。

"中国好邻居您好！"江小满大方地冲他挥手，满脸堆笑，"我来申请领走我们家的安安小朋友。"

一听到江小满的声音，苏宁安连忙喊了声："来了，我整理一下书包。"

江小满愣了一下，看着林顾白："所以……我们的好学生安安在这里复习专八来着？"

"嗯。"林顾白淡淡应了声，转身回到客厅，对弯腰收拾书包的苏宁安说，"喜欢那本书就借去看吧。"

"嗯。"

苏宁安低声回应着，把那本《追忆似水年华》塞进了书包。

一关上自家房门，江小满就一脸坏笑地审视着面色红得不太自然的苏宁安："说吧，有进展吗？"

苏宁安白了江小满一眼："如果你晚回来五分钟，也许有。现在，没了。"

江小满眼睛一亮："所以还是有进展咯？什么进展什么进展？快说快说！"

苏宁安不胜其烦，觉得累得要命，懒洋洋地进了卧室："我着凉了，需要睡一觉，天塌了也别烦我。"

江小满怎么可能理她那一套，直接追上去把她扑倒在床上，认真地扳着她的脸研究，却在看到她红肿双眼时脸色一怔："你眼睛怎么肿了？哭了？"

苏宁安很丢脸地抓着被子盖住了脑袋。

"为什么哭为什么哭？"江小满像是有了什么重大发现，推着被子下的身体一个劲儿摇晃，非要刨根问底。

苏宁安脑袋里像是一团乱麻，不知从何说起，最后只好投降："行啦，先让我睡一觉，发生的事太多，明天和您慢慢汇报，行吗？"

江小满这才停止了骚扰，暂且放过了她，哼着歌愉快地帮她关上卧室门。

苏宁安脑袋确实有点乱。

要说进展，绝对是有进展的，她能感觉到，林顾白对她有感觉。可是，他似乎在顾忌着什么，有些压抑。

他不是单身了三年多吗？难道还在为前女友守身如玉？

想想也觉得不太可能。

可是，到底是为了什么呢？

是因为宋院长吗？只是，宋院长是谁？难道这宋院长还能决定林顾白的终身大事？

苏宁安侧身躺下，看着和林顾白家相连的墙壁，心里想着，只是一墙之隔，便是两个天地。

他有他的世界，想要轻易地融入，似乎并不简单。

纪念医院是本省知名的私立医院，林顾白这次回国之后，医院网站上就挂出了他的照片，他担任儿科的科室主任。年纪轻轻的就能在这样的医院里成为主任，除了他拥有美国著名医学院博士的背景之外，是否还有些别的原因？

似乎他的财力也相当不错，前女友更是珠光宝气，金光闪闪……苏宁安辗转反侧，有些难以成眠。就在这时，房门又被推开，江小满逆光站在门口笑眯眯的："安美人，忘了告诉你一个好消息。"

"什么？"躲在被子里的苏宁安露出一双眼睛看着她。

"有部网剧，缺个女主角，要不要上？"江小满打开灯，走到她的床头。

苏宁安不感兴趣地摇摇头："不要。我说过的，我不想演戏，做个不说话的平面模特挺好。"

"报酬这个数！"江小满竖起两根手指头，又补充了一句，"只是一部单元剧，很快就能拍好。"

"两万？"苏宁安意兴阑珊地皱了皱眉。

江小满翻了个白眼："果然恋爱中的女人智商都为负，是二十万！税后！"

苏宁安立刻惊讶地瞪大了双眼。

江小满看到有戏，马上又笑眯眯地继续道："这是部玄幻系列剧，类似《聊斋》那种。其中一个单元的女主角是个猫妖，导演一直也没找到合适的人。后来好不容易瘸子里面挑将军找出来一个吧，只拍了俩镜头，就被举报吸毒了，已经被封杀了。救场如救火啊，安安女侠，上不上？超级快的，现代剧。"

"现代的猫妖呀？"苏宁安乐了，"不是说新中国成立后，动物都不能成精吗？"

"网剧网剧！"江小满也笑了起来，难得有耐心地苦口婆心地接着劝，"剧本我都带回来了，反正我感觉你特别合适。"

苏宁安眯着眼睛瞧着她，觉得这事绝不是这么简单。虽然江小满是自己老板兼经纪人，平时这些活都是她说了算，可她也知道自己不想当演员。今天突然这么殷勤，必定有诈。

"剧本都拿回来了？嗯？"她哼哼。

江小满满脸堆笑："那啥，本子不错呀。"

"先斩后奏呀？嗯？"她坐起身子阴森森地问。

"哎哟，我的大美人儿！"江小满狗腿地抱住她，一个劲儿地摇晃，"救场如救火呀，对不对？"

"救谁的场呀？和您有一分钱关系吗？您投资的吗？我怎么觉得我这是被您卖了还得替您数钱呢？"苏宁安温柔地抚摸着她的头发，语气却是恨不得咬死她。

江小满嘿嘿笑了两声，放开苏宁安，一脸的娇羞："那什么……投资人是我男人……"

苏宁安终于听到了江小满的爱情故事。原来这厮偷偷摸摸，已经和风流倜傥的青年才俊邵嘉楠私订终身了。这部网剧，就是那位才俊投资的一部戏。

原本这年头到处都是削尖了脑门想要找戏的女演员，可邵嘉楠看了苏宁安的一些照片之后，偏偏就觉得苏宁安清纯中又带着浑然天成的妖媚劲儿，特别适合演绎本性单纯善良且自带狐媚的猫妖。

就算江小满一个劲儿地声明苏宁安并没有当演员的欲望，也没什么演技可言，但当原本定好的演员出了问题，邵嘉楠还是第一时间又想到了苏宁安。

知名演员因为档期的原因都不可能马上救场，近在咫尺的苏宁安显然是最好的选择。

于是，江小满只好硬着头皮冒着被苏宁安凌迟的风险，把合同都带回来了。

苏宁安总算深刻理解了什么叫人贩子，还是见色忘友的那种。

"人家真的觉得我可以？"苏宁安翻着合同，看着那诱人的酬劳，觉得跟做梦似的，有了这二十万，至少她一年吃喝不愁。这是唯一能打动她的地方。

"其实就是一偶像剧，还只是其中一个单元，总共就三集，成品估计也就俩小时，什么可以不可以的，演技不够颜值来补呗，反正人家也是看上你这张脸。这年头，颜值即资本。"江小满笑嘻嘻地说。

苏宁安瞥了她一眼，轻嗤："这是褒还是贬？"

江小满挑了挑眉："当然是褒。你看现在那些大电影、电视剧的偶像派主演，有几个有演技的？只要颜值够好，表情可以摆拍，台词可以后期配，动作戏有替身，文戏还能抠图。就这，观众照样买单。你就放宽心吧，人家投资方都觉得你好，那就是好。再说，你以前不是为了拍硬照选修过咱们学校的表演课吗？看看剧本，勇敢上吧！"

"……"苏宁安无语地瞪了她一眼，表情十分沉痛，"中国的影视产业果然是毁在你们这些没节操的人手上了。"

【3】

行政大楼顶层会议室，林顾白百无聊赖地坐着。将近十个小时的大手术下来，他已精疲力竭，只想洗个澡休息一会儿，可偏偏还得坐在这么无聊的地方，听着这些无聊的话。

他修长的手指微微一动，沿着熟悉的路径，今天第三次打开微信，然后又快速合上。

一周多了。

距离那晚已经过了一周多，他却再没见过苏宁安，也没看到她的朋友圈有任何动静，这很不正常，她原本是个碰见什么新鲜事都喜欢发圈的小姑娘。

只要一想到那晚她在他面前流的泪，他就忍不住心揪在一起，不安地突突跳着。

姑娘兴许是没见过这种场面，也可能是像她那样的姑娘，理应被捧在手心里的，从未受过那样的难堪，所以她才会掉眼泪吧。

他自问从未欠过什么人的人情，而现在他总算知道，欠债的日子不好过。

她一定是生气了。只是，要主动联系一下道个歉吗？

他又觉得有些艰难。

不经意间一想到她的那个主动拥抱，他就一阵阵心猿意马，小腹发热。

禁欲太久的坏处就是总让人胡思乱想，虽说他并不是个重欲的，但人的正常需求是难以抑制的。

这三年多来身边也没停留过别的女孩，突然出现这么一个，他好像有点心里没底，分不清这到底是欲，还是怦然心动。

"林主任？林主任？"

听到有人叫他，林顾白这才回过神来，发现宋黎在叫他，以院长的身份。

他清了清嗓子，坐正身子，看了眼宋黎。他相信以他母亲多年的经验，她应该明白他根本没听到刚才的问题是什么。

果然，宋黎温婉地打圆场："林主任刚下手术，太累了，都有点走神了。来，林主任来为大家讲讲今天这台手术。这可是咱们院独立完成的首例给刚出生两个小时的超低体重新生儿进行心血管畸形矫正手术。对这种体重的新生儿进行完全性大动脉转位手术，难度可想而知，在全省也是首次，是要记入史册的！要是没有咱们林主任，咱们院又怎么能创造出这样的奇迹呢？来，大家鼓掌欢迎！"

宋黎话音刚落，在座的各科室主任和各级院长都已经热烈地鼓起掌来。

林顾白不知道这掌声有几分是给自己，又有几分是给他身为宋黎儿子这个身份的。

就在十多天前，在同样的会议室里，当宋黎当着这些人的面宣布他将成为儿科科室主任的时候，他无法忘记在座所有人的各色目光。纪念医院还从来没有一个科室主任是四十岁以下的。医院是个极重年资的地方，纪念医院虽然不是公立的，但也是闻名业内的私立大医院，一个广告牌砸下来能砸死一堆博士，所以，一个海归博士的头衔并不能说明什么，他不能服众也是人之常情。但掌声还是热烈地响了起来，与其共同存在的，是这些人眼里的不屑和不满。

特别是坐在他身边的儿科副主任梁硕。梁硕比他大了十岁，终于熬到了老主任退休，结果又来了个关系户，让梁硕怎么能不郁闷。随之而来的，是科室内部因为对这次任命愤愤不平而故意和他对着干的一地鸡毛。

他当然知道服众的唯一方式，就是用手术来证明自己。

只是当这个机会终于来临之后，他突然又觉得非常没有意思。

不光是工作没意思，生活也没意思，甚至这样被强行推着一步步往前的人生好像也没什么意思。

这种感觉，真是糟透了。

林顾白在掌声中起身向所有人鞠了个躬，面上的表情一如既往的淡然，落座之后，清朗的声音没有温度地开始公式化的总结。

寥寥数语，便已完毕。

宋黎最后总结陈词："这是咱们儿科具有里程碑意义的一次腾飞。众所周知，我院以妇产科起家，也最为著名，儿科一直是弱项，缺乏骨干，但凡有点复杂的问题，要么得和外院联合出诊，要么就得安排患儿转院。而儿科的实力，直接关系到产科的收治率，排除掉疑难杂症的产科病患，医院的盈利也要大打折扣，更会导致市民对咱们纪念医院实力的低估。不过呢，从现在起不同了，咱们有了林博士，从此儿科就大不一样了。这次我安排了媒体朋友开个记者发布会，咱们医院的宣传部门也会借此机会好好地宣传宣传，以后，咱们儿科，将成为本市乃至全省父母为孩子选择医院的首要选择！"

林顾白走出会议室的时候，腿都有点发软。

宋黎从后面叫住他，他只好跟着她去了院长办公室。

"怎么了？"宋黎脸上再没了之前的满面春风，有些不满地看着林顾白，"怎么心不在焉的？是累了，还是心里仍然对我叫你回来抗拒着？"

林顾白嗤笑一声，自顾自地在沙发上坐下，跷起了二郎腿，目光看向窗外，似乎并不想开始这场对话。

宋黎顿了顿，缓了缓语气，才接着说："我知道，你心里还惦记着你的课题，可是课题的研究方向在国内也太超前了，再等一等，时机到了，我一定支持你去做。现在在国内申请一个课题基金，一是看职称，二是看手术等级。我让你当这个主任可是力排众议的，你也看到了。你呢，现在就扎扎实实地把这个过渡期过渡好，把基础医疗手段摸清摸透，树立起你自己的威信来，还愁将来没发展？你看，今天这台手术，震了多少人？估摸着很快卫生厅的领导也会来，一定会对咱们医院新的项目评估有很大帮助，你自己呢，又名利双收，有什么不好的？"

"行了，"林顾白皱了皱眉，手指捏了捏眉心，叹了一口气，

"这些都说过多少遍了，我知道了。我说过要帮你把儿科做起来，就一定会踏踏实实做，你安心就好了。如果没别的事，我先回去了，今天太累了。"

"也行，先去休息一下，晚上的庆功宴和明天的记者会你得出席。你可是主角啊！"宋黎提醒。

林顾白点点头，站起身刚要走出去，宋黎又叫住了他："你是不是有心事？今天看你一直看手机，以前你可不这样。"

林顾白冷笑了一声："宋院长，我都三十三岁了，您能少管点儿吗？"

宋黎温和地笑了笑："如果你只是我院里的一个科室主任，我一定不管。但你还是我儿子，我不能不关心。"

"那先谢谢了。"林顾白冷冷地看着她，"不过我再重申一遍，我不可能和汪漪结婚。我只能帮您做一件事，就是帮您把儿科做起来。我和汪漪的事，是另外一件事，您不要总混为一谈。"

宋黎又笑了起来，语气温柔："可我觉得你和汪漪的事与建设儿科，其实就是一件事，合在一起，事半功倍。"

"你可真贪心啊，当心竹篮打水一场空。"林顾白冷哼了声，不想多说什么，直接甩门而去。

林顾白回住院部洗了个澡，刚想去办公室睡个觉，就看见一堆小护士兴奋地聚在护士台窃窃私语。一看到他来了，她们迅速弯腰叫着"主任好"，纷纷作鸟兽散。

林顾白皱了皱眉，对着没办法遁走的值班护士小刘说："上班时间，凑在一起说什么呢？让病人家属看到像话吗？"

小刘红着脸认错："我错了，林主任。"

"刚说什么呢？"林顾白又问。

"说……说看到明星了……"小刘低着头说。

"明星？"林顾白蹙眉，不记得这里收治过什么明星的小孩儿，"几床？"

"不是，是拍戏的。"

林顾白愣了愣："拍什么戏？"

小刘吃惊地抬起头："主任您不知道呀？咱们这层最前头那间VIP病房借给人家剧组拍戏啦！"

林顾白气愤地直接拨通了行政处的电话，得到的答案是这是宋院长特批的，说是可以外借一天。

他不需要去找宋黎，也能猜到怎么回事，为了给医院找投资，她没有什么是不能让步的。

只是这也太扯了，居然把正常使用的儿科病房辟出一间直接外借了，他们当病区是什么了？

林顾白想要找到梁硕，让他出面去沟通一下，看能不能缩短一下拍摄时间，尽量减少围观，可找了半天，也没找到梁硕。

拉了一个护士问了一下，说是梁主任闲着没事也去看拍戏了，说是今天来了个偶像明星，梁主任得给儿子要个签名照。

林顾白深深觉得科室的散漫风气就是被梁硕这种没纪律的领导给带坏的。以前儿科较弱，住院部收治的都是普通患者，工作压力并不大，整体比较懒散，不过既然他现在是科室主任，就不能由着他们胡来。

这么想着，林顾白阴沉着脸径直去了那间被出借的病房。

由于刚刚林顾白发了飙，围观的护士都已经散了，所以只剩梁硕一个人看得津津有味，连林顾白出现在他身后也没发觉。

林顾白拍了一下他的肩，他才转过头来。

看到是林顾白，梁硕无所谓地笑了一下："林主任怎么没休息呀？"

林顾白勾了勾手指，示意他出来。

梁硕看他脸色难看，也一下子绷紧了神经。不管人家多年轻，到底是宋院长的亲儿子，明面上还是不好得罪的。

林顾白刚转身要离开，突然听到身后响起一声脆生生的呼唤："嗨，林顾白！"

第三章
林顾白，我喜欢你！

在她没心没肺的笑意里，他蓦然感到了心头一阵温热涌动的异样。

Er Ni
Qing Cang
Xin Di

【1】

林顾白闻声身子一僵，目光不由自主地扫了过去。

视线中，一袭白色连衣裙的姑娘俏生生站在那里，眉眼弯弯像月牙儿在冲着他笑。

她的脸上上了妆，唇妆粉嫩，眼妆精致，眉尾上挑，突出了她的妩媚劲儿，在她没心没肺的笑意里，他蓦然感到了心头一阵温热涌动的异样。

室内打着光，她逆光而立，光线打在她及膝的连衣裙上，感觉她浑身都在发着光。裙摆之下，一双小腿细长柔嫩，白得发亮。

在这样短暂的一瞬，他听到了来自心脏最柔软处怦然而动的鼓点声。那声音极响，几乎震破胸腔，让他有些失神。

在他发愣的瞬间，她已经绕过几个工作人员走到他的面前。

"我也是今天才知道要到这家医院拍一场戏，没想到居然能在这里见到你。"

林顾白回过神来，看着苏宁安一身夏天的装扮，皱了皱眉："不冷吗？"

"有暖气，不冷。"姑娘仰着白嫩的脖子娇憨地笑。

"当心再感冒。"林顾白干咳了声，看了眼一脸八卦的梁硕，使了个眼色，让梁硕赶紧回去，等着他秋后算账。梁硕一缩脖子，快速走开了，他这才接着说，"你还是演员？"

姑娘咬了咬唇，不自信地摇摇头："不是，就客串一下，赚学费的。第一次演，紧张着呢，不信你摸摸我手心，都是汗。"

她说着话，就伸手去拉他的手。他没反应过来，躲闪不及，手被她拉住。

她手上的嫩肉极软，让他有短暂的失神。

他想要抽出手，她却凑到他的耳边吐气如兰："上次你利用我一次，我这次也利用你一次好不好？"

他皱了皱眉，奇怪地退回身子看着她。

她再次凑到他的耳边小声说："我都不知道今天还有场吻戏。导演临时加的，也不知道是不是男演员要求的。我一个新人，也没个人帮我镇场子，虽然说好的借位，可万一被人家占了便宜，我珍藏了二十一年的初吻不就说没就没了？"

林顾白淡淡的目光越过几个工作人员，看到正躺在椅子上休息的一个男人。

那男人长得细皮嫩肉，年纪很轻，五官精致。林顾白从不看偶像剧，不认识这个人，但是也能猜到这就是让小护士们脸红心跳的男明星。

此刻那人耳朵里插着耳机正微闭着眼睛休息，嘴里嚼着口香糖，身边还蹲着一个小助理，一看就和苏宁安这种刚出道的小新人派头不同。他不禁再次蹙紧了眉头——想要趁机吃他的小姑娘豆腐？门儿都没有！

林顾白反手握住了她软软的手，发觉她掌心确实有点汗湿。

"别紧张，"他勾了勾嘴角，"我在旁边看着。"

"以什么身份呢？"小姑娘喜上眉梢，媚色嫣然。

"你男朋友。"他清了清喉咙，说出这四个字时，声音依然有些哑。

苏宁安抿着唇得意地笑，一蹦一跳地去补妆。

江小满这个狗头军师有时候还真是挺管用，回去应该好好请她吃一顿。

昨天看到今天这场戏，她本能地想退缩。这可是林顾白他们科室的住院部，要她和另外一个男人抱着亲热……好吧，虽然只是借位，但摸摸小手搂搂小腰什么的不可避免，万一被林顾白撞见，这可上哪里说理去呀。

她哼哼唧唧地不肯去，江小满长叹一声："亲，你以为借这么好的医院一天场地容易吗？你这还没出名就想要大牌呀？"

苏宁安皱着小脸看向江小满："可是让我当着林顾白的面亲别人，臣妾做不到呀……"

江小满眉毛一挑："又不是真亲，你怕什么？再说，林顾白那么忙，哪有时间跑到片场看你呀！"

"可是……"苏宁安绞着手指，非常不敬业地想逃跑。

江小满却眼睛一亮，贼笑着看她："是不是很久……没见你家男神了？"

苏宁安点点头，从那晚之后，就再没见过他了。一入剧组深似海，她一新人根本没时间开小差。

"想不想知道追男人的奥秘是什么？"江小满眨眼。

苏宁安默默地看着她眉飞色舞："什么？"

"松一松，再紧一紧呀！"江小满打了个响指，扬着眉毛笑，"你们之前吧，都有点小苗头了，不正好趁着这个机会，给他点紧迫感呀？难不成你还想再等个八年不成？"

听军师一席话，胜读十年书。

抱歉了，小鲜肉，只好暂时给你安上"色狼"的人设了。

苏宁安心情极佳，状态爆棚，一有空就往林顾白那边偷瞄上几眼，眼波顾盼飞扬，满面春色。

"好，非常好！"导演笑着竖大拇指，"这会儿状态就对了。你们刚刚定情，要的就是这种恋爱中的甜蜜劲儿！有正牌男朋友在就是不一样啊，继续保持啊！"

苏宁安羞红了脸点点头，眼神瞟向林顾白，竟捕捉到他眼神里的一丝笑意。

很暖，很好看的笑容。百年难得一见。

终于到了亲吻的那一刻。

苏宁安慢慢闭上了眼睛，林顾白发现她的睫毛很长，闭上眼睛比睁开时更勾人。

只是那男演员的手确实碍眼。

对方的手圈住她的腰，头微微侧了侧，以一个非常方便接吻的角度慢慢地凑过去。

林顾白掌心握紧，恨不得上去一拳就把这个男人打飞。

但是他不能，所以他只能眼睁睁地看着男演员在距离她嘴唇还剩下最后一厘米的时候慢慢停下。

唇瓣没有碰上，但呼吸显然纠缠到了一起，他明显看到小姑娘的睫毛紧张地颤了颤。

林顾白绷紧了唇线，决定回去要和她谈一谈。

换了几次角度和机位过后，这条总算是过了。

导演站起身，走到林顾白的面前伸出手，笑着道："要不是看在林主任的面子上，这条不会这么轻易过，嘴唇怎么也得碰一碰，拉个近景啊。"

林顾白脸色不太好看，应付性地握了握手。他也是刚刚才知道这部戏的投资方是医院的股东之一，怪不得宋院长批场地批得这么爽快。

导演显然也知道林顾白的身份，所以当苏宁安一表明自己是林顾白的女朋友，他立刻就明白了是什么意思，这条一点都没有怎么为难苏宁安。

中场休息。

苏宁安钩着林顾白的手亲亲热热地去了他的办公室。

关上门，林顾白想要放开她的手，她却钩得死紧，整个人蹭啊蹭地就往他怀里深处钻。

他有些招架不住，叹了口气："门关上了，戏结束了。你利用过我一次，我利用过你一次，扯平了。"

他突然的冷淡瞬间让她陷入尴尬。

她讪讪地松开他的手，眼圈一下就红了。

林顾白心里一揪，忙说："别在这儿哭，要不然人家还以为我欺负你了。"

小姑娘委委屈屈地看着他："你就欺负我了。"

他皱眉。

"我都被你抱过了……还牵了手……"她委屈地吸了吸鼻子，眼睛里满是水汽，顿了两秒，才直勾勾地看着他，一字一顿地说道，"林顾白，我喜欢你！"

林顾白呼吸一窒，有些震惊。姑娘的直白出乎他的意料，他一时不知该如何应对。

关于他们之间的关系，老实说，他还没完全想好。

她太年轻，也许只是想要谈一段恋爱，而他，则不是个轻易会开始一场恋爱的人。

再则，他也不忍心把她拉到他乱七八糟的人生里。

她还是天真无邪的年纪，而他，已不再年轻。

"我说我喜欢你呀……"姑娘的声音软糯好听，带着点撒娇的意味，"你好歹给个反应好吗？要是没反应，我就当你同意咯？"

林顾白垂下头，颀长的身子靠在宽大的办公桌边，一言不发。

"试试都不行吗？"姑娘又委屈地吸吸鼻子，"反正咱们都单身，试试你又不吃亏。"

林顾白终于抬起头来看她，目光恢复初见时的淡漠："这种事，不都应该由男人主动的吗？"

姑娘瞬间哑然，红红的眼睛呆愣地看着他。

他冷冷地盯着她的眼睛，面无表情："你说你喜欢我，可是你喜欢我什么呢？感情难道不需要建立在互相了解的基础上吗？没想到现在的年轻人对待感情都这么随便，你甚至都不了解我的个性，不知道我大你几岁，不知道我的履历和背景。而我，除了知道你的名字之外，更是对你一无所知。既然如此，你凭什么得出'喜欢'这个答案的？只是因为长相？职业？或者经济实力？"

姑娘的眸光渐渐暗淡下来，再也没了桃色嫣然的飞扬神采，只留下难堪的尴尬和浓浓的失望。

林顾白不忍再看，低头坐回自己的办公椅，打开电脑。

方寸之内，弥漫着漫长而压抑的沉默。

久到让人有些缺氧，姑娘才终于冷冷地开了口："你说得对，是我太随便了。抱歉，给你添麻烦了。"说完，她转身就拉开门跑了出去。

林顾白颓然靠在椅背上，良久之后，终于苦笑出声。

爱哭的小姑娘一定是躲到哪个地方去哭了吧？

不管怎样，从此之后，她是再也不会回头了。

这么好的小姑娘，是个男人都想把她当作心尖上的肉宠着，哪里还会再好运地轮得到他呢？

【2】

庆功宴设在饭店顶层的包厢，医院的高层领导都在。林顾白演戏一般地应付着，喝酒的时候他选择了果汁。当医生这么多年，已经习惯了随时准备出现在紧急手术中，晚上他也极少喝酒。

这个包厢的氛围，与其说是在吃饭，不如说是公关。酒过三巡，他的作用已经发挥完毕，抬腕看看表，有些走神。

汪漪从洗手间回来，走回他身边的位置，嘴角笑容有些诡异。

他心情不悦地皱皱眉。从那天之后，汪漪在他面前一直这么阴阳怪气，但也从不主动和他说话，似乎还在等着他来主动道歉。

她早已习惯过去的相处模式了，以至于到现在也不愿意微微低头。

汪漪把手机放在他面前。

他低头看了一眼，怔了怔。

是一张照片，似乎是偷拍的，画面有些模糊，但依然能看清楚里面的场景。

一张酒桌上，苏宁安正和一个男人亲昵地挽着手臂，喝交杯酒。旁边的人皆是一副兴奋的表情，拍着手围观。

林顾白拧眉看了一眼汪漪，汪漪则高傲地挑了挑眉，把手机收了回去。

他突然有种想掀桌的冲动。

那男人正是白天那个和苏宁安拍吻戏的偶像明星。看样子，应该是剧组人员在聚餐，而且就在他们这一层。

他知道自己的确没有立场去评判这样的声色犬马，可他到底没办法眼睁睁看着这样一个干干净净的小姑娘，在是非观还不成熟的情况下，懵懵懂懂地便被娱乐圈的灯红酒绿给浸染了。她永远不会知道那个圈子是个多么可怕的欲望深渊，但凡进去的，就没几个能独善其身。

林顾白握紧拳头，反复告诉自己，他绝不是出于嫉妒，而只是挽救一个即将"失足"的少女。

在汪漪一副看好戏的冷笑面孔中，林顾白悄然起身，打开门走了出去。

走廊里正好有两个刚从隔壁包厢出来的服务员凑在一起边走边笑，神色暧昧。路过他时，他听到了她们低低的笑声："那女的好奔放啊，娱乐圈的就是不一样……"

林顾白闭了闭眼，深吸了口气，停了半晌，终于下定决心，果断推开了隔壁包厢的门。

屋内气氛正嗨，和他们那桌的正襟危坐截然不同，连房门突然被人推开，也没有人在意，所有人的目光都聚焦在一个地方，根本无暇顾及其他。

连刚进屋的林顾白也不由自主地被一个女孩给吸引了过去。

那女孩戴着鸭舌帽，穿着白衬衫，只是白衬衫的扣子此刻只剩下第二颗是扣着的，而她此刻的动作显然比她奔放的衣着更豪迈。

她穿着热裤，裹着黑色丝袜的双腿正骑在一个中年男人的大腿上，嘴上叼着一根烟，双手扶着男人身后的椅背，歪着头凑过去，努力想要用嘴里点燃的烟，引燃男人嘴上的那根。

林顾白认出了那女人身下的男人，是那个导演。

导演显然十分享受这样的服务，色眯眯地笑着，嘴有意无意地蹭过去，几次肌肤相贴，蹭到了女孩的脸蛋上。

林顾白胃里一阵翻涌，有些想吐。

他迅速收回目光去找他的小姑娘，发现她面色通红，正一脸兴奋地看着对面的情色游戏。他一秒都没忍住，径直走到她身边，一把将她拉了起来。

姑娘显然吓了一跳，"啊"的一声叫了出来。

此时，整桌人的目光都被吸引了过去，包括对面正在享受温香软玉的导演。

"哟，是林主任啊！"导演一把推下身上浓妆艳抹的女孩，笑着整理了一下衣服，"来带小苏回家？"

林顾白并没有理他，而是用力拽着苏宁安的手。

意外的是，苏宁安居然在挣扎。

掌中的手腕很细，仿佛一用力就能掰断。可她却用了十足的力气，显然还带着些怒气。

"你放手，林顾白！"她挣脱不了，恼着成怒，大声冲他喊。

林顾白看得出她喝了不少酒，双眼都有些迷蒙。他暗叹了口气，柔声开口："我错了。我知道我说错话了，别生气了，现在，跟我回家，好吗？"

她惺忪的眼神费力地移到他的脸上，张着嘴，有些惊讶，看起来就像个懵懂无知的孩子。

"走吧。"林顾白轻轻叹口气，手扶着她的腰。

她脚下没有动，眼睛却一直瞪着他。停了两秒，她突然皱了皱眉，委屈得仿佛马上就能哭出来："我才不随便！我不是随便的人！你怎么能这么说我呢？我……我真是太难过了……"

"我错了。"林顾白果断地再次道歉，"是我说错话了。"

"不要！我不要喜欢你了！"姑娘借着酒劲胡闹起来，知道挣不开他的手，就用另一只未被束缚的手一把抓住了身旁那个偶像明星，扭过头对着那人吃吃地笑，"廖杨，早知道今天不借位了，既然我那么随便，我今天就应该亲一亲你，好让全天下的迷妹都嫉妒死！"

廖杨居然温柔地笑了笑，握住她伸过来的手，一副深情款款的模样："没关系，有的是机会。"

"听到没？"姑娘开心地转过头，看着林顾白阴沉得几乎要吃人的表情，一点也不怵，大声地宣布，"你不要我，有的是人要我呢！我告诉你，我行情一直很好的！既然你嫌弃我，那我就找个不嫌弃我的人好了！下次我就真亲了，全方位三百六十度无死角地亲！反正天下帅哥那么多……嗯……"

整桌人都被林顾白突如其来的动作惊得愣了神。

一秒过后，口哨声、尖叫声、鼓掌声四起，大家兴奋地围观这场意料之外的现场亲吻秀。

苏宁安双眼瞪得浑圆，完全没搞清楚发生了什么，只看到他头突然凑过来，自己唇上骤然一软，湿润的触感即刻袭来，她差点晕倒过去。

林顾白在亲她？

他居然当着这么多人的面，吻了她？

她的脑袋里响起一阵嗡嗡声，还没搞清楚发生了什么，他的唇已经离开了她。

"我错了。"他第三次在她的耳边温柔地道歉，然后伸手把她放在椅子上的包拎起，另一只手箍在她的腰上，"你醉了，走吧，回家醒醒酒。"

苏宁安再没了方才反抗的力气，被他轻轻一钩，整个人就轻飘飘地被他带走了。

林顾白点点头，冲导演致意："不好意思，她在发酒疯。以后还请多照顾我女朋友，张导。"

"没问题没问题！"张导笑得胖胖的脸上眼睛都找不见了，"回见回见。"

林顾白带着苏宁安直达地下停车场，把还处于晕晕乎乎状态中的姑娘塞进车后座以后，迅速走回驾驶室，发动了车子。

一路上，谁都没有说话。

林顾白透过后视镜看苏宁安，只见她乖巧地坐在那里，低着头，不知道是不是睡着了。

他抿了抿唇。虽只是浅尝辄止，但唇上的柔软触感似乎还在，他小腹里升起的燥热到现在都无法平息。

原来，同样是亲吻，不同的人带来的快感却是不同的。

这个小女人，简直能要了他的命。

他努力集中注意力尽量平稳地开着车，生怕醉酒的她有丝毫的不舒服。

直到现在，他才终于明白他并没有兼济天下的博爱和泽被苍生的责任感，他只是嫉妒。

嫉妒她放弃了他之后转头便投入别的男人的怀里，嫉妒她依偎在别的男人的怀里巧兮盼兮，嫉妒别的男人理所当然地占有她的美好……这种独占欲让他明白，他一直引以为傲的理智，原来是这么不堪一击的东西。

原来，对一个人有感觉，真的和时间长短、了解得深与浅，关系并不大。有些人，只一眼，便足够。当这种感觉发展到自己也无法压制的时候，便已是无药可救。

车子停下，他弯腰拉她出来，发现她根本没睡着，只是老僧入定般坐着，面色酡红，眼神迷离。

这种柔媚入骨的神态让他心痒难耐。如果不是还残存着一丝理智，他真想在车里就不管不顾地满足了自己眼下的冲动，先把她吻个七荤八素再说。

强忍着内心的翻腾，他极有耐心地牵着她的手下车。

一路上，她都乖乖地跟在他的身后，任他牵着她的手在昏暗的地下停车场里穿梭。

黑色原本让人恐惧，但有这样一双手的牵引，无论在何处，她仿佛都能看到耀眼的光芒，如若坦途。

八年了，他一直是她的灯塔，是她奋斗的意义。

在被父母放弃的十三岁，在无人管教的漫长青春期，一个漂亮的女生的确有无数个放纵自我的理由，但她没有，只因她想某年某月某个地方，若能再见到他，她想在他眼中看到惊艳的光芒，想让他的目光能在自己身上多停留几秒。

她希望自己变成他喜欢的那个样子，也希望当自己站在他的身边时不让他丢脸。

一个女孩靠什么证明自己呢？

美丽的外表？独立的人格？体面生存下去的能力？还是，多读书培养出来的文雅气质？

她多想面面俱到呀。

她也不确定自己在这八年里，到底做到了几分，但如今终于获得他的温柔以对，一切努力，都不算白费。

空寂的电梯里，她能听到自己心脏剧烈跳动的声音。她同样也能感受到他紧绷的神经，以及渐渐箍紧着她手心的男性力量。

电梯一层层往上攀爬，想到接下来可能发生的事情，她的酒意都醒了几分。

今晚的一切太过奇幻，在她完全没有准备的情况下，居然功德圆满了。

喜欢一个人可真是折磨呀，他主宰着你是在天堂还是地狱，左右着你的喜怒哀乐。

好在，他总算牵了她的手。

哪怕只有今晚一次，她也心满意足。

她还在心里盘算着怎样做才能让他面对她时抛开冷淡的面具，他却已经打开了自己家的门，把她扯了进去，并在她还没反应过来的时候，把她抵在门后，深深地吻了上来。

她颤抖着眼皮闭上了双眼，双手牢牢地揽住他的脖子，轻启双唇，迎接他暴风骤雨般的入侵。

今晚，他热情得完全不像是他。向来淡漠和疏离的林顾白，突然变成如此热情如火，她有些被吓着了。

她完全不知道该怎么回应，只能被动地被他予取予求。

她渐渐呼吸不上来，双腿发软。他低低笑了声，双掌托住她的纤腰，让她严丝合缝地和自己的身体贴在一起，温润的吻转战到她的下巴，给她呼吸的机会。

她贪婪地吸入新鲜的空气，整个人挂在他的身上，酥软无力，小脸涨得通红。

他搂着她腰满意地看着她，睫毛卷翘，微微发颤，楚楚可怜的劲儿让人有些受不住，他悄悄地再次低下头去。

　　气息再一次纠缠在一起，两人呼吸都明显急促了几分。但这次他却耐着性子，缓缓地把唇压在她柔软的唇上，舌尖研磨着她的唇形，轻轻舔舐、描绘，再一下下吮着、辗转、轻咬。

　　她有着世界上最柔软的唇瓣，简直让他爱到了骨子里，不舍得狼吞虎咽。

　　她被他磨得痒痒的，咯咯笑了两声，他眸色一深，在她唇上狠狠一咬。她吃痛，张开了嘴，他的舌顺势滑了进去，钩住了她柔软的舌，气息骤然粗重。

　　直到她再次喘不过来气，他才恋恋不舍地放开她，指尖意犹未尽地抚摸着她的嘴角，以及她略有些红肿的唇瓣。

　　苏宁安从没想到一场亲吻就几乎让她缴械投降，整个人晕晕乎乎的根本站不住。她大口大口地喘着气，在林顾白看起来，就像是个热坏了的小动物。

　　他轻轻笑了起来，声音低沉又带着些沙哑，脑门顶在她的额头，热热的呼吸喷在她的脸上："体力不行啊，明天开始和我一起晨跑，怎么样？"

　　她羞涩地去捶他的胸口，咬着唇害羞，脸红得能滴出血来。

　　"原谅我了？不胡闹了？"他亲了下她的额头，认真地问。

　　她双手抱住了他的腰，蹭进他的怀里，脸贴在他的胸口，闷闷地说："谁胡闹了？我是真生气了。"

　　"那现在还生气吗？"他伸出两根手指把玩着她的耳垂。

　　"看你表现！"她娇憨地哼了声，"多少人追我，连一个手指头都没碰着。难得被本小姐喜欢上，还欲擒故纵，真是罪大恶极！"

　　他又低低地笑出声来，半晌，才在她的耳畔喃喃低语了几个字："没关系，咱们来日方长。"

【3】

小姑娘确实是有点喝多了。他去为她放热水的短暂时间，她已经躺在沙发上迷迷糊糊似是睡着了。

他本想转身帮她拿床毯子让她小睡一会儿，但又考虑到脸上的彩妆如果不卸掉对皮肤不好，也不想看到她睡得更沉更香后再被叫醒的难过劲儿，于是迟疑了一下，他决定残忍地把她唤醒。

小姑娘哼哼唧唧了两声，总算迷茫地睁开了双眼。林顾白察觉到体内因她此刻神态想要犯罪的洪荒之力，便赶紧放开了她："先别睡，喝点水。"

姑娘怔怔了下，而后渐渐红了脸。她努力坐直身子，端着杯子喝了口水，依然害羞得不敢看他。

他看得想笑，却又舍不得挪开目光。

姑娘被他看得更是抬不起头来，咬着唇悄悄瞟了他两眼，怯怯地发问："我们……我们这算是……"

"算是确定关系。"他含笑打断她的话。

她这才抬起头瞪着大眼睛对上他温柔的眼，似乎还有些不敢相信："那……那你白天还说……"

"那时我还没想好，"他轻笑着伸手揉了揉她的发，"现在我想好了。"

"我还以为你也喝多了呢……"姑娘眸光潋滟，直勾勾地看着他，眼里带着控制不住的喜悦，眼神比小憩前清亮了许多，似是酒意已散得差不多了。

"你想多了，我从不酒驾。"他好笑地又揉揉她的头发。

刚要起身离开，她却突然拉住了他手。

他勾起嘴角复又蹲下，且看她要怎样。

只见她傻呵呵笑着揽住他的脖子，蹭上来在他唇上狠狠地吻了一下，然后迅速撤回去，盘着腿抱着杯子背靠着沙发甜丝丝地冲他笑："我以为……刚刚我们那样……只是我喝醉了，做了个春梦。所以……现在再验证一下。"

　　他嘴角笑意加深，双手撑着她腿两侧的沙发，探过身子也在她唇上碰了一下，不过并没有像她一样迅速回身，而是在她的耳畔清晰地呢喃了声："验证得怎么样，女朋友？"

　　她咯咯笑着圈住他的脖子开心地回答："第一次谈恋爱，没什么经验，请多多指教啊，男朋友！"

　　她的回答显然把他震了一下。当初她说那是她初吻的时候，他只当她开的一个玩笑。但当真的吻上了她，便知道她所言不虚，的确是生涩得可爱。

　　如今她大大方方地表示这亦是她的初恋，让他如何不震惊。

　　真的很难相信，这样一个本该被异性众星捧月的姑娘，居然从没交过男朋友。

　　也难怪她在他拒绝了她的表白之后会那么生气，他竟然还说她"随便"？！当真如她所说，罪无可恕。

　　他暗暗叹了口气，越发坚定了某个决心。这样好的姑娘，他如不好好呵护，简直该天打雷劈。

　　一瞬间，他忽然想起在哪里看到的一句话：你遭遇的所有不幸，都只是获得最美好幸福注定该历的劫。

　　这次回国，原来也并非一无所获——住在对面的这个女孩，便是老天给他的最好礼物。

　　与之相比，其他的，都已没那么不堪忍受。

　　林顾白刚冲个澡出来，就听见门铃又响了起来。他皱了皱眉，透过猫眼一看，是刚回家不到三十分钟的苏宁安。

　　他笑着打开门，她像小燕子一样飞进他怀里。

"怎么不去睡？"他搂着她的纤腰，把门关上，才又揉了揉她乌黑湿润的发。

她扬起脸笑嘻嘻地看着他："差点忘了，和你道个别。"

她已经洗好了澡，也卸完了妆，毫无瑕疵的皮肤在柔和的灯光下透着光，白嫩的脖子缩在宽松的高领米色毛衣里，整个人纯净得就像是个孩子，偏她还笑得这么让人心痒难耐。

林顾白觉得这样抱着肯定要出事，只好恋恋不舍地松开了些："道别？道什么别？"

"我们剧组明天就要去外地拍戏啦！"她满脸不高兴地嘟着嘴抱怨，"一去就是差不多俩星期呢！"

"说到你那个戏，"林顾白牵着她的手，走到沙发边坐下，"你怎么突然跑去当演员了？"

"为了生活呗！"姑娘随意说着，手则不规矩地把玩着他的手指，"林顾白，我发觉你手长得很好看呀，像是弹钢琴的手。"

他失笑，抽回手指："别跑题，问你正事呢。"

她这才认真地对上他的眸子，坦诚以对："是因为小满，她是我模特这个身份的老板。她男朋友是这个戏的投资人之一，非说我适合这个角色，她一时见色忘友，就把我卖了。不过我后来看卖的价钱挺好的，也花不了太多时间，就答应下来了。毕竟，我是要靠自己养活才能生存下去的可怜宝宝。"

林顾白恍然想起此前她提过的为什么放弃学医的缘由，当时没深想，现在想起，却是一阵心疼。

"你父母呢？"他斟酌了一下，还是决定问出来。

"离了。"她垂下头，纤长的睫毛在小脸上投下两道浅浅的影子，也盖住了她眼睛里流露出的伤感，"我十三岁时就离了。把我判给了我妈，可是我妈再婚后就没管过我，在学校旁边给我租了个单间，只允许我寒暑假才能回家。后来，我弟弟出生了，我就更少回去了。除非学杂费和房租真的凑不齐，得回去求她给我点钱，其余时间，我基本算是自给自足。"

"自给自足？"林顾白无法想象一个十几岁的孩子靠什么自给自足，"你靠自己赚钱？"

"对呀！"她点了点头，竟笑了笑，"我们老师给我介绍了一个在校内开食堂的亲戚，让我给那亲戚帮忙，这样一日三餐就省了，还能存点零花钱。代价就是我每天最后一堂课需要请假，去食堂帮忙。等同学们都吃完了，我再吃饭。"

林顾白自以为在医院见惯了生离死别，也见多了人情冷暖，但第一次听到有这样对待自己孩子的父母，他还是觉得难以置信。

比起其他科室，儿科应该是更能让人感受到亲情的地方了。孩子都是一家的宝贝，没有一个不是被疼着爱着的，比起其他科室的人伦纠纷，这里简直就是一方净土。

只是这世界比想象的更残酷。自己的父母虽然也已离异，但宋黎在金钱和生活上对他倒是无话可说，所以他实在很难想象，他的小姑娘竟会如此可怜。

"后来我慢慢学会怎么找到合适的工作机会，既能赚钱，又不影响学习的那种。"姑娘抬起头来，眼眸恢复晶亮，讲述着青春期里那段毫无色彩、如今想来却挺难忘的经历，"一直到上大学，认识了江小满。江小满是学摄影的，她第一次见到我，就扑上来脸皮很厚地对我说，同学，想赚钱吗？那时候看她那样子真是一点都不靠谱，可是她找活儿的本领真的很强。跟着她，我这三年多才衣食无忧，还有了点小钱买了辆小破车……就是你看到的那辆。"

提到那辆车，她就忍不住想起自己的那场恶作剧，不禁笑了起来，直到笑得乐不可支，倒在沙发上怎么都止不住。

林顾白静静地看着她，不知道该说些什么。

难为这孩子还能有这样无拘无束的笑容，从她时不时就笑得很灿烂的脸上，完全看不出她居然是出自那样的家庭。

他轻轻叹口气，伸手把她搂在怀里，满心怜惜地亲了亲她的唇，然后低头看着她的脸。

这果然是一剂良药，瞬间止住了她的狂笑。

她依偎在他的胸口，眨眨眼看着他，有些期待，又有些紧张的小模样。

小姑娘吹得半干的头发还有些湿润，身子又香又软，沐浴过后的清香一股脑儿地蹿入他的鼻腔。

林顾白深吸了一口气，有些进退两难。

苏宁安感觉出他的隐忍，也知道他一本正经的外表下确实有着一颗夫子心，便忍不住想要逗逗他。

她眼睛一眯，起了歪心思。猫样慵懒又勾人的眼神冲他放肆地放电，手也悄悄地从他衣摆下溜了进去，软软的指尖撩了撩他结实的背，指甲还有意无意地刮两下他的皮肤。

感受到他身子倏然紧绷，她带着妩媚的坏笑抬眼看他，只见他喉结上下滚了两下，显然忍得厉害。

她还想再接再厉，看他能忍到几时，不料，下一秒，手已被握住，硬生生从他衣服下被扯出来，头顶传来一声低哑的叹息："真是不知天高地厚的小丫头。"

她愉快地勾起嘴角，蹭了蹭他的胸口，单手抚摸着他的脸，声音软软糯糯："说吧，你是不是还想亲我？"

"如果你今天想睡在这里，那就请继续。"他眸光幽深，声音沙哑，神色却极认真，看来所言不虚，绝不是恐吓。

她心里一紧，手指顿了两下。

"怕了吧？"他失笑，把她从胸口扒开，"都二十一岁了，难道都没人告诉你在单身男人的住处这样做很危险？"

她俏生生地咬着唇盯着他，眸色嫣然："所以才说，请多指教——我的初恋男友。"

苏宁安抱着个抱枕窝在沙发里，光着的脚丫子搭在他的腿上，他则打开电视有一下没一下地换着台。

回想起刚刚那差点擦枪走火的一幕，她突然有点后悔。

紧张肯定是有的，但期待的成分肯定更多，然而最终它们都被害羞打败了。

喜欢一个人的检验标准是什么？江小满的回答简单粗暴：真喜欢一个人，肯定是分分钟想要睡了他。

如果刚刚他真想怎样，她也只会心生欢喜。

她喜欢他实在已经太久，只要是他，无论做什么，她都愿意。

"为什么你们这部剧还要拍外景？"林顾白听她说要去外地一个风景秀美的著名影视城，有点奇怪。

"因为我演的是个猫妖呀。"苏宁安摇晃了一下脚丫子，笑眯眯地回答，"好几百岁的九尾猫。"

林顾白好笑地看着她："猫妖？就你这扮相能是猫妖？"

"当然啦，而且不是普通的猫妖，是九尾猫。"小姑娘挺认真地告诉他。

林顾白对这些不是很感兴趣，也是第一次听到九尾猫这种生物："不都说九尾狐吗？怎么还有九尾猫呢？"

"九尾猫可比九尾狐悲惨多了。"苏宁安坐起身来，抢过遥控器，一把关掉电视，神情严肃地盘坐在他的面前，"真的，我看剧本的时候都感动哭了。"

"哦？"他挑了挑眉，一副愿闻其详的模样。

"所谓的九尾猫呢，其实是一种灵猫，一生都为了修炼出第九条尾巴成为神仙而努力。只是这第九条尾巴并不容易修炼，因为当灵猫长到第八条尾巴的时候，就会被有缘人看到，这时它就得替有缘人完成一个愿望，代价则是刚长出的第八条尾巴。等灵猫再次修炼出第八条尾巴时，又会因为帮助另一个有缘人实现愿望而再次失去第八条尾巴。说白了，九尾猫是最悲催的一类修仙者，整个修炼过程像是死循环，周而复始地徘徊在八尾猫的状态中，因为人的欲望太多，灵猫要满足的有缘人也太多了。大部分的灵猫几百年都在第八条尾巴的长出和消失之间挣扎，在希望和失望之中焦躁，真正长出第九条尾巴的九尾猫就像是一个传说。"

林顾白听着听着，忍不住打断："我怎么觉得九尾猫的故事更像是在检验人性的贪婪与卑劣？正因为人类的一个个自私愿望，所以九尾猫才会有这样痛苦的修炼过程？"

"是啊，毫无希望地努力着，才是最痛苦的。"苏宁安轻轻叹了口气，"所以我才被这剧本打动了。我演的是只三百岁的傻白甜灵猫。从长出第八条尾巴开始，她一直都在第八条尾巴长了又掉、掉了又长的过程中绝望挣扎。今天在你们医院拍的，就是她再次掉尾巴的情节。这只小白灵猫终于又修炼出了第八条尾巴，却再次被一个有缘人撞见，对方希望她能让他们重症的女儿清醒一天，他们夫妻想为孩子过一个快乐的生日。所以灵猫就在医院帮那对夫妻实现了愿望，让小女孩醒了过来，代价是失去了刚刚长出来的第八条尾巴。爱上灵猫的男主角知道了真相，跑到医院安慰再次失去尾巴的灵猫，结果俩人动情之余，第一次亲吻。"

林顾白长长地"哦"了一声，终于把前因后果联系到了一起。

"这小猫是不是很可怜？"她握住他的手表情十分庄严地问。

"的确非常可怜，"林顾白捏了捏她的掌心，"世上没有比在绝望中努力更可怕的事。"

"是呀。"苏宁安又轻轻叹了一声，眼睛却一直一眨不眨地盯着林顾白。

林顾白不明所以："怎么了？这么看着我？"

"林顾白……"苏宁安依旧深深地望着他，语气极为认真，"嗯，如果我是那只灵猫，如果你是我的有缘人，你会对着我许什么愿望？"

林顾白怔了一下："什么？"

"如果我是那只好不容易修炼出八条尾巴的灵猫，那只绝望又痛苦的灵猫，如果你可以许一个愿望，你会许什么愿望？"苏宁安握紧了他的手解释着，他能清晰地感受到她的认真和期待。

林顾白嘴角勾起，眉眼温柔，探身吻了下她的额头，在她的耳畔轻声开口："我的愿望是，希望你长出第九条尾巴。"

【4】

林顾白没想到他简简单单的一句回答就能把小姑娘感动到如此泪水涟涟，忍不住担心起她的身体来。

"别哭了，入戏太深对身体不好。"

苏宁安窝在他的颈窝死命地摇头："不要！这时候哭一哭对身体才会好！"

他无奈，只能有一下没一下地拍着她的背，安抚着她。

苏宁安哭了一阵，红着鼻尖又挺认真地看着他："你真是……这么想的？"

林顾白笑了笑："如果真爱一个人，肯定愿意成全她。"

"可是……如果她为了他不想当神仙了呢？"她皱着眉头又发问。

他愣了愣："可是人的寿命有限，看着自己爱的人生老病死，应该是件更痛苦的事吧。"

"可是两人如果真的相爱，就没有什么比相伴到老更好的愿望了。"苏宁安坚持道。

林顾白却揉了揉她的发，温柔地笑："所以说你还是太年轻，没有什么是永远不会改变的。哪怕再惊天动地的爱情，最终也可能是曲终人散。爱情很短，但是人生很长，能变成亲情的爱情，才是真正的圆满。只靠荷尔蒙维系的爱情，都长久不了。"

苏宁安心头一紧，品着他的这个答案思考了很久。

品着品着，她忍受不了心口那种酸涩的胀痛，回了自己的家。她担心再晚一秒，自己就能在他面前委屈地哭出来。

林顾白说这些话时的表情让她震撼——他的表情实在太平静了。听着他成熟而又冷静地告诉她爱情不会长久，她突然有一些害怕了。

也许他说得对，她太年轻了，也没经历过爱情。而他，定是曾有过那种刻骨铭心的爱情，也许就是那晚那个女人，只是最终却不圆满，所以对爱情已经失望。

经历过的人才有发言权，可能也真的是那么一回事，要不然世上也不会有分手的情人、离异的夫妻。父母想必也曾经爱过，但最终却成了仇人，真是何其讽刺。

可是，林顾白，即便真的如此，你又何必这么直白地说出来？你可曾想到这会让我对我们俩的未来也充满恐惧？

就在苏宁安辗转难眠的时候，手机突然响了一下。她打开一看，是林顾白的微信。他说："其实你那个问题，我想了想，应该还有另外一个答案。"

她心尖一动，暮然一阵温暖。

他的确是个心细的人，大约是感觉到她的失落，才在时隔两个小时后，再和她继续聊这个话题。

她回："是什么？"

林顾白："男孩其实可以许个愿望，让他们一起变老。"

苏宁安一下子坐起来，激动得想要打字，可是越激动手就越抖，她忍无可忍，最后拨了个电话过去。

林顾白很快接了起来，然后听见小姑娘在电话那头激动地说："林顾白，你为什么突然这么想？"

林顾白笑了笑："既然你说灵猫此时的愿望已经从当神仙变成了与相爱的人相伴终老，那为什么不先满足她当下的愿望？让灵猫完成她自己的愿望，这也是一种爱她的方式。"

"恭喜你说出了标准答案，林顾白！"小姑娘明显欣喜若狂。

他怔了怔："什么？"

"我是说，剧本里的那个男孩就是这么说的！"苏宁安感到自己的声音都有点抖，"可是你知道最终发生了什么吗？"

"什么？"

"灵猫同意了，神奇的是，就在那一刻，她的第九条尾巴也长出来了！她圆满了，可是她并没有飞上天去当神仙，她选择和他一起变老！所以，长出第九条尾巴的机缘，并非一定是找到一个许出让她长出尾巴愿望的人，而是找到一个真正爱她的人。任何时候，不放弃彼此，也不主动牺牲，委屈求全，而是真正地知道对方想要的是什么，然后一起完成。"

林顾白在电话那端沉默了许久，久到她差点以为他挂断了电话。

"你还在吗，林顾白？"苏宁安小心翼翼地问。

"还在。"林顾白的声音有些低，"我在想……"

"想什么？"她好奇。

林顾白低低叹息了声："我在想，这个编剧一定是个出色的言情编剧，非常浪漫。"

她嘻嘻笑道："本来就是部偶像剧。"

"对于一个从不看偶像剧的人来说，这个考题确实有点难。"他也低低地笑了声，"好了，睡吧，晚安。"

他的这句"晚安"十分温柔，就像他在她的耳畔呢喃。

她不禁弯了弯眉眼："晚安，男朋友。可是，你是不是少了什么程序啊男朋友？"

"什么？"他笑出了声，温柔似水。

"亲一下！"她厚着脸皮提要求。

"好吧。"他继续笑，听起来心情很愉快。紧接着，她就在听筒里听到一个响亮的声音，是他对着听筒啵出的声音。

苏宁安十分丢脸地隔空红了脸，她也对着话筒轻轻地亲了一下："林顾白……"

"嗯？"

"我……"

"怎样？"

"林顾白……"

"嗯？"

"白白……小白……"

他忍俊不禁，再次失笑出声，低哑的声音带着致命的蛊惑："犯傻呢？"

"晚安！"她捂着脸匆忙说了两个字，便躲进了被窝里。

林顾白，我爱你。

只是，她到底是脸皮薄，不好意思说出口。

刚确定了几个小时的关系而已，她也不想吓着他。

可是，她真的很感激他对自己情绪变化的在意，也很感激他能为了满足她而努力地修正自己的想法，终究回答出了她想要的那个答案。

这算不算他对她的在意？

姑娘甜丝丝地闭上眼，很快沉沉睡去。

林顾白挂断电话，靠在床头闭上眼睛一动不动愣了很久。

他本就是个细心的人，当然看出小姑娘离开的时候情绪不佳。

她情窦初开，对许多事想必幻想得很美好。当初的自己，不也是这个样子吗……

原本也没想过用这种方式哄她开心，但到底还是没忍住。只是希望她能睡得好些，毕竟接下来会有半个月见不了面。

其实，有句话，他方才一直想说，最终却没有说出来，因为不想让她难过。那就是，九尾猫本就长生不老，有的是时间不断试错。可凡人的时间却很短，匆匆数年而已，一旦做错决定，便是一生。如若那只猫真爱得死去活来，倒不如让她亲身体会生离死别的痛苦，也算是一种修行。如此，既成全了自己，也成全了那只猫。

只是那只猫一定没有经历过生离死别，如若她知道看着爱的人一天天在身边枯萎死去是一种什么样的痛苦，她一定不会爱上一个异类。

所以，这个所谓的问题，一开始就是个伪命题。

世上哪里有什么九尾猫？不过是哄骗小姑娘眼泪虚构的故事罢了。

林顾白刚查好房回到办公室，就看见宋黎正坐在他办公室喝茶。

"您怎么来了？"林顾白说着话，走向办公桌，打开电脑，准备继续写昨天那台手术的总结。

"我过来就是通知你，今天下午的记者会需要你安排好时间。另外，你昨天那台手术，征求了几个权威教授的意见，我准备报上去做个教学案例，毕竟是省内首屈一指的手术，而且还涉及新生儿麻醉方面的技术突破。"宋黎一口气说完了，顿了顿，才接着说，"昨天晚上，你怎么不辞而别了？"

林顾白知道她亲自跑一趟，绝不是仅仅为了工作上的事，后面的才是重点。他勾了勾嘴角，漫不经心地回了句："坐着也是陪衬，不如早点回来休息。"

"是吗？"宋黎居然也笑了笑，"可我怎么听说你揽着个女孩一起离开饭店了？"

林顾白抬眸看了她一眼，神色淡然："是有这么回事。"

"听说还是个小演员？"宋黎依然在笑，"听护士们说，昨天就看你们在医院勾肩搭背的，也不避讳旁人？"

林顾白笑了笑，摊手："我自己的女朋友，有什么好避讳外人的？不过说起来我还要感谢您，为我们制造了约会的好机会。"

宋黎微微皱了皱眉，停了两秒，才缓缓放下手里的茶杯，摆出院长不怒自威的神态，严肃地审视着林顾白。

"趁着还没谈多久，断了吧。"宋黎沉默良久，淡淡出声。

林顾白挑挑眉，冷笑了声："宋院长，管得略宽了吧？"

宋黎肃然凝视着他："你已经过了胡闹的年纪，现在什么人最适合你，你比我更清楚。"

"如果您是想继续谈论这个问题，那恕不奉陪。"林顾白霍然起身，很不客气地下了逐客令。

"你喜欢那女孩什么？"宋黎不解地看着他，"你一个大博士，她一个小演员，你们有沟通的基础吗？新鲜感不会超过三个月，你还是别浪费时间了。"

林顾白却笑了笑："既然您料定不会超过三个月，那为什么这么着急要我们现在就分开？"

宋黎哑然，神色陡然尴尬。

林顾白的手机却在这时突然响起，他看了眼来电显示，顿了顿，但还是大大方方地接了起来。

"林顾白，我到啦，跟你报个平安。"

小姑娘的声音清脆悦耳，宛如黄莺出谷，让人神清气爽，林顾白不由得舒展了眉峰，柔声说了句："那就好。"

"我会天天发微信骚扰你的，你要经常看看手机呀！"

林顾白失笑："好。"

"我仔细想了想，你昨天说得对，我的确有点胡闹了，确实应该和剧组那些人保持点距离，道不同不相为谋嘛。不过，如果不是你说得那么难听拒绝了我，我才不会一生气就和他们混在一起呢。所以，说来说去，还是都怪你。"

"好，都怪我。"他眸色温柔，唇边笑意加深。

"不过，我保证以后尽量少参加这种聚会，不喝酒，不熬夜，不和他们一起出去鬼混，有空多看书，继续当个乖孩子。不过你也要乖乖的，不准和别的女人私下外出哦！"

"好，我保证。"

"那……亲一下？"

林顾白一愣，干咳了声："别闹，在开会。"

"啊？！"姑娘尖着嗓子叫了一声，"你怎么不早说！挂了，拜拜，小白！"

小白？

林顾白失笑摇头，拿她无可奈何，当真是个孩子。

他放下手机，再次看向宋黎，只见她一脸震惊。

"那个小演员？"宋黎发问时已有些隐怒。

"别这么叫她，我听着不舒服。"林顾白敛去了方才的温柔笑意，不悦地皱皱眉。

"胡闹！"

"是吗？"林顾白冷笑了声，不再看她，迈步就往外走。

"你回来！"宋黎喊。

林顾白手握在扶手上，转头看了眼宋黎，缓声说道："宋院长，我说过，贪心不足，容易竹篮打水一场空。如果您再插手我的感情生活，我这就递上辞呈，我说到做到。"

宋黎愣了愣："你威胁我？"

林顾白嗤笑了声："算不上威胁。这只是一份工作，如果不开心，当然可以换。"

"你以为你还能去哪里吗？"宋黎捏了捏掌心，厉声道，"放眼望去，哪里能给你这样施展拳脚的空间？你真的不在乎自己的前程了吗？"

林顾白不在乎地笑了笑："不就是做医生吗？只要我还有行医资格，哪怕是去县医院乡医院，只要我愿意，也没什么不可以。"

"你……"

"我有事先走一步，您自便。"说完，他一把拉开了门，径直走了出去。

第四章
突然很想你

看着眼前的漫天雪景，他突然有点想念他的小丫头了。

Er Ni
Qing Cang
Xin Di

【1】

整个科室的人都已经知道黄金单身汉林主任有了女朋友，而且还是个漂亮的女演员，所以一早上气氛就略显八卦。只是开晨会的时候没人敢出声，昨天去围观的几个小护士还被点了名批评。一旦散了会，就很难堵住众人悠悠之口了，林顾白觉得整个科室的医生护士看他的眼神都不太对。

不过这样也好，有了正牌女朋友，也好过一群单身女青年有意无意在身边转来转去强得多，所以林顾白心情还算不错。

下午的发布会宋黎显然是下了大功夫的，基本能请到的媒体都请到了。

涉及工作的事情，林顾白一向十分配合，只是没想到这次记者会，不光是因为昨天一台手术，同时还为汪漪和她的生殖医学中心进行宣传。与其说这是个记者会，不如说是宋黎精心准备的一场广告。

纪念医院一下子来了两个背景不凡的名校博士，确实也算是有分量的，现场气氛也颇为热烈。

记者会结束，林顾白便率先准备回医院，没想到被身后的宋黎叫住了："等会儿和我一起走。"

林顾白有些厌倦，但也不想在公开场合和母亲起什么冲突，只好点点头。

宋黎吩咐了秘书一些事情，便上了林顾白的车。

车子平缓地驶上大路，宋黎才开口说："千万别因为早上那件事，情绪受到影响。就在刚才，已经有其他医院的朋友联系我，说有个新生儿需要做完全性大动脉转位手术，想往我们医院转。这是一个很好的开始，从此以后，你在手术台上应该要更加谨慎。"

"嗯。"林顾白淡淡应了声。

"至于汪漪……"宋黎迟疑了一下，才接着说，"汪漪是看在你的面子上才来我们医院的。她父亲那样的身份，最好的医院她都能进得去，可她为什么来咱们这儿，你也心知肚明。我今天介绍她，不光是为了做给她父亲看，也因为她确实是个人才。这些年，生殖医学中心一直都是盈利科室，特别是对不孕不育的治疗，像冷冻卵子、试管婴儿之类的项目，这几年市场特别好。汪漪是遗传学博士，拥有响当当的学历，又有那样的家庭背景，我可是想把她打造成我院的一块招牌呢，你千万别跟我意气用事，把她给弄跑了。"

林顾白嗤笑一声，就像是听到一个荒唐的笑话，完全没有给宋黎面子。

宋黎倒也不恼，继续平静地说着："我知道，以前是汪漪对不起你。可是，顾白，咱们实话实说，她确实是个不错的结婚对象，对你利大于弊。更何况，她和我说，她是真的挺喜欢你的，就凭这一点，她以后肯定不会再伤你心了。"

"这事儿还能有完吗？！"林顾白终于听不下去了，紧锁眉头不耐烦地低吼了声，"如果我不和她结婚，你就拢不住这个人，那是不是以后你但凡想要招聘个人，我都得出卖一下肉体？"

"顾白！"宋黎面子上有些挂不住了，"你非要说得这么难听吗？你就不能体谅一下我的难处？我一个女人，辛辛苦苦地经营着一家医院容易吗？"

林顾白抿紧了唇，沉默半晌，才冷冷地说了一句："这都是你自己的选择。如果你不愿意，没人能把你从市一医院妇产科一把手的位置上给拉下来。"

这场由宋黎主导的母子之间的谈话再次陷入僵局。一路上，宋黎都只是阴沉着一张脸靠在副驾驶的座椅上，一言不发。

林顾白脸色也不好看。

这些陈年往事，如非气急了，他也不会拿出来刺激她。

纪念医院作为知名的私立医院，众所周知的环境好，私密性强，服务好，院区宽敞明亮，医疗技术有口皆碑。主打的妇产科因为有宋黎这块响当当的招牌，一直都人满为患。儿科却一直是宋黎的一块心病，虽然人员配备也算是不错，但到底年轻医生多，临床经验少，很多有难度的手术做不了。现在有了林顾白这块招牌，一切就不一样了，对服务比较看重的高收入人群就多了起来，相应的，林顾白也越发紧张忙碌了起来。

好在，苏宁安最近也很忙，每天看她的微信留言，也是一副睡眠不足生不如死的模样，看得他忍俊不禁。

笑过之后，他又有些怔忪，摸摸嘴角，似乎认识她之后的这短短时日，他笑的次数比过去三五年都要多。

轻轻叹了口气，林顾白站在阳台上伸了个懒腰。

小小的雪花漫天飞舞着，地面已有些泛白。看着眼前的雪景，他突然有点想念小丫头了。

侧身看了眼隔壁，隔壁已经亮起了灯，林顾白犹豫了一下，终于还是走出去，敲响了隔壁的门。

从住进来到现在，他只见过江小满一次，就是那晚江小满过来领苏宁安的那次。所以，当江小满打开门，四目相对时，他还是不免有些尴尬。

"林医生？"江小满看到这个意外来客，惊讶得有点收不住自己的表情，"怎么会是您呢？"

"江小姐，您好。"林顾白清了清喉咙，"没打扰您吧？"

"没没没！"江小满迅速地打开门，"请进请进！"

"不用了，"林顾白摆摆手，"我就是想问一下，苏宁安现在具体的拍摄地点是在哪里，我想去看看她。"

江小满瞬间瞪大了浑圆的双眼："林医生，您是要和安安一起过平安夜吗？"

林顾白不自然地握起拳头，放在唇边干咳了一声："嗯，希望有时间去。"

"等一下啊！"江小满转身小跑着进了房间拿出手机，"来，加一下好友，我给您发过去。"

林顾白收到地址，默念了一遍，然后抬头冲江小满微微笑了笑："谢谢。"

"客气什么呀！"江小满笑嘻嘻道，"您是想给她个惊喜吗？不直接去问她，还特意跑来问我。"

"是这么打算来着，所以，江小姐愿意为我保密吗？"林顾白勾勾嘴角。

"当然！"江小满笑眯眯地上上下下打量着林顾白，"对了，我们安安最喜欢吃蛋黄酥，如果您能有心带去几个，她一定激动得哭给您看。"

林顾白笑意加深，抬抬握着手机的手，极绅士地致谢："那么，多谢江小姐了。"

江小满有点激动，手机拿起又放下，犹豫着要不要和苏宁安提前打个招呼，至少得保证平安夜她不会偷偷溜回来，让林顾白扑个空。

不过，以她对苏宁安的了解，苏宁安偷偷跑回来看林顾白的可能性还是很大的。

既要保证神秘感，又得把人给稳住，这事儿确实有点难度。为了臭丫头这场恋爱，她也算是操碎了心。想来想去，她最后索性打了个电话给邵嘉楠。

【2】

剧组里人人都看得出，这几天苏宁安的怨念有点深。圣诞节将至，小姑娘早前紧赶慢赶，就是想在圣诞节之前把自己的戏份拍完，赶回去过平安夜。本来这也是导演默许的，结果就在圣诞节前两天，导演突然拖延了进度，一直赶拍其他部分，让她一直干等着，眼看圣诞假就得泡汤。

张导实在是被她怨念的小眼神盯得没办法，只好说："虽然我是很想让你和林主任一起过圣诞节的，可是咱剧组谁不想过圣诞呢？天气不好，进度缓慢也是正常的，你作为新人这种心态可不行啊。你要抱着虚心学习的心态，多学学别人表演，每个人都是你的老师。"

苏宁安被他一番话说得无言以对，只好乖乖地在片场搬个小板凳坐着学习别人的表演。外景地本来就是主要拍妖精之间的打斗戏，武戏方面她要学的地方确实还很多。

雪越下越大。

林顾白开车到影视城的时候，漫天飞雪正纷纷扬扬，美则美矣，却实在冷得瘆人。好不容易找到片场，一眼就看到穿着单薄戏服的小姑娘正瑟缩地吊在威亚上，和下方的武术指导在说些什么。

林顾白之前倒是知道演员拍戏苦，可真亲眼见到了，还是止不住心疼自己的小姑娘。

雪大片大片地从阴沉沉的天空落下来，每个人说话时嘴里都呵着白气儿，越发显得吊在高处的小姑娘可怜得紧。

看情形，这是场打斗戏。对面的演员一身黑衣，明显就是反派，那一举手一投足明显像是练过的，一看就比小姑娘有武打根基，比较下来，导演便是一遍遍地觉得不满意，大声喊着让她动作标准一点，再不行就上替身。

林顾白走到张导身边。张导看到他倒也不惊讶，笑着点点头。

"你们现在拍的这种戏……听说不都是在棚内拍了再做特效吗？"林顾白虚心请教。

张导笑了笑："特效肯定后期会做，但场景的话，有合适的实景肯定还是用实景比较好，漂亮，还真实，画面感好。"

林顾白抿了抿唇线，顿了顿又说："她这戏，能用替身为什么不用呢？"

张导笑着说："她倔呗。"

林顾白有些心疼地看了眼被吊在高处一遍遍折腾的小姑娘。之前听她那么说，还以为这戏就是谈谈情说说爱，没想到还有武打戏。不过也对，既然是玄幻题材的，打斗戏本来就在所难免。

"先让她下来吧，"林顾白说，"我和她说说。"

苏宁安刚一落地，就看到了站在监视器后面的林顾白。

她先是愣了一下，紧接着便开心地尖叫着冲了过来，毫不避讳地死死吊在林顾白身上。

林顾白摸了摸她的身子，冰凉刺骨，宛若冰雪。刚想把她拉回自己车上，就看见一个小女孩拿着一件宽大的羽绒服跑了过来，熟门熟路地给她罩上。

"这是我助理，小照。"苏宁安吸了吸鼻子，把羽绒服穿上，双手放在嘴边呵了口气，又蹦了两下，才眉开眼笑地看着林顾白，"你怎么来了？你不是说有手术不放假的吗？"

"医院当然不放假，"林顾白心疼地用双手捂住她的手，"我安排好工作来的。"

"谢谢你林顾白！"小姑娘笑得眼睛都不见了，眸光盈盈，泛着水光。

"你的戏份今天先到这里吧，剩下的替身完成就行了。你的动作还是有点软。"张导站起身说。

苏宁安有点失望地皱皱小鼻子："还是不行呀……"

"没关系，你没有基础，做到这样已经不错了。"张导拍着她肩安慰她，"与你对戏的演员用的就是替身，你不需要力求那么完美。等你练好了，再上也不迟，要不然那替身当陪练都当得不耐烦了。"

张导既然把话都说到这个份儿上了，苏宁安也不好再说什么，只好点点头："好。"

"那去和林主任过圣诞吧，"张导笑着说，"上了替身我们也能快点收工过圣诞。"

苏宁安不好意思地吐吐舌头，冰凉的小手挽住林顾白："走吧，小白白！"

苏宁安带林顾白找了一家她觉得味道不错的西餐厅。

这种日子，西餐厅的氛围总是格外浓郁，也更适合情人约会。他们自从确定关系之后，连一次像样的约会都没有，苏宁安对这一次的约会还是非常在意的。

西餐厅暖气很足，虽然脱了羽绒服就是戏服，看着有点怪，但好在卡座很有私密性，而且在影视城这种装束见多了，也没人在意。

小姑娘显然不太满意和他面对面端端正正地坐着，红着脸硬是蹭到他这一边，窝在他身边玩着他的手指，笑得甜丝丝的。

林顾白揉揉她的头发，温声道："你干吗那么倔，直接用替身不好吗？"

小姑娘嘟嘴："本来我就不是科班出身，就是要多学习啊。"

"你不是本来也没把演员这身份当回事吗？"他好奇。她突然这么敬业，委实让他惊讶。

小姑娘抬头看他，眼神挺认真的："可是当一天和尚撞好一天钟，收了人家钱就得好好做事。"

他刚想承认她这个态度的确没什么问题，可偏偏她又娇滴滴地补充了一句："这是韩瑞阳告诉我的。"

"韩瑞阳？"林顾白对这个名字极为陌生，下意识问出声来。

"算是我的经纪人吧。"苏宁安脆生生介绍道，"本来我和小满俩人一直是散兵游勇的，可现在我进组了，杂事和后期宣传都需要人照应，小满目前得忙毕业作品，就把我的经纪约转给韩瑞阳了。韩瑞阳是邵嘉楠的好朋友，人挺靠谱的。"

林顾白了然地点点头，也难怪她现在连助理都配上了。

"不说这些啦！"苏宁安高兴地摆摆手，"本来我是想回去给你个惊喜的，没想到反而是你给我送惊喜来了。林顾白，你知道我现在有多高兴吗？"

林顾白莞尔。她的喜怒哀乐一向表现在脸上，他又怎么会不知道？

他握了握她的手，轻笑："你还是要注意身体。这么冷的天，大男人都扛不住。"

"我知道啦！"她嘻嘻笑着，"不过我也习惯了，拍照片也经常这样反季节来的。其实别看我瘦，我身体还是挺好的。再说，我这戏服里面有保暖层呢！"

"那就好。"林顾白揉揉她的肩，见服务生端着菜走过来，便催促她，"快回去，坐好了。"

林顾白吃西餐的样子很好看，动作流畅，姿态优雅，修长的手指捏着刀叉娴熟得很，看得苏宁安有点着迷。

"怎么这么看着我？"林顾白喝了一口难得点一次的红酒，勾起嘴角。

苏宁安哪里好意思说她在犯花痴，只好硬生生地找出了一个借口："不是，我看你捏刀叉特别稳，是不是手术刀拿多了练出来的呀？"

林顾白手指顿了顿，眉心微蹙，目光诡异地看着她："有没有人和你说过你很重口味？"

"什么？"小姑娘瞬间脊背挺直，不明所以。

"能把我切牛排和开膛剖腹做手术联系到一起，还能在吃饭时兴致勃勃讨论的，你是第一个。"林顾白眉心渐渐地舒展开来，缓缓地放下刀叉，"连我自己都需要抽离一下才能好好地吃饭，你倒真适合当医生。"

苏宁安怔怔盯着林顾白眼前刀工整齐的五分熟牛排，认真地品味了一下林顾白的话，脸色渐渐难看了起来，最后忍不住干呕了一声，什么胃口都没了。

"啊……"她无力地趴在桌面上，悔不当初。

"行啦。"林顾白没想到她反射弧线这么长，好笑地捉住她的手，"开个玩笑。吃吧。"

"不要！"小姑娘瓮声瓮气，没精打采，"坏小白，我以后再也无法直视你拿刀叉了。"

"真吃不下了？"

"嗯。"

"那吃点这个吧。"他变戏法般拿出个盒子来，"看看。"

苏宁安有气无力地抬起头，待他打开礼盒，眼睛蓦然一亮："蛋黄酥！"

方才下车时，就见他拎了个袋子，她也没多想，此刻突然看到袋子里装的居然是自己最喜欢的那家老字号的招牌蛋黄酥，瞬间满血复活。

"谁告诉你我喜欢吃蛋黄酥的啊？"苏宁安喜滋滋地伸手拿了一个放进嘴里。虽然有些冷了，但味道仍旧无可挑剔。这可是她这些日子最心心念念的东西了。

"还能有谁，你室友啊。"林顾白眉眼含笑，只觉得自己的心好像化成了一潭水，是这一生都从未有过的柔软。

"我就知道！"小姑娘吃得开心，似乎所有的凡尘琐事都比不过眼前的几个蛋黄酥，"不过，这家好难排的，特别是过节的时候，你排了几个小时呀？"

林顾白伸手擦掉她嘴角的酥皮残渣，笑了笑："也还好，去得早，两个多小时就排到了。"

姑娘贪吃的动作骤然停下。

"林顾白……"她清亮的眸中水光潋滟，鼻头有些发红，吸了吸鼻子，她才语带哽咽地继续说，"林顾白……你好傻啊……"

"行啦，"林顾白觉得这姑娘的泪腺委实太发达了些，反倒让他有些无措，"比起那些排了五六个小时的，我这不算什么。我今天本来就请假了。"

"我知道你很忙的……"小姑娘深吸了一口气，低头又咬了一口蛋黄酥，"而且今天天气还这么冷。"

"吃吧。别说话了。"

林顾白勾起嘴角已是习惯性地揉揉她的发。

吃完饭，外面已经黑了下来。因为是平安夜，大多数剧组都已提前收工，商业街上比平时热闹得多。

"林顾白……"小姑娘放在他大衣兜里的手动了动，糯声糯气地喊他。

"嗯？"他低头看她。

"其实，我也给你准备了一件礼物……"小姑娘声音越来越低，似是有点害羞了，"本来想今天回去送你的。"

"哦？"林顾白倒是挺好奇，"是什么礼物？"

"那你……要不跟我去酒店拿？"

"……"林顾白愣了愣，不知道该怎么回答。"酒店"这个词对于情侣来说本就是个比较暧昧的词汇，特别是今天这样特殊的夜晚。

姑娘似是察觉到他的不自在，仰头冲他笑笑："那要不我让小照帮我送下来？我和她住一间房。"

"这种事哪里还需要麻烦别人。"他轻笑了声，"走吧。"

"没关系，她本来就是我助理。你订好酒店了吗，要不我帮你先去办入住？我让小照直接送到你酒店前台？"

林顾白想了想，点点头："好。"

【3】

小照接到电话就一路飞奔着跑回酒店拿东西，等她将礼物送到林顾白酒店时，他刚刚办好入住手续。

"你猜我给你准备了什么？"苏宁安晃着小小的礼盒笑意盈盈。

"不知道。"林顾白诚实地摇摇头，"走吧，上去。"说完，很自然地牵着她的手朝电梯走去。

"这位小姐也要入住吗？"服务员在后面喊，"入住的话也要登记的。"

林顾白回头扫了一眼："不是，坐一会儿就走。"

房间门一打开，一室昏黄柔和的灯光下，暧昧的气息便扑面而来。苏宁安明知道什么事都不会发生，可心里还是紧张得要命。这可是她喜欢了八年的男人啊，在这样一个浪漫的节日里，哪怕发生一些什么，她也很高兴。可是她看得出，林顾白并不是个随便的男人。

这样的男人当然好，但总是让人忍不住想要逗一逗。

她双手捧着个小礼盒站在林顾白面前，仰头娇俏地笑着："你闭上眼睛啦。"

林顾白只好闭上眼睛，任她摆布。

只是，等来的不是"睁开眼"三个字，而是她气息渐近的温热呼吸，还有唇上柔软入骨的触感。

她有着世上最柔软的嘴唇、最香甜的气息，让他一旦触碰，便难以招架。

他缓缓睁开眼，正看见她踮起脚，努力地够上他的唇，微眯了双眼，红着脸很认真地一下一下亲着他，虔诚地磨蹭着他的唇。

"这是礼物？"他双手揽住她的纤腰，紧紧贴向她，声音紧绷而沙哑。

"如果你说是，也算是。"她小脸越发羞红，伸手遮住了他的眼，羞怯地命令，"闭上眼。"

他十分顺从地又闭上了眼，而后唇上有她伸出舌尖想要顶他的温热触感。

他纵然再心痒难耐，也想纵容小丫头肆意妄为一回。他十分顺从地启唇，放任她生涩又大胆地学着他当初的样子纠缠他。

他呼吸骤然粗重，努力忍了几下，实在受不了她有一下没一下毫无章法的挑逗；双手猛地收紧，瞬间掌握了主动权。

……

寂静的室内粗喘的呼吸一重一柔，弥漫着一点即着的胶着感。

林顾白觉得此时自己必须得说点什么，来缓和这样让人心猿意马的气氛。

"可以拆礼物了吗？"他松开她问。

小姑娘显然余韵未消，愣了愣神，双眼雾蒙蒙的，伸出雪白的手指轻抚他的脸，梦呓般低语："你……想我吗？"

林顾白柔得心都能滴出水来，亲了亲她的额头："嗯。"

"'嗯'是什么意思？"她不满地娇嗔。

林顾白觉得老脸有点热，这姑娘表达爱意向来直接奔放，他则一向内敛，好听的甜言蜜语说不出口。骤然被她这样逼问，他都觉得回答起来有点艰难。他本不是个偏好浮夸的人，总觉得男人一套套的情话说出来，有些轻浮。

"想不想？"她不满地凑上来咬他的下唇。

他暗叹口气，搂住了她，贴在她耳边："我还从来没有这样不管不顾地跑到外地看过谁。"

"所以……你想我了？"她总算满意了些，不过她表达满意的方式依然是咬他的唇。

他失笑，点点头："嗯，想。"

"有多想？"她乘胜追击，眯着眼追问。

他只好重重地叹口气："空闲的时候，都用来想你了。"

小姑娘终于喜上眉梢，她又凑过来狠狠地亲了他一口，然后在他的耳边低低地说着："我也是。好想给你打电话，可你不是在手术就是在开会，我怕打扰你。"

他勾起嘴角，揽紧了她："没事，反正很快就回去了。"

她又抱了他一会儿，才舍得松开他："我给你拆礼物。"

林顾白好奇地看着她，倒真的想看看她为他准备了什么礼物。

"闭上眼睛！"她娇声再次命令。

林顾白只好乖乖地闭上眼睛，随后便感觉到什么东西戴在了他的眼睛上。

"好了，睁开吧。"

林顾白睁开眼睛，眼前一片漆黑。他伸手扯掉眼睛上的东西，竟是一副3D黑色眼罩。

"这眼罩我挑了好久，本来想挑副卡通的，可是想想你还是个领导，戴卡通的不稳重，就挑了这副纯色的。以后你值班的时候休息质量就能好一点，不用那么累了。"小姑娘絮絮叨叨地介绍着。

林顾白两指摩挲着这个并不算贵重的礼物，心里却是一阵阵发紧，悸动得厉害，又酸又胀。

从医这么多年，她是第一个关心他睡眠质量的人。宋黎对他的要求极其严格，而汪漪则一直认为他无所不能，从不考虑那些让他帮她在学术上偷懒的小动作会占掉他多少宝贵的休息时间。

只有这个傻乎乎的小姑娘，在乎着他睡得好不好。

"不喜欢吗？"苏宁安见他神色凝重，有些不安。

林顾白摇摇头："不是。"

"那你怎么都不觉得惊喜呢？"小姑娘嘟起嘴，佯装生气。

林顾白走到她身侧的沙发坐下，伸手把她抱到腿上，下巴搁在她的颈窝叹道："我只是在想，这礼物送得有些晚，我现在值班的时间已经不多了。如果在我还是实习医生的时候送给我，说不定咱们的孩子现在都能上小学了。"

苏宁安"扑哧"一声笑出来："你是实习医生的时候我还未成年啊大叔！"

"这倒是。"他低声笑着，眉眼生辉。

她白嫩的脖颈就在眼前，无声地透着诱惑。

他心念一动，一个轻柔的吻便印在了她的颈间。

异常敏感的颈间传来的陌生触觉让她浑身一个瑟缩，刚想伸出手去抱他，手机却在这时突然响了起来。

他愣了一下，抬起头来，伸手拿过了她放在桌上的手机，上面是一串陌生电话号码。

"是谁？"她红着脸问。

他没说什么，把手机递给她。

她看着电话也迟疑了一下，刚一接通，对面的人已着急地喊了起来："苏小姐，请问您男朋友是医生吗？"

"是啊。"苏宁安皱了皱眉，看了眼林顾白。

"那能不能赶紧让他过来一下，这边有个搭景工人心脏骤停了，打了120，说是得半个多小时才能到……"

"你等等！"苏宁安赶紧把电话交给了林顾白，"是我们组的副导演，说有人心脏骤停……"

林顾白没等她说完，就一把抢过了电话，一边抓起外套迅速往外冲，一边冷静地对着听筒说："我是林顾白。怎么回事？"

　　苏宁安从没见过急救病人状态下的林顾白，愣了一秒，马上也抓起外套冲了出去，一路上都听到林顾白在冷静地安排电话那头的人一定要坚持做心肺复苏，一刻都不能停。等她大脑终于有点反应过来的时候，她已经跟着林顾白冲到了停车场。

　　林顾白把手机放在置物盒里，开启免提模式与那边保持着联系，苏宁安能清晰地听到电话那头的一片混乱。

　　她不敢多问一句，耳边只剩下林顾白冷静而坚定的声音："对，坚持做，不要停，不要慌，注意检查口腔有无异物，持续配合做人工呼吸……对，我马上到。另外找人坚持催促120，让他们尽快赶到，并准备可以做开胸手术的救护车以防万一……"

　　酒店离搭景的场地很近，一到目的地，林顾白就跳下车，然后冲到后备厢，拿出了一个专业急救箱，以苏宁安完全追赶不上的速度就又冲了出去。

　　当苏宁安好不容易气喘吁吁地跑到现场时，林顾白已完成了前期检查，并给患者接上了一个看起来很专业的便携式心脏监测仪器，此刻他正拿着一支配好药的注射器准备给病人注射。

　　武术指导是学过心肺复苏的，一直不停歇地正在给病患做着按压。此刻见他要注射，忍不住好奇地问："林医生，这是什么？"

　　"肾上腺素！"林顾白边说着，边动手开始注射。

　　注射完毕，他扫了眼旁边的仪器，然后换下武术指导，亲自为工人按压进行心肺复苏。

　　林顾白按压的手法又快又标准，和方才武术指导操作的动作比起更专业。

　　林顾白正在实施按压，之前一直打电话和120联系的替身演员跑了过来，把电话放在林顾白耳边。

林顾白听了几秒，便沉声回答："患者心脏骤停已将近八分钟，已注射肾上腺素，正在进行心肺复苏，同时正进行心电图监测中。若急救二十分钟仍无效果，当然应该考虑及时开胸进行心脏按压恢复心跳……开胸手术又不是什么大手术，为什么要回医院？等你们救护车再回到医院根本就来不及了……我是谁？我是省纪念医院儿科主任林顾白！"

说完，他示意替身演员把电话拿走，继续做心脏复苏。

差不多又是两分钟过去，就在苏宁安以为这次急救会以徒劳告终的时候，心电监测仪突然有了反应。

这个反应无疑给在场的人打了一剂强心针。林顾白加大手上的心脏复苏力度，几下之后，终于有了连续的心跳。

武术指导一屁股坐在地上，紧绷的神经骤然放松："林医生，行了！成功了！"

林顾白看了眼监测图，慢慢地停下了手中的动作，随后拿起除颤仪上的电击板。

"林医生，不是抢救过来了吗，怎么还要电击？"武术指导奇怪地看着林顾白的动作。

林顾白并不看他，只淡淡回了句："室颤，需要除颤。"

等120赶到的时候，患者早已脱离危险。虽说此前医护人员在电话里和林顾白起过些争执，但还是开了可进行手术的救护车来，还配备了一个急诊科医生和一个心外科医生。

两个医生看了下病人，了解了一下用药和急救情况，便交代护士把患者送上救护车，然后齐齐看向林顾白。

"您是从省城纪念医院来的医生？"心外科医生看了一眼林顾白身边的急救箱，"听说还是个主任？纪念医院这么大的医院，有这么年轻的主任？"

林顾白笑了笑："是不是主任不重要，只是一个职务而已，职务未必和职称画等号。"

"能当上主任那也了不起。"急诊科医生也笑了笑，"是不是在急诊科工作过？出门在外家伙什还能这么齐全！"

"实习那年就是在急诊科，这么多年习惯不敢丢。"林顾白笑笑，看了眼救护车，"赶紧送去医院吧，别耽搁预后检查了。"

两个医生点点头，刚要往外走，那位心外科医生突然又停了下来，眼睛发光地看着林顾白："我想起来了，您是不是完成那例为刚出生两小时超低体重新生儿进行血管畸形矫正手术的林主任？"

林顾白微笑："是我。"

"哎哟，那咱们今天是碰到大专家了。"那两个医生对视了一下，都笑了起来，纷纷和林顾白握手，"这可是一般医院都不敢接的手术啊！"

林顾白显然对这些不想多说，只是笑笑道："没什么特别的，只是一例手术而已。"

"瞧您说得这么轻描淡写的，都成教学案例了，林主任就是谦虚。"心外科医生一脸崇拜，还冲那位急诊科的医生解释，"你是不知道，我看到报道之后还特意上网查了下林主任，人家是响当当的留美博士啊！人家连几斤重的小婴儿都能应付自如，这就怪不得说起室外开胸进行心脏按压那么从容了！"

看两个医生说了半天也没有挪动的意思，林顾白只好看了眼救护车再次提醒："病人要紧，你们还是抓紧时间回医院比较好。"

救护车终于开走后，苏宁安这才真的放松下来，她一把抓住林顾白的手："刚真是吓死我了，跟看大片似的！"

林顾白摸了摸她的脑袋，说："比大片刺激，晚一分钟，就是一条人命。"

剧组的其他工作人员这时候已经都聚在了这里，此刻看林顾白的眼神儿都不一样了。

苏宁安瞬间觉得与有荣焉，小胸脯一挺，骄傲得不行——看看，都看看！这就是我男人！身高"两米八"！帅倒一大片！嫉妒不？嫉妒就对了！

经过这么一闹，林顾白也觉得有点累了。可苏宁安却是兴奋得很，一直蹭在他身边，跟着他又回了趟酒店，也没有要回去的意思，小照还十分善解人意地送来了洗漱用品和换洗衣物。

林顾白目光意味深长地看着她："今天不准备走了？嗯？"

苏宁安完全当作没看见，抱着东西直接进了浴室，洗澡去了。

林顾白摸摸鼻尖笑了笑，一个人靠在床头打开电视随便换着台。可惜的是，听着浴室哗哗的水声，心思却怎么都定不下来。

他暗暗叹了口气，开始闭目养神——真是妖精一样的小丫头。

林顾白洗完澡出来，发现小姑娘已经窝在床上睡得挺乖了，便隐隐松了口气。

刚在床上躺下，姑娘细长的腿就缠了过来，挂在他的腰间。

他心下一惊，侧目看她，昏黄的灯光下，一双眼狡黠得意。

林顾白暗叹了口气，扫了一眼，房内并没有可以躺人的沙发，他只好努力忍下心火，把她的腿从身上扯下来："乖乖睡吧。"

小姑娘嘟嘟嘴，有些不大高兴。

他无奈，只好凑过去亲亲她的脸颊，安抚道："都累一天了，早点睡，我明天一早还得回去。"

"明天就回去呀？"姑娘声音软糯，却明显透出失落。

"最近比较忙。"林顾白把她紧紧抱在胸口，解释，"等你回去了，不就能天天见面了吗？"

苏宁安幽幽叹了口气，颇为怨念的小模样："原本我圣诞节前肯定能回去的，可是导演拖啊拖的，估计得拖到元旦。拖沓也就罢了，还美其名曰让我多学习，真是道貌岸然。"

林顾白低笑："他说得也有道理，三人行必有我师。"

"你好谦虚呀，"苏宁安想起今天他救人时的气场，不由得崇拜地看着他，"你明明比那些医生强那么多，却还和颜悦色地跟他们聊天，修养真好。"

林顾白却不以为然道："术业有专攻，每个人都值得尊重。"

苏宁安静静地看了他一会儿，半晌才喃喃在他耳畔低语："林顾白，我觉得你好完美怎么办……"

林顾白被小姑娘突如其来的表白吓了一跳，很不习惯。他颇有些不自在地清了清喉咙，松开了她些，摸摸她的头："睡吧。"说着，侧过身伸手关了床头灯，室内瞬间陷入一片黑暗。

因着这还未让人适应的黑暗，小姑娘的胆子又大了些，铆足了力气往他的怀里蹭来蹭去，修长的腿也在他腰间的敏感地带若有似无地划拉着。

林顾白被这香香软软的身子蹭得实在有点受不了，苏宁安脑袋里却十分清醒地铭记着江小满的至理名言——意志再强也没用，男人啊，下面硬了，其他地方全都得服软。

其实她也不是这么急的，可是朝思暮想了这么久的男人就躺在自己身边，闻着他身上清爽好闻的味道，她就控制不住自己，想要挑逗他一番。

且不管他会不会做些什么，但这样的情况她要是还不做些什么，那还对得起她暗恋了他八年吗？

可是林顾白却偏偏冷静得不像个男人。

尽管苏宁安能感觉到他身体的变化，也能听到他呼吸渐渐变得粗重，然而他依然定力十足，任由她一个人唱独角戏。

时间长了，她便觉得无趣，双手揪住他的耳朵，软乎乎的嘴唇凑到他脸上。

他重重地叹了口气，终于忍无可忍，牢牢捉住她的手，粗重的呼吸喷在她的耳边，哑声道："别再闹了，乖。"

苏宁安却莫名觉得有些挫败，感觉自己就像是个在大人面前撒泼打滚要糖吃的小屁孩。这种感觉让她非常不爽，于是郁闷地转过身去，不再理他。

林顾白暗叹口气。

他当然也有七情六欲，可是，既然他现在已经认定了她，想要认真地和她相处，就不想操之过急。

她是个简单的好姑娘，三言两语便已交代了自己的全部。他也看得出，她对自己正在兴头上，很多事也许太过冲动。他是个成熟的男人，不能像她一样孩子气地随心所欲。

在某种程度上，他也是个保守的人。他想用自己认为合适的方式，好好地与她相处。等水到渠成时，方能彼此都不至于后悔。

她还太年轻，心性难免不定，对一个人动心也太过容易，容易到让他直到现在仍旧觉得太快。现在还不是更进一步的时候，他想给她充分考虑的时间。

他能猜到小姑娘心里在想些什么，想了想，便也侧过身从背后轻轻揽住了她，柔声问："你可都想好了，安安？"

小姑娘不吭声，只是轻哼了声。

他失笑，又问："你可认定我了，安安？"

小姑娘又傲娇地哼了声，似乎在说他简直在说废话，根本懒得搭理他。

林顾白轻笑出声，轻吻了一下她的发，在她耳畔低声道："我也认定了你，安安。但是，现在还不是时候，我想让你更了解我之后，再决定要不要和我更进一步。"

苏宁安细细消化了一下他的话，忽觉一阵感动，之前的挫败感顿时烟消云散。

这个世上能在这个时候把持住自己的男人并不多。

真好，林顾白是其中一个。

体会了他的意思，她恍然觉得自己好像捡到了一个宝贝。这样硕果仅存的好男人，怎么就被自己碰上了呢？

她猛地转过头来，双手覆上他的利落短发，一个响亮的亲吻落在他的额头。

"我爱你，林顾白。"她说。

林顾白吃了一惊，心尖一悸："你说什么？"

苏宁安语气低柔却又清晰无比："我说，我爱你。"

"……"林顾白突然不知道该回应些什么。

她居然说，她爱他？

这个在他看来极为沉重的词，此刻从她的嘴里说出来，让他委实有点震惊。

也许，年轻人的"爱"本就和他所定义的也许有些差别。

但那又如何？

她既然给他直白，他便回她忠诚。

爱情便是如此，两情相悦便已足够。

突然很想好好地吻她。

这么想着，他也这么做了。微微低头，他寻到了她的唇，两瓣唇轻轻柔柔地压在了她的唇上。

她微微偏了下头，让彼此的唇瓣密密实实地契合到一起，然后主动迎了上去。

他此番动作既不急切也不粗鲁，而是闭上眼睛细细地、温柔地、缠绵一般地吮吸着她的唇瓣，再一寸寸地缠着她的舌尖，温柔地扫过她的每一寸领地。

相较于他之前的热情，她对这种浓情蜜意的温柔更无法招架。她瘫软在他的身下，呼吸支离破碎，难以成调。

他仿似被她蛊惑了一般，双手不自觉地向下，抚上了她总是让他心旌摇动的细软腰肢。

岂料刚碰了一下她的腰，她便吃痛，"嘶"的一声叫了起来。

他一愣，小心翼翼地问："怎么了？"

姑娘倒吸一口气，委委屈屈地诉苦："疼……"

他心里一紧，忙抬手开了床头灯，掀开被子低头查看，惊见她白嫩的腰上青一块紫一块，深深浅浅的，全是伤痕。

"这是怎么弄的？吊威亚吊的？"他皱紧了眉头，伸手去碰，看是否有破皮。

稍一触动，她便又是一阵吃痛，也不知她到底怎么能装作没事人一样撑到现在的。

"我给你拿点药膏处理一下。"林顾白说着披了衣服，准备去车内拿急救箱。

"不用啦！"苏宁安拉住林顾白的手，"我有药膏，小照给我送来了。"

林顾白看了下药膏，倒也对症，便低头仔仔细细地帮她涂了。

苏宁安红着脸看他此刻又变得清心寡欲的认真模样，有些想笑，但又不敢。

果然，涂完药膏，他便一脸严肃地握住了她的手开始教育："我是医生，我必须得告诉你，因为吊威亚出事故的概率远高出你的想象！你这次拍完戏之后，以后如果真想继续拍戏，就拍些都市剧吧，免得让我为你担惊受怕。你又不是专业的武打演员，真碰到什么意外也不会处理，到时候再哭着说疼，就晚了。"

他教训人时的样子让她想起十三岁时初见他的模样。那时的他，也是这般一本正经，少年老成，说出的话让人无法反驳，只能听着。

她自然不会像旁人一样听完心里有什么不快，反而高兴得很。他这么关心她，自然是因为对她好。

所以，她乖乖地听着，又乖乖地点头："好。"

这段意外的小插曲，冲散了一室暧昧。折腾了这么许久，再躺回去，彼此都有些犯困，随意说些话，便沉睡了过去。

　　第二日因为苏宁安要早起，六点半闹钟一响就挣扎着起了身。她从浴室洗漱完出来，见林顾白也已起床。

　　"你这么早回去？"她套着羽绒服问。

　　"嗯。"林顾白应着，走过去一只手轻柔地放在她的腰间，"要注意别再受伤了，拍完赶紧回去，我带你去吃好吃的。"

　　"好！"姑娘顿时眉开眼笑，明眸皓齿，笑得极为甜蜜。

　　"傻瓜。"林顾白轻叹一声，抱了抱她，又亲了亲她的额头，"去吧，小照在外面估计等急了。刚才就打电话给你，说是在酒店大堂等你了。"

　　苏宁安一愣："你接啦？"

　　"不然呢？"他笑笑，"接连打了几次，估计是以为你今天起不来床了呢。"

　　"……"苏宁安小脸腾地一红，抬拳便打。真的是，干吗非要说得那么暧昧……

第五章
心也会酸涩

直到此时，她才不得不承认，她其实一点都不了解他。

Er Ni
Qing Cang
Xin Di

【1】

林顾白驾车直接回了医院。最近医院的重症患儿增多，他没事的时候就会选择待在办公室，以免有什么突发状况。

他刚走进办公室，梁硕就像见到救星一样扑了上来。

"林主任，刚刚急诊科转过来一个男婴，问题还挺严重的。谁知道孩子刚进ICU，护士就发现找不到家属了。这是他们带过来的其他医院的化验结果，您先看看。"

林顾白看了眼化验结果和一沓住院单据，皱了皱眉："患儿现在情况怎么样？"

"不好。"梁硕说，"您也看到病历了，已经高烧一个多月了，不是简单的肺炎，是基因病，遗传代谢性疾病外加小儿选择性免疫球蛋白A缺乏症，外加先天性外胚层发育不良。估计家属心里也有数，所以把孩子遗弃了。"

林顾白以前在公立医院见过不少这样的情况，没想到如今在私立医院也碰到了。看看此前在其他几家医院的住院单据，他心里也差不多有了数。估计这家属不是第一次做这种事，想必是在公立医院蒙骗不过去，就扔到他们这里来了。

"按程序继续联系患儿家长吧，让法务部出个函，告诉他们这是在犯罪，是遗弃罪，如果再不来人，就报警。"林顾白顿了顿，又说，"对了，记得核实一下住院时的身份登记信息，一定要保证真实有效。没有得到授权的救治，是要及时上报医务处的，科里无权自行处理。"

"这我都知道，"梁硕叹口气，依旧一筹莫展，"这孩子怎么办，继续救吗？"

林顾白抬头看了梁硕一眼："当然要继续救，只是要抓紧联系孩子的家属。"

"可万一……"

"没什么万一，只要他待在这里一天，我们就不能不管。"

"可现在的问题是，我与几个主治医师都沟通了，没人愿意负责这个病人，都怕万一真有个三长两短，很难保证这种家属不会做出什么事情来……再说，他这病目前根本没什么好的治疗方法……"

"我来负责。"林顾白这时候总算明白了梁硕的意思，便打断了他的话，"还有别的事吗？"

"没，没了！"梁硕明显松了一口气，笑着收起那几张纸，开始絮絮叨叨地继续说，"你说林子大了真是什么鸟都有，还有将亲生儿子扔下不管的，当医院是什么了？我跟您说，咱医院法务部一向强势得很，敢来碰瓷的人还真不多，估摸着很快能把家属找出来，但是这已经产生的费用，怕是有点悬……"

"医生的职责是救死扶伤，只要尽职尽责，其他都是小事。"林顾白平生最看不惯这种怕担责任的老油条，烦躁地捏捏眉心，"别说了，我现在去看看孩子。"

"……哦，好。"梁硕难得看到林顾白脸色如此不好，便赶紧住了嘴。

经过抢救患儿情况略微稳定了些，林顾白就被宋黎的秘书叫进了院长办公室。

"有事吗？"林顾白有些疲惫地揉了揉太阳穴。

宋黎和颜悦色地冲他招手："过来坐。"

林顾白根据经验，知道她一旦摆出这种表情，必定有事需要他答应，心里便一下子警觉了起来。

"刚刚宣传部的人告诉我，你现在可已经成名人了啊。"宋黎一脸的微笑，将她的手机递过来，"我儿子怎么长这么帅呢，都成全民偶像了。"

林顾白低头一看，不自觉地蹙了蹙眉。

昨晚在影视城抢救病人的事，不知怎的，一夜之间竟然成了微博热门话题，全网都是他抢救病人的照片，网民关注度异常高。

再仔细看看热门评论，他就更觉得荒诞。怪不得宋黎那么调侃他，原来网上的关注点早就歪了，热门话题全是年轻女孩们热情洋溢地讨论着他的外形、他的背景，还有他的衣品。莫名被冠上所谓的"男神"称号，林顾白觉得简直是本末倒置，让人哭笑不得。

"其实我挺意外的，"宋黎笑吟吟看着他，"你昨天还在影视城，今早就赶回来了，挺敬业啊。"

林顾白放下手机，淡淡一笑："您想说什么？"

宋黎跳出微博页面，状似随意地说："一般来说，昨晚那件事，如果发生在别的地方，就是一件普通的小事。可就因为发生在影视城，才会扩散得这么快。听说最早的微博是一个在现场的剧组副导演发的，被一个知名娱乐记者转发之后才变成现在这样。顾白，你明白我的意思吗？"

林顾白怎么会听不出来，她无非就是提醒他，娱乐圈的人不能沾，容易招惹是非罢了。

可他只能装糊涂，笑笑说："不太明白。"

宋黎含笑看了他一眼："那我就说透吧。你就算不想接受汪漪，也最好不要继续和那个小演员来往了。今天这舆论是正面的，说不定，下一秒就变成负面的了。现在医患关系紧张，网络成了重灾区，谣言最容易传播，影响也十分恶劣，处理起来也最棘手。医院宣传部和我说这是好事，问我要不要帮你弄一个实名认证的微博帮助医院宣传，我虽然同意他们去做了，但不代表我认同你成为网民关注的焦点。你是我儿子，我不希望网络暴力有一天会降临到你的身上。"

"哦。"林顾白漫不经心地应了声，"如果您就是想说这个的话，那我知道了。科里事情太多，我现在得先过去了。"

"等等。"宋黎笑着一扬手，"我叫你来主要是为了你们科室那个被遗弃患儿的事，我们来商量一下。"

林顾白觉得今天宋黎的态度很是奇怪，明明谈论的不是什么愉快的话题，但脸上却一直是笑着的。现在她突然主动提起科里那个患儿的事，表情还是这么轻松，反而让他心里有了些疑惑，想看看她到底想说什么，于是便走到沙发边坐下。

"是这样的，"宋黎手里拿了一沓纸，递给林顾白，"汪漪已经找到了患儿家属，并且签了这个，你看一下。"

林顾白大致扫了一眼那沓纸，微微吃惊："家属同意了？"

"是的。"宋黎点点头，微笑着说，"是汪漪弄到的。还是她心细，除了让家属签名，还让他们摁了手印，这下你们不管做什么，都不用再顾忌什么了。"

那沓纸，是有患儿家属签字画押的救治协议。协议内容是，院方本着人道主义精神，会免费救治患儿，但患儿家属必须签署相应手术协议，保证不管结果如何，家属不得追究责任，不能向媒体爆料，也不得申请做医疗事故鉴定。

林顾白还是有点不太能理解，毕竟这笔救治费用不是小数目，宋黎不太可能突然变得这么人道主义。

"免费救治的目的是什么？"林顾白放下协议，直截了当地问，"为什么突然搞特殊化？"

"不就是为了你们儿科的发展嘛！"宋黎笑笑说。

林顾白微微蹙眉，盯着宋黎："这个病，目前医学界没什么有效的治疗方法，你不会不知道吧？"

宋黎笑了笑，老神在在地继续说："所以才更需要签这个协议。遗传性疾病正好是汪漪的研究范围，正因为目前还没有比较理想的治疗方法，预后效果都很差，所以才需要病例做研究。你可能不是很清楚，汪漪的博士生导师张明教授最近几年在这方面有突破，汪漪也很想把研究成果应用到临床上来，可惜一直没有合适的病例，毕竟随着产检的普及和近亲结婚的减少，基因性疾病越来越少了。现在难得有这样的病例送上门来，家属还自愿签署了这个协议，对汪漪来说，肯定是个好事，对你们儿科也是一样。做得好，为你们儿科增光添彩；做得不好，也没什么负担。无论成功与否，都是很好的论文题材，对你们科研有好处。"

"所以她是准备当实验来做吗？"林顾白很是吃惊，瞬间便明白了汪漪突然对这件事这么上心的原因，"可我不太赞成这样做。再说，就算这样做，我认为家属也应该有知情权。"

"家属已经放弃了，并且已经签了字，这就是他们的态度。"宋黎指了指他面前的协议，"再说，我们肯定会全力救治，不管结果怎样，我们都是问心无愧的。"

林顾白不太能理解地看着宋黎："可是您想过这件事的预算吗？这不像其他单一性病例，不是一个手术就能解决的事情……"

"预算的事情我心里有数，"宋黎摆摆手，挺欣慰地笑笑，"果然是亲儿子，看看，多替老妈着想。"

"……"林顾白绷紧了唇，想说什么，但最终什么也没说。老实说，这件事，对医院来说，吃力不讨好。说白了，这件事只对汪漪有好处。可尽管如此，宋黎还是支持汪漪这么做，足以看出她接下来一定有事情有求于汪漪。既然如此，他不需要明知故问，弄得彼此尴尬。

只是，就事论事，林顾白还是再次重申了自己的立场："作为儿科主任，这种缺乏足够的临床实验数据就把新疗法直接应用到患儿身上的事情我还是不同意，除非家属有充分的知情权。否则，家属有权选择更好的专科医院去救治，我们不能明知道在可能效果不好，或者副作用未知的情况下，还强行让患者留下来。"

"更好的医院？"宋黎挑了挑眉，一副看小孩子的表情看着他，"一个农村家庭，从孩子出生到现在已经花了十几万，现在都已经将孩子遗弃在医院了，你认为那对父母还有能力将孩子送到更好的医院？我反而认为，现在这个结果，就是他们最好的选择，无比幸运的一个结果了。"

"可是万一结果不好……"

"我说了，张明教授会参与进来，你不用担心这些。"宋黎显然已经忍到了极限，收起桌上的协议书，直接打断了他的话。

林顾白有些不悦，也毫不客气地立刻反驳了回去："就算张教授在这个课题上已经有足够多的研究，可他考虑过万一患儿是在并发症严重的情况下该怎么办呢？这个患儿现在还有重度肺炎，这和单纯的基因治疗完全不同！"

"所以才需要你们儿科辅助啊！"宋黎走回办公桌后，慢悠悠地回了句。

"如果我拒绝呢？"

宋黎淡淡看了他一眼："这件事，就算你想参与，我也绝不允许。让梁硕去辅助他们，他的经验已足够应付。"

林顾白愣了一下，他突然有点不太明白宋黎的意思了。

原本他以为宋黎苦口婆心地找他商量，是为了让他和汪漪共事，或者是为了帮助汪漪做成这件事，没想到她居然这样回答。

"你是我儿子，这种明知道风险很大的病例，我怎么可能让你参与呢？"宋黎轻轻笑了笑，目光淡然地凝视着林顾白，"既然汪漪想要，我就摆明态度满足她，让她无理可挑，毕竟对于你们俩的感情，我已经不打算插手，怎么说都算是为她完成一个心愿。可是，顾白，你听着，这件事，你最好给我尽快抽身出来，不管出现什么情况，你都不要插手。患儿我还是放在儿科，主治医生马上换成梁硕的名字。梁硕一直因为手术等级不够，申请职称受阻，这次能和张教授共事，他一定求之不得。"

林顾白听她说完，已震惊得不知道该做出什么反应。

　　沉默半晌，他才涩声苦笑道："所以，您对什么都心知肚明，什么也都想好了……"

　　"要不然，你以为'宋黎'这两个字是凭什么让人记住的？"宋黎又笑了笑。

　　"那既然您都已经安排好了，那我就只好同意了。"林顾白缓缓起身，身心俱疲。

　　他想，这就是他和宋黎之间的巨大差距。他只是单纯地想要做一个优秀的医生，而宋黎，却能在这之外，升到如今这个位置。关于人心的拿捏和在暗地里平衡这些关系，他只怕一辈子都学不会。

　　"顾白……"

　　林顾白手还没碰到门把手，宋黎又在身后叫住了他。

　　他回头："还有什么事？"

　　宋黎温和地看着他："记住，不管发生什么事，这个患儿的事，你都千万不要插手。我怕你惹上不必要的麻烦。"

　　"既然有麻烦，您就真不担心汪漪惹上麻烦吗？"林顾白对上宋黎的双眼。

　　宋黎摊了摊手："这是她自己要的，如果真有麻烦也是应该承担的。不过，你也知道她的背景，小麻烦我不敢说，大麻烦是肯定没有的。这就是她和你最大的不同，再者，从私心来讲，我倒希望有点什么小麻烦，那样的话，我届时随便帮她点什么，她都一定会感激涕零。"

　　"……"林顾白怔了怔，然后缓缓地竖起大拇指，似笑非笑，"好主意。"

　　"怎么，心疼吗？"宋黎挑眉笑道，"如果感到心疼，就说明你还喜欢她，我更求之不得。"

　　林顾白苦笑了笑："心疼谈不上，只是觉得我妈妈这么厉害，让我有点没想到。"

"毕竟你才是我亲生的。去吧。"宋黎摆了摆手，示意他可以出去了。

林顾白心情简直糟透了。

他知道汪漪需要整天待在生殖医学中心做试管婴儿也闲得发慌，更需要一些有价值的论文用来评职称，但事情发展到这一步，确实让他有些始料未及。

这些事，本就是一个愿打一个愿挨，况且就算是程序上虽然有瑕疵，但外行人也看不出来，他能从中抽身出来，就不应该再多管闲事，可他就是控制不住地静不下心。

宋黎问他是不是心疼汪漪，他回答说不是。

可是，此刻的坐立难安又算什么？

是因为对这件事不赞同，还是一旦涉及汪漪的事，他就没那么容易释怀？

他烦躁地搓了搓疲惫的脸，拿出手机想要看看时间，发现苏宁安不知道什么时候又发了一大堆的消息过来。

他不禁嘴角微微上挑，点开微信记录。也只有看到她的简单快乐时，他烦乱的心情才能难得放松片刻。

她的言语之间透着难以言喻的兴奋，说是过两天就能回来了，到时候要给他一个惊喜。

他摸摸白大褂兜里的那副眼罩，眉眼间一派温柔。小姑娘心细如发，又体贴入微，让他不由得对她接下来的礼物充满了期待，仿佛这日子也不再那么难熬。

"林主任！"梁硕挺激动地推门进来，连门都忘了敲，"宋院长说那个ICU的患儿由我来负责，配合张教授一起治疗吗？"

"嗯。"林顾白收起笑意，摆出标志性的淡漠神色看着梁硕，

"这几天你辛苦一点，盯紧一点。"

"我知道了！"梁硕激动地握了握拳头，"能和张教授一起做事，还是他最近几年的主要课题，我真是高兴得不知道该说什么了。这些年天天只看些普通病例，我都有点没有激情了。谢谢林主任给我机会。"

林顾白沉默地看了他一会儿，心里有很多话想说，但最后也只是淡淡地说："不用谢我，是宋院长提议的，觉得你在治疗肺炎方面经验最丰富，肯定比我做得好。这次联合会诊你只需做好自己分内的事情就好，多费点心，这孩子情况你知道的。"

"嗯，我知道了。"梁硕笑着点点头，"已经很晚了，您今晚不回去吗？"

"回。"林顾白简单地回答，随手关上电脑，"原本如果安排我要负责那个孩子的话，就不能回去了。既然现在换你了，那就辛苦你这几天住在值班室了。"

【2】

人生最大的痛苦，就是某一天蓦然自省，发现自己居然变成了曾经讨厌的那类人。

刚毕业那阵儿，他也和很多年轻医生一样，对这行充满敬畏，对每个病人都充满爱心和耐心。可是，如今他成了科室主任，却发现自己本质上和当初市一医院那个自己曾经讨厌的科室主任也没什么不同了。

说的话，做的事，都不再能随心所欲，发自本心。现在连发生在自己科室里的事，他也学会了旁观，并保持沉默了。

也许正因如此，他才会格外思念苏宁安。那个永远都直白又简单的小丫头，几乎成了他生命中最后一丝救赎。

而你轻藏心底

接下来的几天过得有些漫长，尽管他每天也是忙得连轴转，但心里有事情牵绊着，总是定不下来。

那个ICU的患儿，简直成了楼上不知何时会掉下的另一只靴子，让他只要想起，便坐立难安。

终于，那只靴子还是落了地。

刚下手术，他就听到了那个患儿抢救失败的消息。

林顾白面上不动声色，心底却无比沉痛。并不是他悲观，而是从大数据上来说，缺乏足够临床验证的任何论证，都不具有让人乐观起来的理由。这个结果，他早就想到了。患儿并发症问题太严重，根本不适合做临床样本。

住院部仍旧和往常一样，没有丝毫异样。医院本就是个时常发生生死的地方，如果每个生命的离开都打乱从医人员正常工作节奏的话，那也未免太过矫情。

林顾白和往常一样径直走向自己的办公室，只是推开门的瞬间，愣了一下。

汪漪不知道什么时候已经坐在他的办公室里等他了。

他推门的动作僵住了一会儿，直到汪漪缓缓地转过头来，一脸憔悴又悲伤地看着他。

林顾白能理解汪漪的心情，她不是临床医生，没有经历过事关生死的救治，这也许是她第一次体会到一个生命从手中流失的感觉。那种无力的、恐惧的、绝望的感觉，让每一个第一次面对的人，都无法承受。

他第一次面对的时候，他把自己关在房间里，不开灯，就在黑暗里待了整整一天。

那时候，把他从严重失去信心边缘拉回来的，正是汪漪。那一年，他们正在热恋，彼此忠诚，青春正好。

这次，终于轮到了汪漪。她脸色苍白，神情慌乱，看着他的眼神，就像是看着生命中唯一的一根救命稻草。

林顾白站在那里，不知该做出什么反应。

汪漪那么高傲的一个人，从不曾在外人面前流露出任何脆弱，包括在他面前。然而，这一次，她哪里也没去，而是跑来了他这里，目光中真实地流露出想从他这里得到些力量和慰藉的渴望。

可是，他却不知道自己应不应该走过去。即便走过去，他也不知道该对她说些什么。

这原本就是他想到的结局，可他还是眼睁睁地看着她跳了进去，用几天的废寝忘食去抓住一个根本没什么希望的希望。

这几天他一直在有意无意地躲避着汪漪，生怕她会过来向他求助些什么，他不是个善于撒谎的人。有些话，他宁可不说，也不愿说谎。

这件事，终于降下了帷幕。这本是他意料之中的，只是汪漪的到来，却是让他始料未及的。

她看起来一点都不好，甚至于连看到他时站起身的动作，都有些发颤。

当初宋黎问他，心疼吗？他当时明确否认了。

如今看来，他对她的确已不再心疼，只是，有些可怜她。

不管再怎么骄傲，她也终于有了挫败的时刻。

脸色苍白的汪漪怔怔地看着他，没有说话，只是从未在他面前流过的泪水，此时却在她缓缓站起的过程中，汹涌地溢出了眼眶，瞬间打湿了脸颊。

她无声地流着泪，勉强站立着，脸色越发苍白。

走廊上人来人往，林顾白不想让外人看到这一幕，刚要转身关好门，她却已快步冲了过来，来到他的身后，颤抖着身子，紧紧地抱住了他。

林顾白浑身一僵，想要推开她，却被她抱得更紧。

他有些无奈，只好说道："你先放开我，我不是要走，只是想关好门。"

她这才松开了手，让他转过身来面对她。

"顾白……"她只说了这两个字，便已说不下去，只是捂着脸泣不成声。

林顾白理解她的心情，只能叹口气，轻声道："我知道你尽力了，不用太自责。"

"顾白……"汪漪的身子颤抖得厉害，几欲摇摇欲坠。

林顾白下意识地伸手扶她，她顺势抓住了他的手，再次扑到他的怀里，紧紧地抱住了他。

林顾白推不开她，只能像个木头桩子一样僵硬地站着，任她发泄。就算是报答当年她的开解之恩吧，他想。当初为了让他走出阴霾，她也没少费口舌。

虽已物是人非，但毕竟多年的感情，回忆仍在心中缠绕着，并不是说放下便能放下的。

门外人来人往，门内他被抱得紧紧的，动弹不得。林顾白暗暗叹口气，他和汪漪的想法一样，都不想重复在市一医院时的错误，把关系在同事间公开。

眼下房门虚掩，万一有人突然推门进来，他该怎么解释？

正在他左右为难的时候，突然听到一个越来越近的声音，应该是护士小刘。

"……你来得正好，林主任刚回办公室。我正好也有事找他，你跟我一块来吧……咦，门是开着的？那正好。"小刘突然拔高了声调，冲里面喊着，"林主任，7床的体温持续好几个小时了都一直下不去，家属非要见主任，您过去看看吧……啊——"

办公室的门被小刘猛然推开。

林顾白从一开始就推拒着想要汪漪放手，可她偏偏不放，反而越抱越紧。直到此时，他才发现，也许她从一开始，来这里的目的就不太单纯。

他刚想要对汪漪劝说些什么，小刘已经连门都不敲，直接边说着话，边推开了门。

骤然看到房内紧紧抱在一起的两个人，小刘显然吓了一跳，本能地用手捂住了嘴巴，却还是控制不住地叫了一声。

林顾白无奈地转过头，想让她先出去，却没想到，最先映入他眼帘的，是另外一张脸。

苏宁安的脸。

苏宁安干干净净的小脸上还残留着未来得及敛去的甜蜜笑意。这是林顾白第一次真切地体会到眼睁睁看着一个人从发自肺腑的喜悦一秒之内切换成彻头彻尾的悲伤和失望是怎样的心惊。

他想说些什么，可怀里的汪漪却贴在他的胸口，抓得他死紧，让他此刻无论说什么，都显得无比可笑。

他只能眼睁睁地看着苏宁安脸色霎时苍白，平日里总是巧兮盼兮的明媚眸光，此刻除了震惊、悲伤和绝望，已看不到其他。

小刘万万没想到自己会闯下这么大的祸，震惊过后，赶紧又喊了遍："林主任，7床家长有情绪，您尽快去看看！"说完，就逃也似的离开了这个是非之地。

也许是被小刘拉回了神，苏宁安颤了颤身子，竟对林顾白扯开嘴角笑了笑："不好意思……我……我忘了预约了……"

林顾白盯着她的眼，清晰地捕捉到她的慌乱和不安。

"安安……"

"我……我只是听你说最近总吃不好睡不好，所以先回家给你熬了点鸡汤送来……正好你这里有人不如你们一起吃吧，我正好带了两套餐具……"她低着头慌乱地一口气把这些话说完，连喘息的空间都不肯留给自己，直接把手里的便当盒放在了地上，"我走了你们慢用不好意思……"

她直起身子转身就跑，像是后面有什么恶鬼在追赶。

林顾白在苏宁安起身的一刹那，看到极大的两颗的泪珠落下，狠狠地砸到便当包的提手处，晕染出一点潮湿。

"放开！"林顾白压抑着声音咬牙低吼。

汪漪当然知道刚才发生了什么，这次，她毫不迟疑迅速地放开了他。

她从未见过如此暴怒的林顾白，让她有点害怕。

她刚一松手，林顾白就冲了出去。

只是他刚到门口，就被另一个护士喊住了："林主任，7床很麻烦，您赶紧去看看吧！"

苏宁安已经记不清自己是怎么跑到医院门口的。

她一个人呆呆地站在刺骨的寒风中，完全想不起接下来应该是向左转，还是向右转。

天空一片雾蒙蒙，阴冷的风伴着斜斜的雨，砸在脸上冰冰凉凉的，竟让她觉得舒服。

直到现在，她才认清自己在过去这段日子里自以为是的单向付出，是何其可笑，何其荒唐。

林顾白说过，她不知道他的背景、他的过去、他的一切，就这样不管不顾地扑上去倒贴，是一种随便的行为。

当时她也伤心过一阵，但当晚便被他哄骗了回去，傻乎乎地不计前嫌地捧着一颗热乎乎的心，再次贴了上去。

她可真傻啊，只想着自己喜欢了他八年，只按照自己的节奏硬生生扑上去，毫不矜持。

是谁说的，不自爱的女人，又有谁来爱你呢？

在林顾白眼里，她不过是个肤浅又随便的女孩，送上门的便宜，不占白不占，他自然却之不恭。

人们只说女追男隔层纱，却不曾想过，被追来的男人，大多守不住。男人也许真的都是天性凉薄，是焐不热的。男人大抵习惯了追逐，只有刻进骨子里的女人，他们才会珍惜，对于其他人，只不过是排遣寂寞的玩意儿罢了。

她认出了那个窝在他怀里的女人，就是那晚理直气壮深夜去他住处找他的那个女王。

她记得那个女人的名字，叫汪漪。

原来她也是一个医生啊……苏宁安缓缓地仰起头，闭上了眼睛，顺着雨丝流入嘴角的液体分不清是雨水还是泪水，有些涩，又有些苦。

那晚，她就知道那女人在林顾白人生中一定与众不同，要不然林顾白不会那么失态，随便拎起她就当了挡箭牌。

现在想想，汪漪既然也是医生，想必与他相识于微时，有很多共同的话题，留下了无数她无法参与的回忆，感情深厚到她无法想象，要不然林顾白也不会与汪漪分手三年多，仍旧保持单身。

他一定是还在等汪漪，除了汪漪，这世间的所有女人，只怕都是过客。

包括她这个送上门的小傻子。

那晚，汪漪曾毫不避讳地说过，是因为她曾经有过别的男人，背叛过林顾白，所以林顾白才无法释怀。

如今再看这情形，怕是两人已经破镜重圆。主角已经登场，她这炮灰的确也该灰飞烟灭了。

连背叛过他这种事他都可以原谅，那还有什么事，是他不能原谅汪漪的呢？

看着他们深情款款毫不避嫌地在办公室紧紧相拥，真是好一出虐恋情深的琼瑶大戏。

一个愿打，一个愿挨，果真天生一对。

绝配。

现在他们在做什么呢？

一定还在缠绵悱恻甜言蜜语吧，谁会在乎一个炮灰是哭是笑？佳人在怀，自然不必分心给不必要的闲杂人等。

苏宁安苦涩地笑了笑，转头看了眼身后的医院大楼。

再见了，林顾白。

我也并非那么伟大，只是为了完成八年前机缘巧合种下的一个执念而已。如今这执念好歹也算勉强达成，以后就可以不必再纠结轻松生活了，咱们，路归路，桥归桥。

说起来，这并不是林顾白的错。她爱上的，也许只是一个小女孩眼里的幻影而已。那个影子，也不是真的林顾白，只是他作为医生，在病人眼里留下的一个影子罢了。

眼下这个才是真实的林顾白，有他的过去，有他的所爱，亦有他的冰冷和淡漠，一如初见时的，毫无温度，冷淡疏离。

直到此时，她才不得不承认，她其实一点都不了解他，包括他的喜好、他的职业、他的过去、他的梦想。

手机隐隐约约地响起，她把手伸进包里，凌乱地摸了好久，才终于在手机自动挂断前摸了出来。

是江小满，她在电话里依旧元气满满的："小妞儿，鸡汤送到了吗？"

听到她的声音，苏宁安使出全身力气一直压抑的悲伤再也无法控制，她一个字还没说出，便已失声痛哭。

江小满被吓了一跳，忙喊："怎么了怎么了？"

苏宁安却只是哭得话都说不出来。

"你开车了吗？还在医院附近吗？你别动啊，我现在去接你！"

【3】

韩瑞阳驱车赶到的时候，苏宁安的发丝已经湿透，黏黏地粘在脸颊上，一丝一缕的，看着极为狼狈不堪。

他飞快下了车，三步并作两步冲到她面前，猛地扯起了她的手低吼道："你疯了吗？也不知道找个地方躲躲？"

苏宁安抬头木然地看着韩瑞阳，他这才发现，她双眼通红，脸色苍白，可怜得很。

"至于吗，为了一个不知道珍惜的浑蛋？"韩瑞阳骂着，扯着她的手便把她拉进车子里，再低头为她系上安全带。

"回家还是去聚会？"

今晚是邵嘉楠撺掇的一场聚会。自从苏宁安去外地拍戏，韩瑞阳就巴巴地亲自跟了过去，三不五时地照应着。眼下好不容易人聚齐了，肯定要好好聚个餐，毕竟这是他最好的哥们儿，和他女朋友最好的姐们儿。

只是他女朋友的好姐们儿有点轴，脑子里只有她的男朋友，心心念念非要为辛苦工作的男朋友准备个惊喜，只是没想到惊喜没了，全变成惊吓了。

所以说，突击检查这种事，情侣之间还是少做，实在是太容易跑偏了。

接到韩瑞阳电话时，邵嘉楠挺理解地点点头："行，你送她回家休息吧。"

"那什么……"韩瑞阳在电话那头难得迟疑了一下，而后笑了笑，"今晚你能不能带你女朋友夜不归宿一次？"

邵嘉楠笑出了声，他的好兄弟对苏宁安有好感这件事，从第一次见到苏宁安，就坦白地告诉他。不过他看在自己女朋友的面子上，警告韩瑞阳最好别乱来，毕竟苏宁安当时正一头热地处于热恋状态中。

如今好容易有机会，韩瑞阳肯定不会轻易放过，所以邵嘉楠十分善解人意地同意了："行。不过我可把丑话说在前头……"

"知道知道！"韩瑞阳竖起手指说，"对天发誓，我这次一定认认真真的！"

苏宁安洗好澡出来，看到韩瑞阳仍旧坐在沙发上，拿着手机看些什么。

见她出来了，他连忙坐正身子小心地冲她笑："我熬了姜汤，你去喝一点，别感冒了。"

苏宁安沉默地点点头，一个人去了厨房，倒出一大碗姜汤，一仰脖，便一口气喝了下去。

姜的味道很浓郁，喝完之后，苏宁安才觉得一阵辛辣蹿入喉咙，她一时没忍住，双手撑着洗手台，猛咳了一阵。

"别喝太急。"韩瑞阳走进厨房，打开汤锅，"我看还有些鸡汤，给你热热喝了吧。"

苏宁安怔怔地看着那锅鸡汤，面无表情，半晌不发一言。韩瑞阳刚想再说些什么，却见她已野蛮地把整个锅端了起来，对着洗碗池倾盆倒出。

"你干吗？"韩瑞阳不能理解地看着她把好好的一锅汤就这么给倒了，吓了一跳，"烫到了没有？"

苏宁安依旧面无表情地沉默着，把锅子往洗碗池里猛地一扔，冷冷地说了句："我去睡一会儿，你先走吧。"

"没事吧？"韩瑞阳赶紧跟过去。

苏宁安摇摇头，走到自己房间门口，果断地一甩，房门差点砸到韩瑞阳的鼻梁。

韩瑞阳惊魂未定地摸摸自己还算挺拔的鼻子，心想这丫头确实是发狠了，差点把他都给毁容了。

他虽然不知道苏宁安和那个医生之间到底发生了什么事，但从她的表现可以看出来，这丫头确实是被伤到了。她性子倔，看似温顺的外表之下，其实有颗特别高傲的心。但凡她想做的，就没有她做不成的。但凡她不想要的，就算硬塞给她，她也绝不眨一下眼。

她爱那医生时，真是掏心掏肺，像个小傻瓜一样，只顾着扑上去，什么后果都不计较。

如今，她不想要了，只怕是多少匹马都拉不回头了。

这倒也挺好，总算多少给了他点机会。韩瑞阳自认追女孩子很在行，从十六岁开始，但凡他看上的女孩，就没有追不到的。如果真的追不到，只是钱砸得不太够而已。

直到遇到了苏宁安，他才知道，这世上还真有用钱砸不出来的姑娘。

她的世界实在太简单，只有她要的和她不想要的。

从他认识她开始，她想要就只有那个传说中的医生。其他的，便全部都是不想要的。

他堂堂FAN娱乐的掌门人，为了追她雷锋一般地默默给她一个新人加戏、配助理、享受当红演员该有的待遇，算是让影视圈的新人感动至极了吧？

可这姑娘偏不，居然傻乎乎地以为他韩瑞阳真就是她的经纪人而已，看他的眼神和看那个小助理没什么区别。

他给她新戏的主演机会，她说她不要，因为她家医生不是圈内人，她不能成为当红公众人物给他添麻烦。

他给她接拍片酬丰厚的新广告，她说不要，她家医生很忙，拍完这个，她就得赶紧回去，好好照顾她家医生的饮食起居。

她这一口一个医生的，把他磨得没脾气了，也总算见识到这个世界上，还真有视名利富贵如粪土的世外高人。

与动辄让新人演员们前赴后继不惜陪睡也要得到的机会相比，包包珠宝什么的，他不拿出手，就知道不顶用了。

全世界恐怕除了她家医生是她看得上的，其他人和萝卜也没啥区别了。

只可惜的是，她家医生不珍惜，真是抱着珍珠当鱼目，眼睛瞎到家了。

韩瑞阳拿出手机叫了点外卖，这个点都没吃到饭，他都饿得前胸贴后背了。

下好单，他走过去敲敲苏宁安的门："宁安？"

苏宁安没理他。他心里莫名有点紧张，心想这丫头不会做什么傻事了吧？要是真有个三长两短的，回头江小满不得把他的皮给剥了？毕竟是他非要抢了江小满的差，坚持要去接她回来的。

韩瑞阳心里一紧，用力地去转动门把，大声喊着："喂，苏宁安，你给我开门！"

折腾了好半天，房门总算慢悠悠地打开，苏宁安顶着一头凌乱的头发双目无神颇有些不耐烦地瞪着他。

韩瑞阳上下看了她一遍，没发现异常，这才拍了拍胸口，长舒一口气。

"以为我割腕啊？"苏宁安麻木地瞪着他，语调平静得可怕，"放心，还不至于，这条命我还珍惜着呢，不至于为了不相干的人乱来。"

"对对对！这就对了！"韩瑞阳挤出一脸笑，谄媚至极，"我刚叫了点外卖，等会儿吃点？"

"不了。"苏宁安伸手又要关门。

韩瑞阳赶紧伸出一只手撑在门上："别锁。"

"我要睡觉啊大哥！"苏宁安无力和他再啰唆什么，直接关了门，并"吧嗒"一声，再次落锁。

韩瑞阳碰了一鼻子灰，不过悬着的心倒是放下了，于是安心地走回客厅，拿出手机玩了会儿游戏，顺道等他的外卖。

十几分钟之后，门铃响起。

韩瑞阳起身开门，却不料，门外站着的，不是什么外卖小哥，而是一个长得还不错的男人。

鉴于这男人模样挺斯文的，一看就是知识分子的那种清高风骨，再加上他看向自己的眼神有些吃惊，韩瑞阳几乎不用多想，就知道这个男人一定就是那个医生——林顾白。

"苏宁安……在家吗？"林顾白的声音与他的形象一样清隽冷清，他已收回了最初的吃惊，眸色淡漠，神色疏离。

韩瑞阳不太明白，就这样一个冷冰冰的男人，到底苏宁安看上他什么了。不过既然他让小丫头五迷三道的，今天又害得她这么伤心，韩瑞阳也不想就此放过他。

于是，他抓了钥匙，反手带上门，他想在这楼道里，会会这个传说中的医生。

两人站在苏宁安门口，一个端端正正提着公文包站着，一个吊儿郎当斜靠在门上，从兜里掏出一根烟，动作娴熟的点燃了，然后眯着眼随意地叼着。

两人就这么各怀心思地对视了一会儿，韩瑞阳首先忍不住把叼着的烟从唇边拿了下来，娴熟地吐了个烟圈，双眼眯缝着又看了林顾白片刻，突然痞里痞气地笑了声。

这医生，还当真是个沉得住气的。盯了这么半天了，在气场上，他居然还真意外地输了半截。

"你谁呀？"韩瑞阳单手插进裤兜，另一只手把烟又放在唇边叼着，透过烟雾似笑非笑地看着对面的男人。

林顾白还是那副神情和语气："苏宁安，在家吗？"

"在啊，不过好不容易才哄睡着。怎么，你找她有事吗？"韩瑞阳闲闲地说着，一双桃花眼仍是似笑非笑的，一副玩世不恭的风流样。

林顾白没回答，他只是定定地审视着面前的年轻男人。

这男人看起来只有二十五六岁，长得不错，是小姑娘们比较偏爱的那种讨喜长相，弯起眼睛痞笑时带着点与生俱来的优越感。

林顾白觉得这种优越感，更多的是来自于他的身家。他虽穿着低调，只是简单的白衬衫配藏青色薄毛衣，黑色的休闲裤，却都是一线大牌，手上还戴着一块价值五十多万的手表。

看到这块手表，林顾白便想起楼下停着的那辆两百多万的陌生跑车。

他也许就是那辆跑车的真正主人。一举手一投足，都能看得出他是个生活品质比较讲究的男人，连嘴里叼的烟和点燃香烟的打火机，没有一样是与他的手表价位不相称的。

除了，他脚上穿着的那双属于苏宁安的拖鞋。

林顾白双唇抿成直线，抬眼对上年轻男人的挑衅视线："没事。谢谢你帮忙照顾她。"

"你谢谢我？"韩瑞阳嗤笑一声，挑了挑眉，"哥们儿，什么意思？我倒很好奇，你以什么立场替她感谢我？"

林顾白皱皱眉，沉默了两秒，才淡淡道："等她醒了再说。"

"可以，如果她还愿意见你的话。"韩瑞阳舌尖顶着后牙槽冷笑了声，转身用钥匙开门，进屋。

林顾白沉默地转过身，输入密码开门。他知道，她这次不会那么轻易就原谅他，只是没想到，他专程来找她解释，开门的却是一个男人。

一个他根本没从苏宁安嘴里听说过的条件极好的男人。

屋内并没有其他人，而那男人依然可以在她的家里活动自如，看起来两人的关系极为亲近。从之前对她的了解，他知道她的经济条件并不是很好，那她又是如何认识这样一个富家公子的？

她的真实生活圈子到底是怎样的？

在这一刻，他突然有点茫然。

原来，他竟也如此不了解她。

他忍不住自嘲一笑，嘴角却满是酸涩。

第六章
只因为，是他呀

他的温柔仿佛到达了世界的尽头，足以融化世上所有的冰川。

Er Ni
Qing Cang
Xin Di

【1】

林顾白一夜都睡得不是很好。

第二天一大早下楼时，发现那辆跑车还停在楼下，他目光一滞，下意识地抬头望了望，似是听到心往下沉的声音。

那男人居然一夜没走，而江小满，直到深更半夜还在发朋友圈，似乎去酒吧玩了。后半夜他根本没睡着，也没听到江小满回来的动静。所以，这一夜，他们两个孤男寡女共处了一夜？

林顾白长吁了一口气，旋即又自嘲地笑了笑。

年轻人到底是潇洒，拿得起，更能放得下。

他到底是有点过时了，完全跟不上这种节奏。

查房结束，林顾白回到办公室，习惯性地拿起手机，却又被冷冷清清的界面狠狠戳了一下，心脏有点发紧。

他拿着手机的手顿了顿，最后把手机塞进了抽屉里。

在工作时间，他本就是个不太喜欢被私人感情干扰的人。只是，人的习惯真是个可怕的东西，只是这些日子被改变了些许轨迹，突然之间再回去，竟让他一时之间有些不习惯了。

心乱得让人有些烦躁，连最简单的一个手术总结都写得磕磕绊绊。最后，他还是忍不住拿出手机，给苏宁安拨了个电话。

不管怎样，这个误会是从他这里开始的，他有责任把事情说清楚。

苏宁安并没有接他的电话，再打过去，她居然直接关了机。

这小丫头！

林顾白胸中憋了一口气，半天缓不过来，手指一摁，拨了江小满的电话。

江小满倒是很快接了电话，不过语气不是很好："林医生啊，您不是和前女友复合了吗，怎么有空想起我们呢？"

林顾白压住了心底翻涌的情绪，语调尽量保持平静温和："安安在哪里？昨天我回去，她已经睡了。"

"她目前应该不是很想见你。"江小满淡淡道。

"我们之间有误会。"林顾白按了按眉心，决定耐着性子先和江小满解释一下，毕竟年轻女孩和自己的闺密总是好得不分你我，"我并没有和什么人复合，也不可能和她复合。"

"没复合就能抱在一起，那复合不得直接滚床单呀！"江小满颇为讽刺地冷笑了声。

林顾白听得出，和苏宁安相比，苏宁安的这个朋友脾气秉性一般人很难驾驭，并不像她外表展示的那么单纯俏皮可爱，在为人处世上看起来明显比苏宁安成熟了许多，真不知道她们两个是怎么成为闺密的。

"林医生，我们安安是初恋，没经验，一颗心全在您这里。现在她是真受了大刺激，抱歉，我也帮不了您。再见。"

"等等！"林顾白听她要挂电话，急忙叫住了她。

"还有事吗？"

"我想见见安安，请问她现在在家吗？"

江小满很干脆利落地说："不在，以后应该也不会在了。"

林顾白一愣："不在了？"

"是啊，她一早就搬回学校宿舍了。"

林顾白捏着写有苏宁安宿舍门牌号的纸，大脑有一瞬间的空白。

她搬回宿舍了？这意味着是不是真的就连个解释的机会都不留给他，就这么……算了？

办公室的空气骤然有些稀薄，他站起身，走到窗边，打开窗。

雨雪都已经停了，但天空依然阴沉。据说这是入冬以来最冷的一天，窗一打开，呼啸的北风就见缝插针，毫不留情地割到脸上，仿佛要把一切撕裂一般。

林顾白迎着刺骨的冷风闭上眼睛，深吸了一口气。

真冷啊！

突然有人敲门，林顾白说了声"请进"，同时把窗户关小一点，只留下一条缝。

护士长一进来就冻得猛地一哆嗦，奇怪地看着林顾白："林主任，您热啊？"

林顾白笑笑："什么事？"

"7床那个高热惊厥的患儿想转院，"护士长这才想起正事，"说是昨天咱们对孩子的体温控制得不理想，担心今天再反复，烧坏了小孩脑子。"

林顾白微微皱眉："脑子又不是烧坏的，昨天不是和他们科普过了吗？再说，7床不是已经过了病程，在好转了吗？"

护士长叹口气："没办法，很多家长自己不懂，害怕。现在谁家不拿自己的孩子当个宝啊。"

"有没有和他们说，如果转院，孩子又得受一遭罪，又得全部检查一遍？"

"说了呀，可是人家非要转院。"

林顾白有些烦躁地把窗户全部关上了。

"这样，我再和家长谈谈吧。"

护士长苦笑："昨天您把该说的都说了，我这边该说的也说了，可是病人坚持转院，恐怕原因根本就不在这里……"

林顾白警惕地抬了抬眉："那会在哪里？"

护士长走近了些小声道："昨天ICU那个孩子的事，好像有点闹大了。"

林顾白愣了愣："怎么了？"

"家长好像在网上曝光咱们医院了……"

这本来就是林顾白最担心的一件事，签署了那个所谓的协议是不假，家属是不敢申请什么鉴定了，也不敢直接在医院闹事了，可你阻挡不了他们在网上散布言论。而从当下的医患关系来看，多数人都把家属当作弱势群体，网民们习惯了站在家属的立场上集体声讨医院。

这件事，从一开始宋黎就不让他插手，就是顾虑这个，担心会对他造成负面影响。可是，当事情真的爆发出来，谁又能逃脱责任？特别是，他还是个科主任。

宋黎紧急召开了公关会议，宣传部的人如临大敌，汪漪脸色极为难看。

"联系家长了没有？"宋黎问了汪漪一句，"当初不是你去找的家属吗？"

汪漪无奈地摇摇头："家属暂时联系不上了。"顿了顿，她又愤愤地骂了句，"真是穷山恶水出刁民！当初说得好好的，现在不就是想讹点钱吗？讹钱直接说啊，又不敢直接说，就到网上利用无知的网络暴民来施压，真是无耻到家了！"

"这时候说这个有什么用？"宋黎皱了皱眉，"现在家属利用网络暴力在攻击医院，我们必须当机立断地想出解决办法，否则整个医院的声誉都会受到影响！你没听说吗，今天儿科已经有患儿家长要求转院了！"

汪漪愣了愣，目光有些慌张和歉意地看向林顾白。

林顾白没有看她，只是保持沉默。

"这件事对林主任的个人形象也有很大的负面影响。"宣传部的负责人马上接着说，"林主任前几天刚成了咱们儿科的招牌，现在微博评论都闹翻天了，我们得马上想办法处理妥当。"

宋黎看了看那负责人，厉声问道："联系那些网站了没？"

"联系了，但是对方说他们无权删除网民的正当言论，除非有确凿证据证明他们是在造谣。"

宋黎沉吟了半晌，目光看向汪漪，平静地说道："汪医生，你怎么看？"

汪漪磨牙恨恨道："我绝对不会放过这帮刁民！"

宋黎蹙眉："别说气话，你有没有什么解决办法？"

汪漪咬咬唇，想了想才说："我会联合法务部继续联系家属。如果他们真的继续胡搅蛮缠的话，我就会起诉他们。总之，我不会让儿科因为这件事受影响。"

"那都是后话了。"宋黎叹了口气，又看向宣传部，"马上出一个公开函，把事情的始末，特别是家长曾经遗弃患儿并从未支付过一分钱治疗费用的这个消息告诉大众，声明我们医院已经在家属完全不在场且不关心的情况下本着人道主义精神全力抢救了。只是患儿情况复杂，出现这种结果也令人遗憾，但我们在现有的医疗水平下已经尽力了，并未出现家属所说的任何医疗过失，这点可以请上级机构随时做调查……记住，要发给所有的媒体，特别是具有权威的新闻媒体，防止事态扩大化，争取掌握舆论主导权。至于林主任的微博，你们也抓紧商量出一个方案来，总之不能影响到林主任。"

"是的，宋院长。"宣传部的负责人频频点头，"我们马上开始起草。"

宋黎点点头，又看向汪漪："汪医生，我记得当时签署这份协议时，根据法务部的建议，家属手里是没有副本的，都在你这边，所以在家属这边，你是非常主动的。你继续和患儿家属沟通，如果需要医院协助，医院绝对不推辞。"

"谢谢宋院长。"汪漪感激地看着宋黎。

"总而言之，这件事是医院面临的一次危机，不光是某个医生或者某个科室的事情，所以大家一定要齐心协力，把这件事处理好。"宋黎沉声这总结完后，宣布散会。

简短的会议结束，林顾白全程都保持沉默。这些烦心事本来就是有很大概率要发生的，尽管事态依然在发展，但应该不会出什么太大乱子，大致还是按照宋黎的剧本在继续走而已。

这件事任谁看来，汪漪都是站在风口浪尖的，责任最大。如果当初不是她执意要这个病人，也不会给医院惹来这么大的麻烦。而宋黎摆出这样的姿态来，相信汪漪一定会打从心底里感激她，将来免不得要投桃报李一番。

这件事对医院的影响不能说没有，但三五天总会过去，毕竟不是真正的医疗事故，而且比起那个毫无背景的患儿家属而言，医院自然更容易在后期占据舆论上风。

林顾白在下电梯地过程中，接到了汪漪的电话。

"对不起，顾白……"她的声音听起来很愧疚，"我没想到……会这样。"

林顾白握着电话沉默了几秒，才淡淡开口："这世界永远比我们想象的要复杂，您不用对我说抱歉。"

"我会尽快联系患儿家属，哪怕他们需要点赔偿，我都可以给，只要他们能主动撤下那些对你和你们科室不利的言论……"

"总会过去的。"林顾白声音里流露出毫不掩饰的淡漠，"您不需要有这样的思想负担。我有点忙，回头再说。"说完，他便主动挂了电话。

这两天肯定都会很忙，毕竟，这件事发生在他的科室，如何稳定住患儿家属的情绪，尽可能地消除这件事的负面影响，才是他身为科室主任该考虑的事。

一回到科室，林顾白就开了个紧急会议，统一了对外口径，以应对媒体或别用有心的律师的暗访，以及加强对那些情绪容易被煽动的患儿家属的沟通与科普。

忙完这一切，一天又过去了。

又到了下班的时候，他却有点不知道该怎么面对那栋楼，那个电梯，那个楼层。

她已经负气搬回了宿舍，想必是气得不轻。

冷静了一整天，他也已经想明白这件事说到底还是他的错。她当时的确有生气的理由，毕竟谁看到那个场景都不会好受。就好比，他看到那个男人出现在她家里时，也会有一些不太合时宜的联想，乃至影响了自己的判断。

她对他的感情，他能清晰地感受到，那种纯粹的、明亮的、没有一丝一毫保留的热情，如假包换，装是装不来的。

就像江小满所说，她对他们之间的感情确实是全身心投入的。

小丫头就是这么简单透明的一个人，她对他好，便是全心全意的，哪怕刚风尘仆仆地回来，顾不上自己休息，也会热情洋溢地为他下厨熬一锅鸡汤。这样的情谊，他又怎么能轻易地怀疑，或者动摇？

虽然两人交往时日不长，但以她的性子，以他对她的了解，她也不可能转头就扑进别的男人怀里。说到底，当局者迷。一旦入局，谁也理智不了。

他无奈地叹口气。虽然自己已经过了她这种年纪，但既然认定了是她，就得要学会和她沟通。小孩子总归是要哄的，更重要的是，这次，终归是他有错在先。

【2】

站在苏宁安宿舍门口，看着来来往往的女生们无一例外地向自己投射过来的注目礼，林顾白觉得一阵莫名的尴尬。

大学校园本来就是年轻人的天地，突然出现一个和她们相差差不多十岁的男人突兀地站在女生宿舍门口，确实想不引人注目都难。

他也不知道自己怎么脑子一热就来了，但就算路上明知道过来也未必会见到人，却还是义无反顾地就这么开了过来，并在人来人往的宿舍楼下被来往的女孩们围观了这么久。

这种在他读大学时都不曾有过的青葱之举，这会儿居然时光倒流，发生在了如今的自己身上。

"小伙子！"宿管阿姨似乎也看不下去了，很热情爽朗地又冲他喊了一声，"你要不要打个电话给那位同学啊？她们宿舍的人都说她出去自习了，如果她真是去自习的话，怎么也得九点以后才会回来了。"

"谢谢阿姨。"林顾白有些尴尬地冲阿姨点点头，紧蹙了蹙眉，终于拿起电话，准备再找一下江小满。

江小满在听到林顾白已经在苏宁安宿舍楼下等了将近一个小时之后，明显吃了一惊，情不自禁地"啊"了一声。

"现在她电话关机了，我不知道你了不了解她平时一般在哪个教室自习？"林顾白问。

江小满说起话来，语气也比上次好了很多，甚至还带着点笑意："林医生，您真的跑到学校宿舍去等安安了？"

林顾白抿紧了唇，轻轻地"嗯"了声。

"那真是辛苦您了，今天这么冷。"江小满笑了笑，"这样，我试着联系她看看，她还有另外一个号的。"

"好的，麻烦你了。"林顾白这才挂了电话。

江小满一挂断电话，就忍不住"嗷"地一嗓子叫了起来，一脸兴奋地看着对面的苏宁安："听到没听到没！林顾白真跑到你宿舍下面等着了！你能想象吗能想象吗？"

从知道电话是林顾白打来之后，苏宁安夹着鱼丸的手，就一直怔怔地愣在原地许久，直到此时，她才恍然回神，鱼丸"扑通"一声，又滚到翻滚的麻辣火锅里。

"听我的，"江小满瞬间又转变了表情，此时一脸严肃地看着对面脸色还有些苍白的女孩，"去见见他。你总要给他一个解释的机会。"

苏宁安缓缓放下筷子，咬了咬唇，低下了头。

心似乎比昨日更痛。

本以为痛过了一天一夜，总会渐渐好一些，但现在，她才悲哀地发现，她比想象中更放不下这个男人。

尽管一闭上眼睛还是能看到他抱着汪漪的模样，呼吸间还是能感受到那种他对她的仓皇而逃如此漠视甚至连拉一下她的手挽留一下都不曾有的失望的痛。

可，为什么在几十个小时之后，她开始渐渐回忆起他的好、他的温柔，还有他的吻、他的柔情蜜意来。

这种一左一右的拉扯，让她崩溃。

原来，失恋竟是这样的滋味。

失去一个人，比从未拥有过一个人，更要痛苦千万倍。

昨夜，他敲过她的门。尽管韩瑞阳什么都没说，她也听不清关上门之后他们说了些什么，但她还是很清楚地知道，一定是他。

他来做什么？是来道歉，还是来解释？

一切无从得知。

但不管是哪种，都无法改变他抱过别的女人，并且为了讨好那个女人而任她自生自灭的事实。

一夜未眠。

最后，她做了一个决定，搬回阔别两年多的宿舍，暂时避开这个男人。

是为了逼迫自己忘掉他，更为了自己最后一点可怜的自尊。

可是，就算人真的离开了，心就一定能得到救赎吗？

一整天，她浑浑噩噩，不吃不喝。如果不是江小满硬把她从宿舍里拉出来，非逼着她吃顿饭，她现在可能还在宿舍里挺尸。

江小满问她吃什么，她只觉得浑身冰冷，毫不犹豫地点了火锅，还是最辣的那种。

空腹吃麻辣火锅，人生总要有一两次这样任性的时候。

何况，在吃麻辣火锅的时候如果忍不住哭出来，总比喝粥时哭出来要更有面子。

至少，还能让火锅帮忙背个黑锅。

"去吧。"江小满眼睁睁地看着她豆大的泪珠又一串串地滚落，忍不住心疼地柔声道，"去见见他。我总觉得，林顾白不是这样的人。何况，一个男人到了这个年龄，又有他这样的条件，已经不需要用这种方式打动女人，他可能真的想要见你一面，和你解释一下。"

苏宁安只是摇头，却不出声，泪水越掉越急。

"唉……"江小满无奈地叹口气，"你说你吧，只看了一眼，就对他判了死刑，不觉得可惜吗？人家法庭宣判前也要听听嫌犯为自己辩护几句呢！再说，他都说了，他根本没和汪漪复合，说不定当时真的是情有可原呢？"

上午林顾白在电话里说的那些话，她都曾一字一句地转述给苏宁安，可是这丫头就是一副把自己屏蔽起来的模样，也不知道听进去了几分。虽然江小满自认她和林顾白没那么熟，但直觉来讲，她觉得这个男人没必要和她们说谎。如果真的和前女友复合了，他也没必要藏着掖着，趁机断了不是更好？他可不像是两头都要吊着的那种渣男，何况，他也根本没那个闲工夫。

看着对面的苏宁安仍旧一副不为所动的模样，江小满第一次觉得这丫头实在是倔得厉害。

当初她能为了十三岁时见到的一个影子，就等了一个人八年。这么偏执的一个人，想要让她轻易原谅一个人，想必也不会那么容易。

不下点猛料是不行了。

她笃悠悠地为自己倒了一杯酸梅汁，慢慢地喝完之后，才漫不经心地来了句："行了，既然你真这么不想见他，那就别见了吧。不就是分手嘛，至于吗？本来我就觉得你们年龄差得有点大，不太合适。好了，别哭了，好好吃你的饭，我现在就打个电话让他别来烦你了。"说着，她拿起电话，似乎是要拨号。

苏宁安下意识猛地抬头看了她一眼。

江小满余光捕捉到这个目光，嘴角溢出一丝坏笑，手在手机上划拉了两下，突然"咦"了一声。

"大快人心啊！"江小满目光意味深长地越过手机屏幕扫了眼苏宁安，"安安，网民们伸张正义，路见不平，为你报仇啦！"

苏宁安愣了一下，吸了吸鼻子，红着鼻头不明所以地看着她。

江小满对着手机大声地念着看到的内容："还我孩子命来！纪念医院儿科草菅人命，天理难容……啧啧，好热的帖子啊，这下林顾白惨了，啧啧……"

苏宁安浑身一震，一把夺过她的手机。

"喂喂喂！小心我的手机啊！我可不想让我的手机被你当火锅吃了啊！"江小满笑嘻嘻地叫着。

苏宁安哪里顾得上她的浮夸表演，只觉得浑身的血液全都往脑门上涌，手指都颤抖得厉害。

这个帖子已经在网上发酵了一天。

全世界的恶意似乎都指向了纪念医院儿科，还有那个刚刚声名鹊起的科室主任。

关于林顾白成为"网红"这件事，她此前就听他说过，也甚感无奈。可没想到，仅仅几天的时间，成为"网红"的负面影响便显现了。比起泛泛攻击一个医院，显然攻击一个具体的人要更让网民们觉得尽兴。所以，他刚刚注册的微博账号早已陷入负面舆论的可怕深渊中。

他已经成了今日微博热搜榜单第一名。

虽然医院已发了公开函，网民们的声音和舆论风向也开始出现扭转，批评家长的声音渐渐多了起来，可尽管如此，对林顾白而言，压力又何尝少过一分？

他这样一个医德毋庸置疑的好医生，又是以什么样的心情去面对这一整天的万众指责，如在炼狱般的煎熬？

可偏偏这个时候，她还为他的煎熬添了一把柴。

火锅店就在学校后门的美食一条街上，离宿舍不远，可跑起来之后，她却觉得这条路怎么就这么远。

她也不知道自己为什么突然就想要跑向他。

不为别的，只是想看看他。

不管他是否和汪漪复合，是否是来告诉她会让她伤心的一些话，她都不能否认，作为一名医生，他一直以来都有毋庸置疑的高尚人格。如果这世上只有一个人相信他，也应该是她。作为他曾经的病人，她觉得世上没有人比她更有资格说出这样的话。

风非常非常冷，每跑一步，她都能感觉到刺骨的冷风透过鼻腔和口腔在一股股地倒灌进她的胃里。

本就空空荡荡的胃，先前被热辣的火锅折腾过一回，现在又灌进了一腔的老北风，那滋味何止一个酸爽了得？

林顾白正犹豫着要不要再打个电话去问问江小满的时候，就听见玻璃门"砰"的一声被大力撞开，裹挟着一股寒风进来。

他下意识地看过去，堪堪撞上小姑娘慌里慌张的一双眼。

小姑娘眼睛还是红红的，有点肿，像是刚刚哭过，看着就让他心里一揪。

只是，定睛仔细看了之后，比红肿的双眼更让他心惊的，却是她的脸。

她的脸异常苍白、憔悴，完全没了当初水灵灵红润润的模样。

他心疼得厉害，知道这一天一夜，她受苦了。

"安安……"他不由自主地轻声唤着她的名字，快速迈步上前，想要抱着她。

她却瑟缩了一下，后退了一步，一脸警惕地看着他，似乎并不接受他的怀抱。

他有些尴尬地收回手，目光深深地看着她："安安……"

她张口想要说些什么，可一张嘴，便是一阵剧烈的咳嗽，方才倒灌进去的凛冽寒风此刻终于在胃里和火辣辣的火锅食材完美碰撞，气管一阵发痒，胸腔翻涌得厉害，最关键的是，一直逆来顺受的胃，也终于开始造反了。

她拼命地咳着，双脚几乎站不住，后退了两步，勉强扶住了玻璃门，毫不间断地猛咳，似是将五脏六腑都要咳出来一般。

林顾白连忙上前去拍她的背，宿管阿姨也十分关心地问："要不要喝点白开水？"

"谢谢阿姨。"林顾白说着，用手不住地帮她顺气，温柔地问她，"呛着冷风了吗？"

苏宁安连回答他的力气都没有，更别提抗拒他的动作，只觉得一阵天旋地转，难受得厉害，眼泪都咳得飞了出来。

宿管阿姨很热心地端着一杯热水走了过来，递给林顾白。

林顾白见她好了点，便对她说："如果冷风刺激到了支气管，喝点热水是比较好的缓解办法。温度刚刚好，喝一点吧。"

他的声音一如既往的沉稳又温柔，苏宁安只觉得一阵鼻酸，眼前再度一片模糊。

林顾白扶正了她的身子，把热水递到她的唇边。

苏宁安勉强喝了一口，又咳了两声，忍着难受多喝了几口，总算把胸腔和气管内那股又疼又痒又麻的劲儿给压了下去。

林顾白松了一口气，摸了摸她的头发，温声说道："怎么跑得这么急？"

她沉了沉脸，赌气般地拍开了他的手，冷冷道："你来这里干什么？"

"我来见见你。"

"我有什么好见的？"她轻嗤一声。尽管十分想要做出冷面的模样，可是胃里翻江倒海的绞痛让她渐渐地开始忍受不住，手握成拳用力地抵在胃部。

林顾白见她脸色越来越苍白，连嘴唇都已经没了血色，额头上也开始渗出星星点点的冷汗，皱了皱眉："你怎么了？"

她没有回答他，脚步一个发软，艰难地靠在门上。

"胃痛？"他看着她捂着的部位，试探着问。

苏宁安已经无力去说些什么，只是竭力地想要站稳。

林顾白刚想再说些什么，江小满的电话打了过来："林医生，见到安安了吗？"

"嗯，见到了。"

"一听说你们科室出了事，安安担心得眼泪都掉出来了，饭都不吃了就跑过去看你，爱你的心天地可表啊！"江小满笑了起来。

林顾白愣了愣，看着眼前胃痛得直冒冷汗的姑娘心里忽地翻涌出一阵酸涩。

"你得好好和她解释清楚，她昨天是真伤心了。"

"我知道。"林顾白轻声说，"她是不是有胃痛的毛病？"

江小满在电话那头"啊"了一声："她怎么了？"

"她好像胃痛……"

江小满"啧"了一声："这傻丫头真把自己给折腾病了啊……

从昨天到现在没吃东西，终于把她喊出去吃东西吧，又胡吃海塞些麻辣火锅，再好的胃也不能这么折腾吧……"

"去医院！"林顾白挂断电话之后，不由分说地抓住苏宁安的胳膊，蹙眉沉声道，"去医院看看！"

她僵持着倔强得不肯动。

林顾白已经不想和她再费什么口舌，索性弯腰，拦腰一抱，便把人打横抱了起来，径直向自己的车走去。

"不用去医院……"苏宁安半躺在后座上，只觉得胃疼得厉害，但还不忘虚弱地表示抗议。

"你现在必须去医院！"

苏宁安无奈，只好又说："我没有老胃病，就是有点不舒服，吃点胃药就行了呀，干吗非要去医院……"

"不行！"在这点上，林顾白显然不会做任何让步。他这一句话说得十分严厉，和平时的他完全不是一个人，吓得她微微一愣。

林顾白停了一会儿，才发觉她突然安静得厉害。透过后视镜看她，心陡然一惊："你……你哭什么啊？"

小姑娘不知何时已梨花带雨，默默地掉起了金豆子，可偏偏还死命地咬着嘴唇，不肯让自己发出一丝声音，看起来着实委屈得不得了。

"别……别哭啊……"他突然慌了神，找了个位置靠边停车，朝后座忐忑不安地看过去。

小姑娘抽抽噎噎地哭得更加委屈了，让林顾白一时之间完全乱了方寸。

"我也没说什么呀……"他迷茫。

"我不要去医院……"她抽泣了声，孩子气得很。

"可你病了呀……"

"我不要扎针！"小姑娘拔高了声调，委屈地瞪着他，"我就是不要打针！你们医院动不动就打针，其实不就是输点止痛药吗？去药店买点药吃吃不就行了吗？"

林顾白有些为难，感觉自己恍然又回到儿科病房，在面对一个个害怕打针吃药的小朋友。他又好气又好笑地顿了顿，才柔声又问她："真的没有什么胃病史？"

"都说了没有！还问什么问！"苏宁安似乎已经无力再多说什么，只能紧闭着眼睛，虚弱地点点头，把头撇到一边，看都不再看他一眼。

林顾白无奈，只好笑了笑说："那好吧，我家里有药，我们现在回家，好吗？"

他耐心地等待着她的答复，可半晌也没听她说些什么，便当她是默认，再次发动了车子。

一到家，林顾白就拿着体温计过来让她测了一下体温，还好，没有发烧。

"吃点这个药吧，"他拿出两颗药，又递了一杯温水给她，"这个药效果不错。"

苏宁安红着一双眼睛，还是委屈的小模样，却偏倔强着不看他，闷着头把药给吃了。

"听说你一直没吃什么，我去给你煮点粥，你先躺着休息会儿。"林顾白说着，收拾起小药箱。

苏宁安也不理他，拿过他给她刚拿来的一床小毛毯，盖在身上，便窝在沙发上躺下了，听着林顾白在厨房一阵忙活。

等了一会儿，他似乎走了过来，脚步极轻。

"安安……"他低声说着，往她的手里塞了个暖融融的东西，"这是我偶尔胃痛时用的，用它焐一焐，看会不会舒服一点。"

她缓缓地睁开眼睛，看见他正一脸温柔地把一个中规中矩的热水袋放在她的手里。兴许是怕她觉得烫，还特意裹了一层毛巾。

她迟疑了两秒，最终还是默默地把热水袋接了过来，隔着毛毯放在胃部的上方。

"安安……"他叹息了声，单膝跪地，费力地撑着自己蹲在她的面前，满脸愧疚，"是我的错。不过就算是我的错，你也不该不爱惜自己的身体。"

兴许是这句话触碰到她心里的敏感点，她保持着紧闭着双眼的姿势，猛地一个翻身，把自己的脸埋在沙发背上。

林顾白知道她心里依然有气，只好继续柔声向她解释。

"我和汪漪……昨天……并不是你想象的那样……"尽管已经在心里理顺了无数次这样的说辞，但真正说出来的时候，仍觉艰难，生怕一个不恰当的表述会让她误会，"安安，你能体会一个医生在面对一个鲜活的生命在手底下一分一秒地流逝却无能为力的感受吗？"

苏宁安身子瞬间一僵，一下子就想到了网络上闹得沸沸扬扬的那个事件。看来，那个事件确实是真的，真的有孩子不治身亡了。

她想，她到底还是放不下他的。就算失去了他，她也一定会在某个角落偷偷地关心着他。如果可能，她也一定会尽可能地在她力所能及的范围内，无条件地支持着他。因为，她确信，他绝不是那种不负责任的医生。

听着他沉痛又无奈的声音，她很想冲动地回过头来告诉他，尽管她无法想象，但她一定是支持他相信他的。

可是，她又没那种勇气。毕竟……他们还在冷战中，不是吗？

何况，她也想不通，这件事，和他与别的女人抱在一起有什么关系。难道是那个女人在安慰他？呵，如果真是那样，那这安慰的方式，也的确太匪夷所思了些。

林顾白见她没有动静，便自顾自地继续说了起来："那种无力感，会让你觉得自己非常无能，觉得自己不配身上穿着的这身白色制服，觉得自己这辈子再也拿不起手术刀了……我是个临床医生，几乎每个临床医生从一开始，都会有这样的心理准备，可是，世上总有你做不到的事情。医生也是人，不是神……所以，当我第一次面对这种事情时，我的感觉就是这么颓丧。尽管现在，我不再会轻易地走进那个状态，可看到身边每一个第一次面临这种考验的医生，我都会感同身受，会尽量用我的经验，去开解他们，帮助他们走出阴影。"

苏宁安听得有点糊涂。

他这意思是，他在尽开解的责任？

也就是说不管他们科室谁碰到这个问题，他都会如此"以身相许"地去安慰一番？

还真是胸怀天下，以全天下为己任啊……

真讽刺。她忍不住冷笑了声。

她几不可闻的一声冷笑让他瞬间停了下来。

"安安？"他小心地喊她的名字。

她冷笑着转过身子瞪着他："林顾白，你这领导当得真是尽心尽力啊……"

"安安，你误会了。"他暗叹了口气，连忙又解释，"这次的确是汪漪的病人出现了问题，她过来找我开解，我也没想到她突然那样……抓着我不放……"

"是吗？"她还是不屑地冷笑，显然一副并不相信的样子。

"我们已经分手三年多了，从分手的那天起，我就没想过要复合。只是这次，我们两个科室联合治疗，我要避开她并不现实……事实上，我们平时也确实是没什么来往的，这一点，我们科室的人都知道。"

苏宁安定定地看着他，默不作声。

这句话她是相信的，要不然整层的护士也不会都默认为她就是林顾白的正牌女友，一看到她进来都热情得不得了，还毫不避讳地把她往他办公室带。

"我知道那场面确实引人误会，但是，安安，你得相信我，我和她真的没有其他关系。如果不是她的病人出现了问题，我们根本不可能会有交集。"

苏宁安被他严肃又真诚的目光逼得移开了视线。她想，她确实是个心软的人，对自己喜欢的男人，她到底没办法狠下心不去听他在说些什么。

"上次，也是在这里，你大概也知道了我和她的一些事。"林顾白沉默了一会儿，才低低地再次开口，情绪有些低沉，"我没有和你说过我和她的事，是因为我觉得那根本并没有必要提起，只是我真的没想到依然会让你产生误会。如果……你想知道，我现在就可以把我和她之间的事，简单地说给你听听。"

"不用！"苏宁安条件反射一般地伸出手，拒绝他继续说下去。

她心眼本来就不大，按照江小满的话说，是需要动用高倍显微镜才能找到的那种。她知道他们之间一定有过不少刻骨铭心的过去，这并不是她能改变的，既然如此，她又为什么要听？她还没那么没心没肺。

"我不要听……你也不要讲！"她有些慌乱地挥舞着双手，"这是你们之间的事，我一点都不想听！反正我现在也不是你的什么人……"

"安安！"林顾白低吼了声，双手扳住了她的双肩，逼着她看向自己，语调极为认真严肃，"你是我女朋友，你是我认真选定的人，是我喜欢的人，为什么就因为一个无关紧要的外人，你就不是我什么人了？"

这是他第一次向她表白，如此直白，却又如此炽烈。

她被他这句话当即给砸得完全分不清东西南北了，就只能这么怔怔地看着他。

看着他的目光一点点地变得炙热，看着他的表情一点点变得温柔，感受到他的呼吸一寸寸地靠近……直到，他的吻，轻轻地落在了她的唇上。

她完全不知道该如何应对这突如其来的一吻，直到他吻上了她，她的双眼依然睁得浑圆。

他浅浅地研磨着她柔软的唇瓣，一点一点，极其温柔，像是要彻底软化她所有的防备，彻底瓦解她所有的误会。

他一点也不急，他的温柔仿佛到达了世界的尽头，足以融化世上所有的冰川。

她渐渐地在他的温柔中闭上了眼。

直到现在，她才明白，你若真爱一个男人，原则就显得格外没有原则，理智也同样显得格外没有理智。

生气的时候，满脑子全是他的错，恨得咬牙。

可，当他低眉顺眼道歉时，她又会心疼、动摇，满脑子都在为他辩解。

只因为这个人，是他。

你爱的，不过是他这个人而已。

他的好，他的不好；他的现在，他的过去；他的优点，他的缺点……不都是他吗？

实在太喜欢他了。

喜欢到，一想到会永远失去这个人，就会痛到连呼吸都带着刺。喜欢到，都不知道该怎么办了。

【3】

胃药的效果确实不错，又喝了点白粥之后，苏宁安的精神总算一点点找了回来。

"你的东西都搬到宿舍了吗？"林顾白问。

苏宁安不好意思地笑笑："一部分必需品。"

"就是这边还能住？"他笑。

她的脸红了红："废话，房租这么贵呢。"

"倔。"他简短总结，用一个字来评价她。

她嘟嘟嘴，懒得理他。

林顾白进厨房整理卫生，苏宁安悄无声息地跟在他身后，绞着手指不好意思地问："你怎么真跑我们宿舍去了？"

林顾白回头看了她一眼，目光深邃："不过是学校宿舍而已，就算天涯海角，该去也得去。我可不是个喜欢被误会缠身的人。"

她吃吃笑着低下了头："没看出来。"

"以后你会看出来。"他洗干净了手，擦干，除掉身上的围裙，一步步走近她，语气十分严肃地对她道，"安安，多给我点时间，我会让你知道我是个什么样的人。"

苏宁安无声娇笑着抬头对上他的凝视，语调软软糯糯："那得看你的表现。"

"放心，我的表现从来没让人失望过。"他轻笑出声，倾身在她额上印上一吻，"不过，你以后也别太倔，知道吗？"

"嗯。"姑娘认真地点点头。

"做个保证？"他勾起嘴角，难得的使坏模样。

小姑娘脸更红了，凑上去在他唇上快速吻了下。

"喏，盖戳！"

他失笑，伸手一揽，揽住了她的腰，狠狠在她身上一揉，便跟着吻了上去。

这两日来两人各自累积的忐忑与委屈悉数交付在这个久违却热切的深吻之中。

他的动作是从未有过的狠厉和热情，她的回应同样热烈，让他越发把持不住。

在最后的关口，他主动停了下来，抵着她的额头，粗声喘着气求她："今天……别走了……好吗？"

她双目迷蒙地看着他，显然已没了主见。

他乘胜追击地一边求证，一边追着她继续亲下去，零零碎碎地吻着她的嘴角、下巴、脖颈……

她被他弄得站都站不稳，脑袋里已变成一片糨糊。

——"答应了？"

——"就当你答应了。"

他低笑着自问自答，完全剥夺了她的选择权。

一想起平安夜那晚自己对他几乎算是霸王硬上弓的一幕，苏宁安就忍不住想笑出声来，一个人躺在他的大床上一边笑一边紧张地盯着浴室的方向。

"想什么呢？"林顾白甫一出浴室，就被她这含羞带笑的神情给撩了一下，有点心旌摇动。

她猛然回神，抱紧了被子磨牙："我问你个事，林顾白。"

他被她煞有介事的神情震得一愣："怎么了？"

"我问你，昨天我好心给你送鸡汤，你后来喝了没？"

林顾白脸色有点为难："……安安，你觉得我那时候还有心情品鸡汤吗？"

"既然不是喝鸡汤……"她眯了眯眼，"那你当时为什么不追出来跟我解释？"

林顾白叹了口气，掀被上床，把人捞到怀里才又叹了口气："你是没看到我们科室这两天的事情有多少……我刚一出门，就被一个患者家属的事给缠住了。你当我不担心你吗？等我好不容易脱身，你早就没影儿了。"

"哦……"

听她应了一声不知是顺气还是没顺气的语气词，林顾白只好抱紧了她继续哄道："你既然知道我从事医生这行，就多理解一下我吧，上下班时间确实是不能由自己做主的。就像今天，我本来想找你的，结果又是忙了一整天。"

他一说起今天，她就想起网上的那些事情来，不禁担心道："我看那事在网上闹得挺大的，对你真的没影响吗？"

"别担心，没事的。"林顾白没想到她在气头上还关心着自己，心里蓦然一暖，伸手揉了揉她的头发，"舆论会过去的，医院会处理好的。"

他说得轻描淡写，她却知道作为科室的负责人，他的日子肯定不太好过。只是，她也帮不了他什么，只要确保他没事，那就是最好的事了。

"那就好。"她蹭了蹭，在他的怀里蹭了个舒服的位置窝着，"我今天看到新闻都吓死了，以为真是你的病人呢。"

林顾白淡淡笑了笑："不是。家属有些危言耸听，添油加醋，说的基本都是没有事实根据的，你不用太担心。"

"嗯。"她点了点头，伸出手抚了抚他疲惫的脸颊，"世上总是好人多，人总要凭着这样的信念，才能阳光积极地生活下去。"

"是啊……"他叹了声，伸手关掉了床头灯，室内即刻便是一片昏暗。

她的心瞬间紧张得揪成了一团，一颗心扑通扑通着，仿佛已不是自己的，就连相贴的肌肤，都好似瞬间滚烫了起来。

就在她以为今晚势必要发生些什么的时候，他却只是温柔地说了句："睡吧。"

她有点不太能相信自己的耳朵了。这还是刚刚那个明明要把人生吞活剥了的男人吗？这会儿怎么活脱脱又是柳下惠大叔了呀？

"明天就是元旦，我调好时间，我们一起出去跨个年，好吗？"他磁性好听的声音在她的耳畔呢喃。

"去哪儿？"她下意识地问。

而你轻藏心底

八

147

"去一个美丽的地方。"他笑着吻了吻她的额头，继而又把她抱在怀里，声音里有无法掩饰的隐忍，但说出的话依然充满温柔，"安安……我想带你去参与我的过去、我的现在，如果可能，还有我的未来，我的一辈子，你可愿意？"

谁说林顾白不会说情话来着？

苏宁安眼窝酸酸潮潮的。

他说，他想让她参与他的未来，他的一辈子。

这句话怎么就这么戳心呢？她暗暗地想。

可是，林顾白，如果有朝一日，当你知道，你也曾改变一个女孩的一辈子，你会震惊吗？

所谓缘分，也许不过如此。

你爱某个人的时候，那个人，恰巧也在适当的时候，爱上你。

八年前，他们相识；八年后，他们相爱。

她曾经那么急切地想要时间过得快点，能让自己快些长大。

但是现在，她却渴望时光能够慢一些，让她慢慢去聆听他对她说的慢热却入骨的情话。

尽管，他们错过了太多共同成长的时光，但还好，未来还很长。她将会慢慢了解他的喜好、他的职业、他的过去、他的梦想。

是的，就像他说的，他们将有一辈子的时间。

林顾白似乎很疲惫，很快，她就听到了他平缓的呼吸声。

她悄悄从他怀里抽身，把脸贴在枕头上，双手枕在脸下，静静地看着他沉睡的样子。

睫毛，鼻翼，唇……每一处都是她喜欢的，越来越喜欢的。

因为太喜欢，所以没办法容忍他的不忠诚。

可同样因为太喜欢，所以没办法容忍真的失去他。

女人可真是个奇怪的动物，怪不得江小满总说，爱情是人性的坟墓。人性里的那些爱憎分明，到了爱情里，就变得格外模糊。

罢了吧，她想。

如果要怪，就只能怪她生得太晚。她本不该嫉妒的。

苏宁安迷迷糊糊快要睡着时，林顾白的手机突然响了起来。几乎是条件反射地，林顾白一秒就醒了过来，手伸向放在床头柜的手机。

"喂？"他眼睛还没睁开，身子却已经坐了起来，似乎早就习惯了半夜三更被这样吵醒。

苏宁安也被他弄得有点紧张，揪紧了被子看他。

谁知他下一个动作却是把手机拿离了耳边，点了"免提"，听筒内的声音旋即充斥整个房间。

苏宁安心尖一颤。

是汪漪的声音。

"……他们住在一个出租屋内，盯到现在才回来，我在想，是不是直接进去和他们谈……"

"除了你，还有别人在你身边吗？"林顾白淡淡地问。

汪漪说："没有。我刚刚让其他人都先回去了。"

"那你别单独去谈。"林顾白说，"现在叫他们回来，或者，明天再说。"

"可明天我担心他们又不见了啊！"汪漪显得很焦急，"他们估计也在躲着我们，毕竟是他们先违反协议的，又涉嫌造谣污蔑。"

林顾白转头看了眼苏宁安，语气仍是淡淡的："既然这样，那就叫人回来。同时，叫医院保卫处也派几个人过去。"

"你呢？"汪漪急急地问，"你要不要也过来一下？"

"我就算了吧，时间不早了。"林顾白说着，手伸过来，握住了苏宁安的手。

"你……"汪漪顿了顿，声音有点低，"你过来一下好吗？

我……我心里没底……我害怕……"

"赶紧叫保卫处和法务部的人过去吧，我已经休息了。"林顾白的声音依旧波澜不兴，不带丝毫温度。

"顾白……"汪漪声音听起来有点颤抖，"你还在怨我吗？我知道我昨天那样做不太好，可是我也和你道歉了呀……你……你现在就当代表你们科室过来一下不行吗？"

苏宁安这时算是听出来点事情始末了，应该是和网上那个爆料有关。看来林顾白为了顾忌自己的感受，不想去和汪漪有接触。这样一想，她便觉得有些不好意思了，毕竟这也是他的公事。何况，这件事在网上发酵久了，对他总不是什么好事。

她伸手扯了扯林顾白的手，无声对他做了个口形："去吧。"

林顾白愣了愣。

她又笑了笑，重复了一遍口形："去吧，去吧。"

林顾白这才同意："那行，你把地址告诉我，我现在过去。"

林顾白走后，苏宁安一个人翻来覆去地睡不着。本来并不算陌生的房子，因为少了个最熟悉的人，陡然就变得格外陌生起来。

她很想起身回自己的家，可是又怕他回来了见不到自己，会失望。她摸着还带着些许余温的枕头，轻轻叹了口气。太喜欢一个人的后果就是，不管做什么，都会先考虑对方的反应。只要是会让他觉得不高兴的，她就很自觉地选择放弃。

辗转反侧了一个多小时，睡意才渐渐袭来。再醒来，天色已大亮，已经八点多了。

难得的是，林顾白居然还没去上班，也还在床上赖床。

她好笑地推他："喂，迟到啦，林主任。"

他皱着眉轻哼了一声，眼睛却不睁开，迷迷糊糊地说着："今天不上班。"

"事情解决了吗？"她侧过身问。

"嗯，解决了。"他又轻哼了声，眼睛始终没有睁开的意思。

"回来很晚了吧？那你先睡，我先准备早餐。"苏宁安说着就要起身，却惊讶地发现林顾白的左手虎口处居然缠着绷带。

苏宁安吓了一跳："林顾白，你受伤了？！"

"嗯？"他动了一下眼皮，这下终于清醒了些，抬起左手看了看，笑笑，"没什么。"

"这还叫没什么？"苏宁安再无知也知道手对一个医生的重要性。何况他整天面临的还是只有几斤重的新生儿，万一哪根神经伤到了，这辈子不就毁了？

"真没事。"他看她急得眼圈都红了，笑着坐起身摸摸她的头，"就破了点皮而已。"

"怎么伤的？"她惊慌失措地瞪着他。

"家属……情绪有点激动，砸过来一张凳子。我顺手挡了一下，被木屑扎了一下。"

林顾白说得轻描淡写的，她却无法淡定地消化这一切。

她突然非常后悔。早知道就不该让他去这一趟，否则也不会有这种无妄之灾。

"林顾白……"她突然小嘴一撇就像个孩子似的哭了起来，反倒把他吓了一跳。

"你……哭什么？"

"林顾白……"她盯着他受伤的手，眼泪不停地掉，哭得几乎喘不过气来。

他好笑地圈住了她，安慰道："别害怕，没事的。"

"我不该让你去的。"她死死地抱住他，"如果我不让你去，你就不会受伤了……林顾白，怎么办，万一影响你做手术了，怎么办……"

林顾白这才明白她为什么突然哭得这么伤心，又心疼又好笑，亲了亲她的耳侧："没事的，没伤到神经。"

"万一呢？谁能保证呢？"她红着眼懊悔地看着他。

"那就你来养我吧。"他低笑着碰了碰她的唇。

她一怔，泪珠还挂着睫毛上，脸颊慢慢红了起来，最后忍不住破涕而笑。

"好啊，"她吸了吸鼻子，笑了起来，"你可别后悔啊，我一旦要养，就是要养一辈子的。"

"嗯，"林顾白微笑着点点头，替她擦了擦眼泪，"一辈子，少一天都不行。"

林顾白实在很累，又补了一会儿眠，再起来的时候，闻到一阵诱人的食物香味。

他好奇地走过去，看到苏宁安正戴着围裙在厨房忙活。

她的头发随意绑在脑后，有几根不长不短的发丝垂下来，调皮地磨蹭着她的脸颊。她皱皱眉，用手背把它们撩上去，可他们还是很不听话地顺着耳郭往下滑，惹得她一肚子闷气，烦躁地叹了一口气："啊，烦死了。"

他忍不住笑了起来。

她猛地转过头，看到他正笑眯眯地倚着门框看她，不禁红了红脸："笑什么？"

"傻妞。"他摇摇头，笑着走过来，把她那几根调皮的头发绑进发绳内，又从背后揽住了她，越过她的肩头去看她在做什么。

她被他这亲密无间的动作弄得手一抖，手里的模具歪了一下。

他低低笑出声，在她滚烫的耳后轻轻蹭了蹭，然后放开了她。

一早醒来，就有个娇俏的小厨娘全心全意在厨房为自己准备早餐，这画面让他的心软得一塌糊涂，他担心自己多看一秒就会忍不住想狠狠地把她按到自己怀里藏起来。

"你回家拿的模具吗？"他看着餐桌上一个个造型漂亮的蛋

饼，笑着问。

"嗯，可爱吗？"她眨眨眼求表扬。

"可爱。"他笑了笑，温柔看她，"和你一样可爱。"

她扑哧笑出声来。

"不过太可爱了，感觉不太适合男人吃了。"实在是满满的少女心。

"这叫生活情趣。"她笑着给他抹上蓝莓酱，捏起一块蛋饼，哄孩子似的冲他说，"来，张嘴，啊——"

他愣了愣，举举右手："我好像还能生活自理吧？"

她才不理他，哼了声："来，张嘴。"

他只好含笑张嘴，就着她的手吃了一口。

"看，这才叫养你一辈子，懂吗？"她俏皮地又眨眨眼。

他抿唇失笑，认真地品了一下嘴里的蛋饼，发现口感松软，味道不错，比闻起来还要好吃，便看了她一眼："你厨艺不错啊。"

"那是，"她叼着蛋饼，眼睛笑成一条缝，"比你好。"

"那以后天天给我做早餐好不好？"他眸光陡然变得深邃。

她心跳漏了一拍，脸渐渐红了起来。

他深深地凝视着她，漆黑的瞳仁亮得像一潭水，仿佛能把她整个人都卷进去。

她脸颊越来越滚烫，咬了咬唇，微微低头："你认真的呀？"

他举起左手："我都残障了，可不是认真的吗？"

她吃吃地笑，白了他一眼。

这一眼，柔情似水，娇媚入骨。

林顾白猛吸了口气，暗暗叹了声选角的人好眼力。这女人真有一股猫样的媚劲儿，勾得人坐不住。

气氛瞬间有点暧昧。

他在椅子上不太自在地动了下身子，清了清喉咙，刚又吃了两口，听到门铃突然响了声。

两人对视了一眼，他看到她眼里闪过一丝不安。

"你坐着好好吃饭。"他站起身，"我去开门。"

苏宁安点点头，只是视线却忍不住追随着他的身影。

门打开，是宋黎。

宋黎一脸焦急，一看到林顾白就皱起了眉，一把抓起他的左手，大声说道："你疯了吗！不是让你别插手吗，你这是干什么？真心疼汪漪就把她娶了，现在这算怎么回事？为了一个女人搭上一只做手术的手，值得吗？"

林顾白无奈地皱了皱眉："没什么事，别担心。"

"你是我儿子，我不担心你担心谁？"宋黎冷哼了声，迈步进门，还想再说些什么，一抬头，却见一个漂亮的小姑娘正瞪着一双水汪汪的眼睛怯生生地看着自己。

宋黎愣了一下，没说出的话全部噎在了喉咙里。

气氛有些尴尬。

"这是苏宁安，"林顾白跟着走进来，平静地介绍，"安安，这是我妈。"

苏宁安紧张得立刻站起来，毕恭毕敬地说了声："阿姨好。"

"哦，"宋黎还没回过神来，硬声回了句，"……好。"

"你先吃吧，"林顾白对苏宁安柔声说，"我去书房和我妈谈点儿事。"

苏宁安乖巧地点点头。

宋黎一关上书房的门，脸色就有点不好看了。

"你们同居了？"她皱皱眉，指指门外，压低了声音问。

林顾白点点头："我对她是认真的。"

"那你为什么还为了汪漪弄伤了手？"宋黎瞪了他一眼。

"好歹我也是个男人，总不能看着他们打一个女人吧？"林顾白淡淡道。

"可伤的可是你的手啊！"宋黎说到这里，气就不打一处来，恨恨道，"我现在可真后悔，早知道就不接这档子烂事。"

"事情都发生了，后悔有什么用。"林顾白笑了笑。

"亏你还笑得出来！"宋黎又瞪了他一眼，然后盯着他的手，"真没事？"

"嗯。"林顾白活动了一下左手腕。

"趁着元旦，多休息几天。"宋黎放缓了声音说，"现在是冬天，小心发炎，最近别碰水。"

"嗯，我知道。"林顾白笑笑。

宋黎顿了顿，又看着他低声说道："你都这样了，汪漪还没什么表示？"

林顾白看了她一眼："您想要什么表示？"

"对医生来说，手就是命。你拿命保护她，她要是没什么表示也太白眼狼了。"宋黎轻哼了声。

林顾白轻笑了声："所以，您是在等着她的表示？"

宋黎干咳了声："不管怎么说，这都是应该的。"

"那您和她谈判吧，"林顾白淡淡道，"最好连本带息多要点回报，只要不把我扯进去就行。"

宋黎皱了皱眉，看了他一会儿，最终还是没说话。

"要吃点早饭吗？"林顾白突然笑了声，"小孩手艺不错。"

宋黎没好气地瞪了他一眼："逐客是吧？"

"岂敢。"

"好吧，我走了。你这几天好好休息。"宋黎轻轻叹了口气，"对外面这姑娘，你到底是怎么打算的？"

"我喜欢她，我是认真的。"林顾白正色道。

"你会后悔的。"宋黎哼了声，"提醒过你多少次，你偏偏就是不听。不说这次舆论影响的威力，就光她这个职业，你一个圈外人能理解吗？如果她真为你着想，就应该做正经工作，整天在电视上搂搂抱抱的，我可受不了。"

林顾白笑了笑，盯着她的眼睛："所以，她只要换了工作，您就没意见了，对吗？"

宋黎皱了皱眉："挖坑等我呢？"

林顾白耸耸肩，没说话。

"这事儿再说吧。"宋黎烦躁地又重重叹了口气，"一天到晚烦心事不断，我早晚得被你气死。"

"不会的，"林顾白忍不住笑了笑，推推她的肩，"祝您元旦快乐，越活越年轻。"说着，便打开了门。

送走宋黎，林顾白刚转过身，就看到苏宁安还是一脸紧张地坐在餐桌边。

"都凉了，赶紧吃。"他洗了手回到餐桌边，又掐了掐她白嫩的脸。

"你妈是不是挺讨厌我的呀？"姑娘委屈地一嘟嘴，"看我的眼神好吓人。"

林顾白失笑："吓人吗？挺正常啊。"

"这叫正常？"她愣了愣，"她平时就这么威严啊？"

"一直当领导，难免的。"林顾白笑着倾身亲了亲她的脸颊，安慰道，"其实她挺喜欢你的。"

"真的？"她吃了一惊，"你们聊到我了？"

"嗯。"林顾白温柔地看着她，往她的餐盘里夹了一块饼，"来，多吃点。你太瘦了，身上都是骨头，摸着都硌手。"

姑娘白嫩的脸唰地涨红，羞得不好意思抬头，小口吃了一点饼，才红着脸问他："你们聊这么久，就聊了我呀？"

宋黎一进门，她分明听到他们就在说汪漪呢，她悄悄地想。

"主要是谈昨天晚上那个医闹，"仿佛看穿了她的心思，林顾白淡淡道，"顺便看看我受伤的情况。"

"那医闹，怎么解决的？"苏宁安关心地问。

"患者家属之前签过放弃协议的，这次也是免费治疗，所以他们也知道自己不占理，只能通过这种手段想让医院赔二十万息事宁人，而且拒不当面谈判。昨天晚上汪漪堵到了他们，强迫他们一次了结此事，了解到家属为了治病欠了不少外债，人道上捐助了五万，患者家属同意即刻删除帖子，并澄清真相。事情基本就是这样。"

"那就好。"苏宁安拍拍胸脯，松了口气，"解决了就好。你们医院算是挺人道的了，这样还了五万。"

林顾白笑笑，没说话。

这件事，他不愿意对她说透彻，毕竟医院也不是完全无辜的。免费救治和提供病患做医疗研究根本就是两码事，如果患者家属一开始就享有全部知情权，性质就完全不同了。这五万块，也不是什么慈善之举。

不过看着她这双干净清澈的眼，他实在说不出这种丑陋真相来，只能转换了话题柔声对她说："你是不是很担心我？"

她瞥了他一眼，仿佛在说你这不是废话嘛。

他了然地笑笑，伸手握住了她的手，声音温柔似水："安安，搬回来吧，好不好？"

第七章
世上独一无二的傻瓜

傻就傻吧，世上聪明人太多了，总得有些简单的傻子。

Er Ni
Qing Cang
Xin Di

【1】

江小满一觉醒来，发现苏宁安正在整理房间，立刻就意味深长地笑了起来。

苏宁安被她笑得挺不好意思的，故意不理她。

"昨天晚上没回来呀，嗯？"江小满轻哼了声。

"胡说什么呀……"苏宁安红了红脸。

"现在是复合Plus的节奏了？嗯？"

苏宁安咬了咬唇，偷偷笑了起来。

江小满浮夸地长叹了一声："愁人啊愁人！"

苏宁安白了她一眼，傲娇地哼了声。

江小满笑着转身出去，很快又折返回来，扔给苏宁安一个小盒子："喏，新年礼物！"

苏宁安好奇地拿起来，结果只瞅了一眼，整个人就有点凌乱，直接冲着江小满就杀了过去，两只爪子齐齐地去掐她的脸。

江小满早有准备，哇哇乱叫着满地跑，两个姑娘闹成一团。

"喂，好心当作驴肝肺啊你！小没良心的！"闹完，江小满喘着粗气倒在床上大口大口地呼吸。

"好意思说，哼！"居然送人安全套，真是太没下限了！

"当你的成人礼，有错吗？"

"你当我家医生和你家男人一样不要脸呀……"苏宁安嘴上虽然反驳着，但这气势确实有点弱。

"好姐妹才让你注意安全。"江小满坐起身盯着苏宁安，表情认真地说道，"我知道你很喜欢他，喜欢了他好多年，可是他却认识你时间不长，所以，不管怎样，你都要注意保护自己，知道吗？爱情有千百种模样，不是所有的相爱都能白头，一定要先爱自己，再爱别人，知道吗？"

苏宁安咬着唇，定定地看了江小满一会儿，默默点点头。

世上恐怕再没有比江小满更靠谱的姐们儿了，她想。江小满说的句句都对，也正因为如此，才会让自己在每每被爱情冲昏了头的时候，还能拾回一丝清醒。

江小满是经历过事的，虽然她并没有明说，但能感觉得出来。

"别这么深情款款地看着我，瘆人。"江小满率先回过神来，夸张地抖了抖身子，仿佛抖掉一身的鸡皮疙瘩。

苏宁安笑了起来："我爱你，小满。"

"别，我性别女，爱好男。"江小满嫌弃地白了她一眼。

苏宁安起身，把那个小盒子扔进床头柜。

"准备搬回来住了？"

"嗯。"

"你说你折腾什么？"江小满"喊"了声。

"宿舍还是留着吧，突击考试用得着。"

反正拿过去的东西也不多。

"不搬去和你男神一起住呀？"江小满贼兮兮地笑。

苏宁安红了红脸："不正经！"

"就你正经！"江小满笑起来，"晚上有跨年派对，去参加吗？韩瑞阳、邵嘉楠他们捣鼓的。"

"不用了。"苏宁安回答得很干脆，"林顾白手受伤了，我这几天要照顾他，哪里都不去。"

江小满愣了愣："手怎么伤了？"

"患者医闹不小心弄的呗。"苏宁安脸色暗了暗，还是很后悔。

"什么患者这么嚣张？"江小满瞪圆了眼。

"就网上那个呗。"苏宁安顿了顿，又抬眼去看江小满，"是为了保护汪漪受伤的。"

江小满微微一怔："几个意思？"

苏宁安把事情的前因后果简单说了一遍，同时也把宋黎刚进门的那句话复述了一遍。

江小满皱皱眉，手指摸着下巴沉吟了下："听起来林顾白好像和她没什么的样子，可是为了前女友伤了比命还重要的手，是不是有点出自潜意识？"

苏宁安愣了愣，没回话。

"安安，"江小满盯着苏宁安的眼睛，虽然这话可能不太好听，但她觉得自己必须说出来，"以你对林顾白的了解，如果你昨天不在场，汪漪在那种情况下要求他过去，你觉得他会不会去？"

苏宁安没动静，只是眼珠不安地动了动。

"不管于公于私，还是出于男人对女人的礼仪，他都会去。"江小满一脸认真地继续说，"不过就因为你在，所以他才不得不征求你的意见。"

虽然这话听起来让人不太舒服，但事实确实如此。苏宁安脸色有些发白。

江小满握住她的手安慰："所以，这件事，你根本不需要内疚后悔什么的。这是他自己做的决定，你只不过是做了一个懂事的女朋友该做的。"

苏宁安低着头，没说话，半晌后，突然又抬头笑了笑，眉眼弯弯："我是不是看起来就很懂事，很乖巧呀？"

江小满无语地看了她一眼，半天憋出两个字："傻妞。"

苏宁安淡淡笑了笑，没说话。

傻妞？林顾白也说自己傻。不过，傻就傻吧，世上聪明人太多了，总得有些简单的傻子。

虽然林顾白坚持手伤没有什么大碍，但她还是坚决拒绝了原计划的出行，把活动事项全部改成休养生息。

苏宁安那辆可怜的小车一直到现在都没被提回来，正好趁着这个时间提车。

提完车，林顾白一看到她打算开车，立刻就笑了："就你那技术，能行吗？"

"怎么不行，我技术可好了。"

苏宁安很自信地就要坐进驾驶室。

林顾白单手撑着车门，脸上带着一丝促狭的笑容，一切尽在不言中。

苏宁安猛然反应过来，脸微红。

"上来呀，"她跺跺脚，"今天保证不撞车。"

"我来开吧。"他还是有点不放心，"上次那样你都能撞上，真怀疑你驾照怎么考出来的。"

"我真的可以的！"她气鼓鼓地关上门，系上安全带，好像真有点生气了。

林顾白这才收了笑，坐上副驾驶："开玩笑的，慢慢开。"

让林顾白有点意外的是，苏宁安开车的技术并没有想象中的那么差，怎么也到不了停车场那样的安全距离还能追尾撞车的地步。

也许这就是缘分吧，他想。

如果没有那一次追尾，他们也不可能认识。

这样想着，他看向她的目光就有点灼热。

她察觉到这种目光，转头看了他一眼。

四目相对，气氛有些升温。

她赶紧转过了头，专心开车。

直到在大卖场地下停车场停好车，她还没缓过劲来。

他含笑走过来牵住了苏宁安的手，十指紧扣，还塞进了自己的口袋里。

她羞涩地低下头。他深深看了她一眼，最后实在没忍住，倚着车门，便笑着吻了上来。

他原本只想浅尝辄止，却没想到一碰上她柔软的唇，尝到她香甜的气息，就有些控制不住，手上用了点气力，把她重重地压在车身上，尽兴地纠缠在了一起。

今天是最后一个工作日，上午的停车场几乎没什么人，空旷的场地，连呼吸都带着点让人心跳的回音，有种3D环绕立体声的错觉，让人听起来更加脸红心跳。

他的右手手指插进她柔软的黑发间，动作带着毫不掩饰的渴求和热烈。

她知道他左手不方便，便下意识地为他的左手腾出空间，头竭力地仰起，配合着他的动作，把自己更完整地送给他。

她的这种主动让林顾白有些失控。

他已经记不起自己上次这么失控是什么时候的事。也许从来没有过，他一直是个矜持而自律的人，在公开场合接吻，这是第一次。还吻得这样欲罢不能，更是第一次。

只有苏宁安，才能让自己有这种随时随地想要与她纠缠在一起的冲动心理，确实有点让他始料未及。

她开始有些站不住，而这样隔着厚厚衣服的单纯亲吻也有点让他不太满足心底让人无法压抑的渴求。

他暗叹了口气，终于恋恋不舍地放开了她一些，让她靠在他怀里慢慢地平复呼吸。

等她好不容易在他怀里抬起头，他才扣着她的手笑。

"走吧。"

不知道别人恋爱是不是这样，苏宁安觉得自己快完蛋了。

不管什么样的林顾白，她都觉得完美得不得了。

这绝对是病，得治。

江小满说，不是相爱就一定能白头到老。

如果不能与他共白头，她想她也一定不会再爱上别的男人。

只有一个林顾白。

之前被他惹怒时，她曾自以为潇洒地觉得这样放手也很好，现在看来，放开这个男人，绝对是她的生命中无法想象的一级恐怖事件。只是想一想，就会有种天要塌下来的感觉。

所以，她一定要和他白头到老。

爱情既然有千百种样子，她为什么不能塑造她想要的那一种？

娶我吧，她偷偷地看着他好看的侧脸，悄悄地想。

我这么乖巧、这么懂事，还会给你做很多好吃的，还会给你生可爱的胖娃娃。

虽然我不懂你的工作领域，但是，我可以做你最善解人意的后盾。

我可乖了。

比你养的薄荷还要省心。

所以，你要不要试试呢？

【2】

夜幕渐垂，新的一年即将到来。

世界开始浮躁，到处都是喧嚣。

但苏宁安还是拒绝了所有的跨年派对邀请，只想和林顾白静静地待在一起。

有他在身边，就是全世界。

这是她长这么大以来，最有意义的一次跨年。

他们也并没有做什么。他在看书，她在复习，偶尔抬头互相看一眼，心里就觉得满足而踏实。

很真实的幸福感，带着蜂蜜似的甜。

时针分针秒针终于重叠在了一起，有些地方已经燃起了烟花，窗外有五颜六色的火树银花，让寒冷的夜也显得格外动人起来。

"新年快乐。"他走过来亲了亲她的唇。

"新年快乐。"她红着脸搂住他的脖子，阻止了他浅尝辄止之后的后退意图。

他愣了一下，还没反应过来时，她已经大胆地跨坐在他的腿上，抱着他的头，怯怯地想要顶开他的唇齿。

他呼吸瞬间粗重了起来，毫不迟疑地用右手压住了她的后脑勺，反客为主，加深了这个吻。

……

这样的深夜，这样的两个人，苏宁安已经对即将发生的一切做好了充分的心理准备，可到最后她发现，他虽然吻得很深，但手和身体都没有越矩，在实在忍不住之前，便放开了她。

"乖乖地睡个觉吧。"他抵着她的额头，哑着嗓子对她说。

她双手捧住他的脸，对上他的眼睛。

他的眸光深沉似海，有欲念，更有克制。

更重要的是，那海一样深邃的眸子里，满满都是她的影子。

江小满说，每个人与爱人的相处方式都不同，源自每个人的个性与背景，不能因此就矫情，就怀疑，甚至生出满满的不安全感。

她现在好像开始慢慢地明白这一切了。

江小满要她爱别人之前，先爱自己。

可是，她现在想要对江小满说，她的男人，比她更爱她自己。

他绝对是个远离时代的保守异类，还好，他只属于她一个人。

这比什么花言巧语都要让她觉得踏实。

夜很深了，这样的深夜，这样的动作和姿势，渐渐地，气氛再度令人心动。他没忍住，凑过来想再亲她，谁知这时他的手机突然响了一下。

他皱了皱眉，伸手去拿手机。

是医院的号码。

他表情一瞬间变得严肃，清了清喉咙："喂。我是林顾白。"

"林主任，7床又回来了！"护士小刘很着急地在电话里说。

林顾白皱紧了眉："不是强行出院了吗？"

"是啊，可是其他医院一看到是咱们医院转出去的，打电话过来了解了情况，知道转院原因后，都没收。后来家属也不好意思回到咱们医院来，就去小诊所挂了点滴，结果没做皮试，导致药物过敏了！现在孩子情况很危急，您能不能过来一下？"

林顾白一下子站起身来，一边找衣服，一边说："好的，我马上过去。"挂断电话后，他很抱歉地看着苏宁安，"你先睡吧，我去一趟医院。"

"我开车送你去。"她连忙也跟着站了起来。

"没事，我手没那么严重……"

"不行！"她很严肃地看着他，"这次你得听我的。"

他没办法，只好笑笑："那走吧。"

两人快速赶到医院，值班医生已经做了紧急措施，孩子情况有所缓解，但仍旧不容乐观。

7床家长一看到林顾白就声泪俱下地跑过来抓住了林顾白的衣襟："林主任，求求您，一定要救救我的孩子啊……"

林顾白别的已经不想多说，只是沉声说道："你放心，我们会尽力的。"

"我们知道错了，我们也知道林主任您医术高超，麻烦您一定要不计前嫌，救救孩子啊……"说着话，孩子母亲已经腿一软，跪了下来。

林顾白连忙扶起她，又对值班护士吩咐了两句，便急匆匆地去了抢救室。

一切恢复平静。

苏宁安按照林顾白的吩咐去他办公室等着。一进门，就看到她的饭盒正端端正正地放在林顾白的办公桌上。

她笑了笑，把饭盒拿起来，放到沙发前的茶几上，一个人百无聊赖地拿起手机看朋友圈。

江小满似乎玩得正嗨，发了几张照片过来。

韩瑞阳也不知道什么时候发了句"新年快乐"过来，可惜她太"忙"没听到。

想了想，索性打了个电话给江小满。

江小满一听到她的声音就乐了："怎么还没睡？"

"在医院呢，"她笑笑，"我家医生出急诊。"

"简直是二十四孝好女友。"江小满"啧"了一声，又说，"有个事儿啊，我本来想和你说，但是考虑到你和你男神一直在一起，就暂时没说。"

苏宁安听她声音有点严肃，也正了正神色："什么事？"

"昨天上午，你和你男神是不是在超市停车场里，情不自禁了？"江小满的语气有点不正经。

苏宁安一愣，脸瞬间就烫了起来："……你怎么知道？"

"我怎么知道？"江小满笑了起来，"全世界都知道了，为什么我不能知道？"

苏宁安仰躺在沙发上，手里翻着微博，她已经保持这个姿势一个小时。

她也说不清现在心里是什么滋味。

这两天因为医院的事，林顾白本就处在风口浪尖上，加上昨天那个关注度极高的网络医闹事件圆满解决，他这个另类"网红"关注度再次呈直线上升，所以不管他做点什么事，都能弄出点动静来。

想必是他们在停车场亲昵时，被人认了出来，随手拍了照，传上了微博。

而她，虽然连三十六线都算不上，但也被人挖了出来，江小满工作室微博粉丝数一夜激增，从三位数变成了六位数。

所以，全民话题从"林顾白女朋友曝光"演变成"靠脸吃饭的网红模特安安到底配不配得上林顾白"，愁白了无数林医生粉丝的头。在林医生粉丝的心里，男神人设简直完美无缺，人帅，衣品好，医术医德都堪称典范，简直就是当代白衣天使的代言人，这样的人身边配个小模特，好像差了点意思。在粉丝们的想象里，她们的偶像审美不该这么肤浅才对，应该要找个高冷的美女型学霸才基本合格，一个花瓶好像缺了点内涵啊。

网上闹得沸反盈天，在江小满看来，当然是好事。苏宁安人气上涨，就意味着身价要涨，能接到更好的工作。

原本苏宁安对这件事也就抱着好玩的态度。照片拍的尺度还好，就情侣间的正常亲昵，很多人自拍秀恩爱都比这个尺度要大，再说，她本来就和林顾白在一起，没什么好藏着掖着的。这种热度也就是一两天的事，热闹过后谁还记得？

可是，静下来之后，她又有点担心这对林顾白会不会造成什么不好的影响。

他毕竟只是个单纯的医生，连这个微博号都是医院在运营的，不知道他看到后会不会不高兴。

于是，要不要和他说这个事情，让她有点纠结。

办公室空调开得很足，苏宁安眼皮越来越沉重，开始有点犯困。看看时间，已经深夜两点。

走出去，看到护士台值班护士小刘也已经昏昏欲睡，一直坐在那里打瞌睡。

苏宁安很不好意思地摇了摇小刘的肩。

小刘猛地清醒，看到是她，笑了一下："苏小姐。"

"你能不能帮我问问林顾白，到底什么时候能结束呀？"

小刘揉揉脸，笑了笑："好，我问问抢救室。"说着，她打了个电话，问了几句，便遗憾地挂断电话

"7床的患儿已经稳定了，可是林主任现在被妇产科给叫过去了。那边有个胎膜早破胎心过缓的产妇，现在正在准备剖宫，新生儿生下来估计要抢救，林主任得现场指导一下，可能一时半会儿回不来。"

"哦。"苏宁安失落地应了声。

"那您去值班室休息一下吧。"小刘热情地笑着说，"虽说这不符合科里规定，但您是林主任家属啊，他不会批评我的。"

"不用了，"苏宁安摆摆手，"不能让你难做。我去林顾白办公室就好。"

"那我帮您去值班室取一床被褥，您等一下。"

医生的辛苦，苏宁安在这个晚上深刻感受到了。

林顾白明明在休假中，紧急情况还是必须要出现。就算左手受伤，也得指导其他医生实施抢救，一整夜眼皮都没眨一下。

她这一夜窝在沙发上也是睡得迷迷糊糊的，听到林顾白开门的声音，她一下就睁开了眼睛。

"几点了？"她迷迷糊糊地问。

"快五点了。"林顾白说着，开始换衣服。

"那直接在外面吃了早饭再回去吧，你肯定饿坏了。"

"好。"他笑了笑。

外面还没完全亮起来。

医院旁边就是个KFC，两人进去点了早餐。

"没睡好吧？"林顾白抱歉地看着她，"早说你不用跟来。"

"还好我跟来了，"苏宁安叹了口气，"要不然怎么知道你这么辛苦。"

林顾白笑笑："习惯了。"

"当时怎么会想做医生呢？"苏宁安有点好奇。

"家庭原因吧。"林顾白打开关了一夜的手机，"我妈、我外公，都是医生。"

"哦。"苏宁安点点头。

一打开手机，林顾白突然眉头一皱，随后把手机转给苏宁安看。是医院宣传部发的短信，问他关于恋情被拍怎么处理，同时还彩信发了张照片。

苏宁安心猛跳了两下，看向林顾白："对你有影响吗？"

林顾白似乎还没回过神来，一直盯着手机看："怎么会有人这么无聊？"

苏宁安愣了愣，想着他果然不喜欢这样。

她还想说些什么，林顾白已经边打字边说："我会处理的，你不用多想。"

苏宁安咬着纸杯有些忐忑。

这是她第一次开始怀疑自己这份工作的负面影响。

林顾白显然很讨厌私生活被曝光的感觉，而她，如果不是一个名有姓的网红小模特，对他的影响会不会更少一点？

如果将来，真的到了那部戏的宣传期，会不会给他造成更大的困扰呢？

这么一想，她就有点坐立不安。

她慢慢吞吞地喝着牛奶，看着他有点疲惫的脸，很多话也只能暂时先压在心里。

【3】

每周二上午是林顾白的门诊时间。挂他号的人，一般都不是感冒发烧之类的小毛病，而是提前一周甚至更早在网上挂号的疑难杂症，所以气氛也比别的门诊室更加凝重些。

可奇怪的是，这周二一早就来了好几个没抱孩子的女孩子，在候诊室的座椅上霸占着位置不动。

值班护士观察了一会儿之后，觉得不太对劲，就进去和林顾白说了一声。

林顾白微微一愣，对值班护士道："一个个排查一下挂号单，没有挂号单的请她们离开。实在不行，通知一下保卫科。"

"好的。"值班护士点点头。

正在看病的是个年轻妈妈，等值班护士走后，便笑着说："林主任，外面那些女孩估计是您的粉丝吧？应该都是慕名而来的。"

林顾白笑笑："让您见笑了。"

"哪里，那是因为您出名啊。"年轻妈妈笑笑，又说，"女朋友也很漂亮。"

"谢谢。"林顾白干咳了声，有点尴尬。

刚回到办公室，林顾白就接到了宋黎的电话，说要和他一起吃个饭。

林顾白隐隐觉得应该和照片的事情有点关系，迟疑了下，还是答应了她。

宋黎在医院旁边的一家西餐厅请他吃饭，一落座，就开门见山。

"那张照片，是不是苏宁安公司安排拍的？"

她这话一出，林顾白就不悦地立即反驳回去："怎么可能！"

"怎么不可能？！"宋黎毫不客气地拔高语调，"宣传部已经向我汇报，说那个苏宁安因为这事儿在微博上火了一把，他们公司还帮她开了个人微博！要说没猫腻，我还真不信！"

林顾白微微一怔，皱了皱眉。

"我就说娱乐圈是个大染缸，你还不信！"宋黎冷哼了声，"为了名利，他们什么事做不出来，何况是蹭热度？"

林顾白没说话，而是拿起手机，搜了一下，发现苏宁安还真开了一个实名认证的微博，认证身份信息是：模特，演员，FAN娱乐集团签约艺人。

林顾白记得，FAN娱乐就是韩瑞阳的公司，这个微博号，应该是韩瑞阳公司负责注册的。

到目前为止，苏宁安这个微博号一条动态都没发，只转发了一条江小满工作室的微博，但粉丝量已颇为壮观。

"尽早断了吧。"宋黎见他半天不作声，压了压嗓子说，"我不喜欢这样的儿媳妇。"

林顾白不动声色地放下手机，看向宋黎，目光平静如水。

"你这么看着我干吗？"宋黎没好气地瞪了他一眼。

"那您喜欢什么样的？汪漪那样的？"

宋黎别开了眼，喝了口果汁，轻哼了声："和她没关系。"

"哦？"林顾白笑笑，"真没关系？"

宋黎顿了顿，放下果汁，看了林顾白一眼，眼神有点波动。

"我相信这不是苏宁安做的，"林顾白慢条斯理地切着牛排，淡淡地说道，"而且我认识她以前，她就是做着这份工作，发生这样的事，也是身不由己。她开个人微博，应该也是公司行为，她有部戏很快就要宣传。我只是个医生，并没有什么她看得上的热度。如果她真是这种人，他们娱乐圈有大把大把的热度可以让她蹭，何必舍近求远找我？"

"……"宋黎张了张嘴，到底没能说出什么来。

"如果你是因为和汪漪谈判不顺畅，那还是就事论事吧，别扯得太远了。"

宋黎目光闪了闪，缓缓拿起杯子，又喝了口果汁，才慢慢地将目光看向林顾白。

"我想设立整形外科。"她终于轻轻地开了口,"咱们医院本来就是以女性患者为主的医院,我想增加整形外科,为医院创收。你也知道,盈利是最重要的,整形外科的利润是一般科室无法相比的。"

她这番话一出,让林顾白愣了一下:"整形外科?"

"对。"宋黎黯然地点点头,"我在很久之前就想筹备了,但是需要卫生厅批准。"

"可是您有相关的人员和实力吗?"林顾白蹙紧了眉头,语调难得生气,"这不是闹着玩的宋院长!咱们是正规医院,不是街边的私人小诊所!"

宋黎听他语气有些严厉,也有点动怒,皱眉瞪着他:"你当我不知道吗?可是真正顶尖的整形外科,不都是属于正规医院?市一医院不也有整形外科吗?既然我要做,就要做高端的,我已经和韩国的顶级专科医院在谈合作了,一旦这边批下来,其他都不是问题!"

林顾白感觉有些无力,苦笑道:"您这不是还没谈下来吗?一切都是空的,您让上级单位怎么批!"

"那我也不能白养那么贵的专家和设备等着批复吧?"

"那也不能让别人违法乱纪帮您批复吧?"

"我这准备不是需要时间吗?"

"那就等真正准备好了再提交申请。"林顾白一点胃口也没了,放下刀叉,端起柠檬水猛灌了一口。

宋黎半晌没说话。

良久,她才疲惫地苦笑了下:"也许我得请你抽空看看医院财务年报。"

林顾白沉默一笑,没出声。

"这些年,我们一直收费合理,用药规范,但这些根本支撑不了一个医院的日常费用。我当然不想弄一个整形外科外包出去让不法分子敛财，我也是想正规地做好，可是，这需要大量的投资，一时之间全部到位，确实有点困难。"

"所以呢？"林顾白挑了挑眉。

"你找汪漪谈谈吧，"宋黎吐了口气，"不是谈别的，就是让她去问问她爸爸，有没有别的更好的办法，可以尽快通过审批的。你是了解我的，只要能通过，后面的运营环节，肯定不会有任何不规范的地方。"

"不可能。"林顾白想也没想，便扔出三个字。

"为了那小丫头？"宋黎不满。

"当然不是。"林顾白淡漠地扫了宋黎一眼，"是为了我自己的尊严。"

宋黎怔了怔。

"我不可能为了您的生意去求她的，哪怕要我辞职，我也不会这么做。"说完，他站起身，"您慢慢吃，我先回去了。"

　　因为手伤还未痊愈，科室也没什么重要的事，下午林顾白就待在观摩室看了两场手术，快下班时才从观摩室走出来。

还没走出手术区，就看到汪漪迎面走来。

他脚步顿了顿，不知道该不该转个方向避过去时，汪漪已经走了过来。

"顾白，我找你很久了。"

林顾白平静地看着她："有事吗？"

"找你喝杯咖啡，有时间吗？"

林顾白抬手下意识去看手表。

汪漪笑了笑，说道："我知道你没什么重要的事，不是手还没全好吗？"

林顾白也只好笑了笑："行，就去院区的咖啡室吧。"

纪念医院的休息区有个环境很不错的咖啡室，很适合聊天。

"一杯美式咖啡，一杯卡布其诺。"汪漪娴熟地点着，又叫了两份小蛋糕。

咖啡送上来，汪漪给自己留了卡布其诺，给林顾白递过来一杯美式咖啡。

这么多年，他们毕竟没白交往过，对彼此的喜好了如指掌。

林顾白中午饭没怎么吃，这会儿胃里已经有点难受。他拿起小叉吃了块蛋糕，才觉得舒服了些。

两人已经至少有一千多个日子没有这样相对而坐了，一时之间，都有些沉默。

最后，还是汪漪先开了口。

她温柔地看着他的左手，轻轻地问："手……好点了吗？"

"快好了。"林顾白抿了口咖啡，淡淡回答。

"谢谢你，"她低头道，"如果不是你，我可能得破相。"

林顾白不以为意地笑了笑："事情过去就过去了，别提了。"

汪漪顿了顿，拿勺子搅着咖啡，半晌才又说："你回来差不多两个月了吧？"

"嗯。"林顾白应了声。

"今天我爸还问起呢，说想请你到家里吃个饭。"汪漪端起咖啡浅浅抿了一口，很轻地说。

林顾白手指突然顿了顿。

"就算我们分手了，可他好歹也是你曾经的老师，这个面子，可以给吗？"汪漪抬眼微笑着看了看他，只是这笑容有些落寞。

这是她从未在他面前表现出来的落寞，他避开了她的目光，看了看已经漆黑的窗外。

她的确给他出了个难题。

他和汪漪相处七年，她的父亲汪国泉一直对他无话可说，当半个儿子一样看待。也许，他能容忍汪漪那么多次，和这位曾经的汪老师有着密不可分的关系。

刚进大学，汪国泉就是他们学院的院长，是个十分让人敬重的师长。后来，他和汪漪确定了关系，汪国泉也从校领导转到卫生系统。再后来，他和汪漪分开，去了美国攻读博士，碰巧那所世界闻名的医学院，也是汪国泉当年公费出国读博士时的学校，还有一些老关系在。从一开始，汪国泉就和那些老关系打好了招呼，让他们多关注一下自己的这个学生，丝毫没有顾忌他和汪漪的前嫌。也因此，他能比别人更快地得到进手术室和实验室的机会。

对于汪国泉，他的确应该去看看的，可是，因为汪漪的存在，他除了打电话问候之外，的确一直没去看过汪国泉。是他的不对。如今老师亲自邀请，他如果再不去，就实在说不过去了。

"是我的错，应该是我主动去看望老师和师母的。"林顾白最终歉意地笑了笑。

"那好，"汪漪脸上终于有了点笑容，"那我现在就打电话给我爸，让他今晚早点回家。"

第八章
你要养我一辈子

我不随便喜欢一个人，但喜欢一个人就不想很随便。

Er Ni
Qing Cang
Xin Di

【1】

对于这场饭局大概是什么气氛，会聊些什么话题，林顾白心里一直都没底。

还好到汪漪家时，汪国泉已经到家。

"顾白来了？"汪国泉从书房走出来。

"汪……老师。"林顾白笑了笑。

"还是叫汪伯父吧。"汪国泉笑笑，"都多少年不当老师了，听着生分，还是喜欢听你叫我伯父。"

"汪伯父。"林顾白立刻改了口，把手里的礼物递给汪国泉，"很不好意思，回来后事情太多，一直没能过来看望您。"

"没关系。"汪国泉亲手接过，笑吟吟地看着林顾白，"你现在都是名医了，当然忙。我教过的这些学生里，你一直都是最出色的一个。"

"您说笑了。"

"真心话，你心里也应该一直都知道。"汪国泉说着，对汪漪说，"让你妈妈快点，我和顾白先去下几盘棋。"

好像一切都没变化，汪国泉对他一如既往热情得很，仿佛他还是自己的准女婿一般，眼里的欣赏和肯定一丝没少。

林顾白心里并不太好受，毕竟一切都已经变化了。

和以前每次过来一样，汪国泉提前准备好了棋盘。

两人入座对弈。

刚下了半盘，汪国泉便看了看他的左手："手没大碍了吧？"

林顾白笑笑："没事了。过两天就可以拆纱布了。"

"对手指灵活性没损伤吧？"

"没有。不是什么大碍。"

汪国泉抬眼看了看他，目光严肃："不管怎样，我还是要当面教育你的。以后不管遇到什么情况，你都要注意保护好自己的手，千万不能再这样了，毕竟这是只能救无数条生命的手。"

"我知道了，汪伯父。"林顾白笑了笑。

汪国泉依旧严肃地看着他："汪漪和我说的时候，我已经骂过她了。这件事，从头到尾，都是她的错，你能不计前嫌这样帮她，是她的福分。但是，以后她的路还很长，不能一直靠别人帮她罩着。你也一样，不要让她失去成长的机会。"

林顾白一直微笑着听他说话。从林顾白认识汪国泉开始，他就是个很会讲官话的人，听他讲话，要学会分析。

他回味了一下，大概能够明白汪国泉的意思，所以点了点头。

"这个孩子，从小被我惯坏了，不太能吃苦，做什么都喜欢投机取巧，读书时也是，工作后也是。你和她相处那么久，应该懂的。"汪国泉放下棋子，语重心长地说，"可越是这样，我就越是觉得可惜。如果说真有那么一个人，那这世界上最适合她的人，最能包容她的人，最让我放心把她托付出去的人，也就只有你了。我一直都是把你当我的亲儿子看待的，就算你们分手了，我依然是这样，你应该能感觉到，对吗？"

林顾白手指僵硬了下，也缓缓放下了棋子，认真地对上汪国泉的目光。

"顾白……"汪国泉审视着他的目光，半晌又道，"这几天，汪漪和我聊了很多，我看得出她是真心反省了。你们……还有没有可能？"

林顾白此时总算明白，这大概就是汪国泉邀请他过来吃饭的真正意图。

诚然，汪国泉亦长亦师，又是他上级领导，他一个年轻的医生如果有这样一个岳父，绝对是平步青云，前途不可限量。

可是，这从来都不是他想要的。

当初，和汪漪在一起，是因为觉得汪漪热情爽朗，正好弥补他的寡淡性子，又加上彼此认识了好几年，所以就自然而然地走到了一起，并不是因为她父亲是谁。

他突然觉得，自己帮汪漪挡了这一下，好像挡出了太多的误会和麻烦，如今真是说也说不清楚了。

"我不管你们过去发生过什么，那毕竟都过去了。"汪国泉见他没回答，又接着说，"年轻人不管犯点什么错，上帝都会原谅。这几年，她一直都是一个人，我就知道，她一直在等着你。你们现在都三十出头了，是成熟的大人了，是不是也该考虑考虑，到底怎样选择，才是对自己负责任呢？"

林顾白眼睛一直盯着棋盘，静静地听着汪国泉的谆谆教导。

他很想和汪国泉说，婚姻不是一场谈判，觉得双方条件都合适了，又各取所需了，就可以在一起了。

至少，和一个人结婚，最起码得有种想和这个人永远生活在一起的感觉才可以。

这种感觉，他再也不可能在汪漪身上找到了。

因为，这种感觉，现在只能从另外一个女孩身上找到。

只要一想到结婚，满心满眼的就只有她的身影，而无法想象会是别的什么人。

这点，是无论如何都改变不了的。

"对不起，汪伯父。"林顾白沉默了良久，终于还是很认真地抬起头，对上汪国泉审视的目光，"我想，真正对我们两个负责任的选择，是各自选一个自己有感觉的人结婚。我现在已经有了女朋友，我不想对不起那个女孩子，更不想带着对别的女孩的爱，去娶汪漪，这对汪漪也是非常不公平的。所以，不好意思，辜负您了。"

汪国泉听完，果然眉目一冷，眉心皱了皱。

汪国泉刚想再说些什么，就听见汪漪在外面喊："吃饭了，爸爸，顾白，下楼吃饭了。"

有了这场谈话，整顿饭就吃得有点沉闷。

吃好饭，汪母沏了茶，让汪国泉和林顾白再杀几盘。

林顾白不好拒绝，便只好跟着他又上了楼。

既然话匣子已经打开，汪国泉这次开门见山。

"我知道你妈妈医院现在很着急要创收，想要增加一个整容外科，但资质好像不太够啊……"

林顾白淡淡一笑："我妈的事情，我不想管太多。"

汪国泉微笑看着他："你妈一人将你带大不容易，你怎么就不知道多为她分担一点呢？"

"我只是个医生。"林顾白看了他一眼，笑容依旧很淡，"我只会做好自己分内的事，其他的事情，我真的不懂。"

汪国泉微笑着看了他一会儿，才落下手里的一颗棋子："知道我为什么觉得你是我教过的学生里最有前途的一个吗？"

林顾白笑了笑，洗耳恭听。

"因为，你心无旁骛。"汪国泉说。

"是吗？"林顾白也落下了一颗棋子，笑着说，"老师过誉了。我只是不太聪明，一心不能二用而已。"

汪国泉摇头笑笑，没再说话。

这盘结束，汪国泉胜了一筹。他端起茶杯喝了一口，才又开口："昨天见到医科大的郑校长，说是近期要办一系列高质量讲座，让我推荐人来着。我向他推荐了你，过几天邀请函就会发到你手里。"

林顾白愣了一下，能登上医科大讲坛的人都绝非等闲，否则下面坐着的学生们都不会买账。登上这个讲坛，就意味着在医疗界的

而你轻藏心底

八

地位得到承认，汪国泉这一举动，反而让他更加不安。

"老师，您不需要这样特意推荐我，我……"

他还没说完，汪国泉就举手打断了他："别以为我推荐你是有目的的，我只是觉得你是最出色的人选而已。如果你镇不住台，那丢的就是我的面子。所以你现在只管好好准备你的演讲题目，别让人看你老师的笑话就好。"

林顾白顿了两秒，也只好说了句："谢谢老师。"

汪国泉笑着摆摆手："这是你凭借自己的能力得到的。不管我们能不能成为一家人，你都是我最出色的学生，这点毫无疑问。所以，没事的时候多来看看我，陪我下下棋，比什么都强。"

林顾白笑了笑，最终点了点头。

汪国泉终于下尽兴了，才带着林顾白下了楼。

汪母很热情地对林顾白说："很晚了，外面还下着雨，要不今晚就别走了吧？我刚刚都把你以前的房间准备好了。"

林顾白有些窘迫，不知道该怎么回答。

汪国泉则及时打圆场说："他认床你又不是不知道。回去休息吧，能睡得好点。"

林顾白感激地看了他一眼。

汪母显然有点失望，又拿了一个饭盒递给他："你不太会做饭，我刚刚特意给你留的你爱吃的排骨，回去热热吃。"

"谢谢师母。"林顾白礼貌地接了，颔首致谢。

"汪漪，去送送顾白。"汪母冲汪漪使了个眼色。

汪漪抿了抿唇，拿了一把伞，走到林顾白面前，轻声细语道："走吧，我送你。"

林顾白没再说什么，和汪父、汪母道别后，就与汪漪并肩走了出去。

漆黑的夜幕里风雨正盛，冬日的雨打在身上格外冰凉，林顾白看着这糟糕天气皱了皱眉。

"走吧，我送你到车上。"汪漪打开伞，"你护好你的手，别沾了水。"

说完，她特意站到了他的左侧。

一走入雨中，林顾白便发现伞朝自己这边倾斜。侧眼看过去，汪漪半个身子都在外面。

他身子僵了僵，伸手想去扶正伞柄。

汪漪却早有预料一样手上用了些力气。

他左手有伤，不敢用力，于是两人两只手，一上一下扶着伞柄，脚步顿了下来。

一把伞，两个人。

四目相对时，林顾白看到她眼睛里有些湿润。

恍然想起，上次两人一起撑伞漫步雨中，还是读研究生的时候，在大学的校园里。

林顾白有些尴尬地别开了眼，汪漪却轻轻叹了口气。

"顾白，"她声音里带着极少出现的软弱和哽咽，"你就让我为你这样做一次吧。以前总是你把自己淋湿，可惜那时候我不懂珍惜。现在，就让我还你一次好了。"

林顾白僵硬地收回视线，低头看汪漪，只见她不知何时，已泪流满面。

除了上次在他办公室，这是她第一次在他面前，像个小女孩般流眼泪。

他虽然能明白她的心思，却怎奈，自己的心已掀不起任何波澜。都已经过去了，他希望汪漪也能明白。

"如果你真想这么做，那就做吧。"林顾白知道自己这样说很冷酷，但还是一边淡淡这么说着，一边迈开了脚步。

他步子迈得很大，汪漪一个怔忡，晚了一步。

她小跑了两步，才堪堪跟上他。

车子就停在院子里，并不远。林顾白打开车门，坐了进去，再看过去时，她头发都已湿透。

"快回去吧，"林顾白打火，"小心着凉。"

汪漪一动不动，只是一脸哀戚地看着他。

他不想再看，发动了车子，小心翼翼地转了个方向，才在雨雾中渐渐驶远。

他想，如果在他提出分手的时候，汪漪哪怕只有今晚态度的十分之一，他都一定会心软。

可，三年多的艰辛异国求学，三年多的孤寂，已经把他的心都给磨硬了，很多事，也能抽身出来看得很清楚了。

何况，他现在身边也有了苏宁安。

一想到小丫头，他的心就莫名柔软起来。

这时候她在做什么呢？应该是乖乖地在家复习吧？

他最喜欢看她认真复习的样子，很乖，很可爱。

嘴角不由自主地勾起一丝笑意。

只是这样想一想，就想念得要命。

看看时间，九点过十分，应该还来得及。这样想着，他方向盘一转，换了个方向。

【2】

回到家时，已经将近十点。

林顾白走到厨房想把排骨放进冰箱，结果发现冰箱上贴了个字迹娟秀的便利贴。

"今天去干活，厂家送了一箱酸奶，我放你冰箱了，你记得喝，养胃。"

林顾白笑了笑，把便利贴拿下来，打开冰箱门。

自从她搬回来之后，他的厨房就开始丰富起来，原本总是空荡荡的冰箱现在每天都被塞得满满的，很有生活的气息。

洗了个澡，再回到厨房，从冰箱里拿了盒酸奶叼着，他给她发了个微信："在哪儿呢？"

她很快回了过来："在家复习。回来了吗？"

他笑了笑："是不是一直在练习听力？"

她发了个俏皮的表情："你怎么知道？"

"要不然你应该能听到我回来的声音。"

她又发了个夸张大笑的表情。

紧接着，房门响了一声。

林顾白刚走出厨房，就看到小姑娘穿着满身小熊的睡衣像只小猫咪一样朝他扑了过来。

他笑着张开怀抱接住她，在她颈间狠狠吸了一口她身上香甜的气息，心仿佛一下子踏实下来。

"酸奶好喝吗？"她看着他手里还握着酸奶盒子。

"嗯，不错。"他用下巴蹭了蹭她的发顶，才放开了她，"你最近还在接活吗？"

小姑娘嘟嘟嘴，抱怨："不是现在接的，都是以前的老客户。最近说是要拍过年特辑，所以就又忙起来了。"

"挺好，能赚钱。"他笑了笑，把酸奶喝完，走到厨房把酸奶盒子扔进垃圾桶。

她像条小尾巴一样地跟着他，环抱着他的腰亦步亦趋，惹得他忍不住发笑。

她真是演了一个猫妖，就连行为动作也越来越像小猫咪了，黏人得很，一旦黏上，扯都扯不下来。

磨磨蹭蹭走到厨房，她往前迈开一步，从前面钩住了他的脖子，小嘴一嘟："亲亲。"

他笑着凑了过来，在她唇上轻轻贴了一下。

她却猛地一用力，把他往下一拉，舌尖向前一顶。

自然是没什么阻拦的，她就得偿所愿。

呼吸一瞬间变得滚烫，只是一天没见而已，却仿佛有一年那么久，两人渐渐都有些失控。

他唇齿间还残留着酸奶的香甜，可他的吻却如同火焰般炙热。

渐渐地，她有些受不了，哼哼唧唧地挂在他身上，脚都软了。

这些日子，虽然两人总是窝在一起，他却总保留着最后一丝克制，很少有这样急切冲动的时候。

他今晚有点不同寻常。

脑袋晕乎乎的，她大口地呼着气，突然感觉到脖间一丝痒意。

她不由自主地想躲。那种痒，几乎酥麻到骨子里去，让她有些吃不消。

他却呼吸越发粗重，手上用了些气力，箍紧了她，让她不能躲，只能承受。

她痒得连呼吸都在发颤，每个细胞都在哆嗦。

"安安……"他轻轻啃着她的下巴，叫她的名字时有些模糊。

她迷迷糊糊地应了一声，身子不由自主地更靠近他，磨蹭着他的胸膛。

"我们结婚吧。"

后面五个字，他说得异常清晰。苏宁安只觉得脑子一阵轰响，便什么都感觉不到了。

她还在怔怔地发着愣，他已经拉开了彼此的距离，额头抵着她的，热切地一下一下地吻着她。

她终于在他的温柔亲吻下渐渐回过神来，水汪汪的眼睛不敢置信地看着他："你说什么？"

"我们结婚吧。"他眸中带笑，却异常认真。

她鼻头突然一酸，眼前开始模糊。

"傻妞，哭什么。"他吻了吻她的眼皮，牵着她的手，走到卧室，从包里拿出一个盒子来。

他修长好看的手指轻轻一拨，里面是一对钻石对戒。

直到此刻，她才认清这个事实，心脏开始剧烈地跳动，一抽一抽地，甚至有点疼。

他居然真的向她求婚了！

天哪，这是在做梦吗？

她只觉得脑子一阵眩晕，到底该说什么，该做什么，都已经不知道了，只能傻乎乎地看着他拿出一枚戒指，很认真地牵起她的左手，套在了她的无名指上。

"我也不知道戴戒指有什么讲究，"他声音有些低哑，却异常好听，"除了我的专业，其他的我真的都不太懂。但我看到广告上模特，他们是戴在这里的，所以，应该是对的吧？"

她缓了缓神，还想说些什么，却发现除了傻乎乎地看着他，什么都说不出来。

"给我也戴上吧。"林顾白笑了笑，把盒子递给她，左手伸到她面前。

他的虎口还缠着纱布，却并不影响他手指的美感。

她怔怔地看着眼前的戒指和他的左手，再次觉得这一切都很不真实。

这是她暗恋了八年的男人，一个总是习惯于冷静自持的男人，一个甚至让她想去主动求婚的男人，怎么会突然主动地向她求婚了呢？

可是，他分明已经买好了对戒，分明已经认真地将戒指套在了她的手上，也在等着她为他戴上。

真是有点像做梦啊，她想。

她吸了吸气，逼迫自己醒过神来。

而你轻藏心底

八

不管是不是做梦，这都是她欢喜的。

　　下一秒，如同大梦初醒，她定了定神，微颤的手指拿起那枚戒指，轻轻地为他戴上。

　　一对戒指，熠熠生辉。林顾白满意地把手和她的并在一起，感觉前所未有的踏实。

　　"安安……"他反手握住了她的手，深深地看着她，"说好的，你要养我一辈子，再不能反悔了，知道吗？"

　　她终于破涕为笑，伸手抱住了他。

　　什么都不做，只是这样抱着，就已经让人非常满足。

　　这样静静地拥抱了不知多久，她才慢慢从他怀里退出来，眸光清澈，深深地回望他。

　　"顾白，"她认真地看着他，"你能不能等我一会儿？"

　　他不明所以，含笑看她："要做什么？"

　　"等会儿你就知道了。"

　　说完这句话，她便像只小猫咪一样从他怀里逃了出去，飞快地回了自己的家。

　　他好笑地看着她的一系列动作，宠溺地摇摇头。

　　大概一个小时后，门铃声响起。

　　他不禁失笑，这孩子真是童心未泯。

　　他噙着笑打开门，却被眼前所见，震得半天没回过神来。

　　苏宁安手捧着一束蓝色妖姬，红着脸却勇敢坚定地看着他。

　　她穿得格外隆重，很漂亮的一套纯白礼服，裙摆很大，拖地摇曳，乍一看很像婚纱。

　　更要命的是，礼服浅V开领，雪白的肌肤晃得人挪不开眼，凹凸的曲线令人有些血脉贲张。

　　配合着这身衣服，她还特意穿了高跟鞋，化着精致的妆，戴上了成套的项链和耳环。

明艳不可方物。

"进去呀，冷死了。"她似乎被他看得很不好意思，双手推着他往里走。

他只好配合，每走一步，仿佛心尖都在战栗。

他终于被她羞涩地推着走到了客厅，站稳了，她才停了手。

"林顾白……"她仰着脸叫他的名字，声音很轻，抱着花束的手也有点抖，可是她的眼神却很坚定。

"我刚刚太激动了，都没正式地回答你。我这一生，就没想过嫁给别人。认识你之前不会，认识你之后，更不会。所以，我现在想郑重地回答你，我答应嫁给你！"

她眼睛明亮，渐渐开始泛着水光，深情地看着他，一眨不眨。

"我喜欢你，林顾白。我想一辈子和你在一起，我想把我赚的钱都给你花，我想把我能想到的好吃的都做给你吃。你工作的时候，我可以一个人很乖地不打扰你；你休息的时候，我可以很乖地安安静静不发出任何声音；你累的时候，我想给你按摩；你想放松的时候，我可以陪你一起旅行。当然，如果，当你……不再需要我的时候，我也可以很乖地转身离开，绝对不会再来打扰你……"

说到这里时，她突然顿了顿，深深吸了一下鼻子，伸手去擦不经意间滑落的泪珠。

好痛啊，她想。只是说一说这种话，都会让她痛得承受不住。

她缓了缓神，才又挤出一丝笑，眼眸依然晶亮地看着对面一脸震惊的男人。

"我会很乖巧，可是，如果哪天，我不太乖巧，耍脾气，你能不能稍微容忍我一下？你一定要记得呀，要给我点儿时间，因为我并不是真的想对你发脾气的……你一定要记得伸手拉拉我，抱抱我，哄哄我……"

她又忍不住用手擦擦眼睛，吐了口气，再次绽放一个笑容继续对着他说："我很好哄的，真的。你只要挽留我一下，只是一下，我就会回来了。因为我真的好喜欢你，我不会真舍得离开你的。你千万不要在我耍脾气的时候和我置气，因为那样我会以为你不想要我了。我真的会跑得远远的，让你一辈子都找不到我的……"

她说着说着，又有些说不下去了，有些懊恼地咬咬唇，红着脸索性把花往前一推。

"我也不知道要准备什么来跟你表白，就知道女生应该用红玫瑰，那男生就用蓝玫瑰吧。我都不知道蓝色妖姬的花语是什么，就让楼下的花店老板连夜回店里帮我包了一束。虽然不太新鲜了，但是……你还是勉为其难地收下吧。"

她又哭又笑又十分认真地说完所有的话后，整张小脸害羞地躲在那束花的后面，不敢去看林顾白的眼睛。

她知道自己一定很另类，也不知道林顾白会不会觉得自己很像个白痴。

但是，她就是很想这么做。

所以，她就这么做了。

她想让林顾白知道她毫无保留的爱。这样不管走到哪一步，她都会觉得这场恋爱，非常圆满，了无遗憾。

她不知道林顾白会是什么反应，甚至害怕他会不会觉得这样太娘而拒收她的花，或者，把她当成一个神经病，扔进医院深度治疗。所以，她躲在花束后的每一秒都觉得极为漫长和煎熬。

时间过了一秒，还是两秒，还是三秒？

她甚至觉得此刻时间都是停滞的，好像被施了魔法一般。当她终于忍不住越过花束去看他的时候，却发现他一向平静冷漠的好看眼睛里，正闪着亮若星辰的光。

很亮，很深邃，像幽深的潭水，倒映着她的影子。

她心念一动，满是欢喜。

他看起来并没有觉得她好笑？他也喜欢她的表白？

嗯，一定是。

目光相撞，林顾白渐渐回过神来。

他长这么大，从没有想到过居然还有一个女孩，会傻到这种程度，用这样的方式向别人表达爱意。

还好，这个别人，是他，不是别的什么人。

多幸运啊，他居然成了被她表白的这个男人。

他提了口气，再缓缓吐出。

胸腔内，全是浓得化不开的感动和甜蜜。

他双手一伸，接过她的花束。

"你是提醒我做得不到位吗？"他一开口，发现自己的声音喑哑得厉害，"你把我该做的都做了，而且还比我做得要好，那我接下来该做什么呢？"

她眨眨晶亮的眼，笑得如蜜似的甜。

"谢谢你，安安。"他伸手揽住了她，下巴磨蹭着她的发顶，"不过，我不需要你赚钱给我花，不需要你小心翼翼地照顾我，应该要全部反过来才对。请你要容忍我一些，如果哪天你遇到更好的人追你时，要记得把持住，知道吗？要不然我会吃醋的。"

她钩住他的脖子，吃吃地笑："不会的，除了你，我谁都不要，就只要你。"

他手臂突然钩紧，紧到几乎能把她揉进骨血里去。

"傻妞。"他叹了口气，"我就这么好吗？"

"嗯，你很好。"她傻笑。

"我还真没发现。"他笑了一声，手揉了揉她裸露的手臂，"冷不冷？"

"冷。"她娇憨地笑。

"赶紧换衣服，当心感冒了。"他放开了她，无奈地摸摸她的头，"你想什么呢，非要搞得这么隆重？"

"因为这样有仪式感。"她弯起眉眼，笑盈盈地对上他的眼，"我不随便喜欢一个人，但喜欢一个人就不想很随便。"

还有，这样很美。我要在表白时，让你看到我最美的样子。她默默地在心里补充了一句。

他眸光倏地一阵闪动，温柔的笑容凝固在了脸上，清亮的眼睛一眨不眨地深深地凝视着她，里面渐渐有潋滟的波光。

许久之后，他才回过神来，嘴角含笑，缓缓伸出手，又揉了揉她的发。

"傻妞。"他说。

这姑娘平时看起来像是一池水，热情起来却仿似一团火。

她有着林顾白这一生从未见过的纯粹和透明，让他反而有些不知所措。

如果有一天，她发现他并没有想象中的那么好，该怎么办？

她会后悔吗？

还是会像她说的那样，转身就走，让他一辈子都找不到吗？

他突然觉得有些无法承受。

他定定地看着她，嘴角渐渐勾起，溢出一丝浓得化不开的笑意，缓慢地从嘴角向脸上绽开。

"安安……"他指尖抚摸着她妩媚的眼角，声音低沉而沙哑。

"嗯？"她仰着花瓣一样皎白的小脸，俏皮得像个小孩子。

"我是不是应该找个时间去看看你的父母？"

姑娘眸中的光彩瞬间泯灭了几分。

他心里一抽，忙又抱住了她："我知道了。我都听你的安排。"说完，他揽着她纤腰的手一下变得紧绷，两人的身体更亲密地贴在一起。

她听到了彼此都很强烈的心跳声，心一下子紧张了起来。

深沉的夜，浓稠的暖昧，化都化不开。

良久之后，他忽地弯腰，把她拦腰抱起。

她被他突如其来的动作吓了一跳："你的手……"

"没事。"

他的声音里满是毫不掩饰的情欲味道，步伐稳健且快速。

她搂紧他的脖子，害羞得不敢抬头。

但是到了床上，她还是很担心他的手，忙着推拒他："哎，别急呀你……"

他笑着压制住她："这个时候不急还是男人吗？"

"可是你的手……"

"放心，我有数。"

"那你等一下呀……"

"等什么？"

"拿江小满送我的新年礼物啊……"

他低低笑出了声，亲吻着她雪白的脖颈，粗重的呼吸带着浓烈的欲望。

"什么礼物？"他忙里偷闲，半晌才低低应了句。

她很不好意思地在他耳边吐出三个字，他很响亮地又笑了起来。

真是两个活宝。

"你笑什么呀？"苏宁安揪住他的耳朵，脸涨得通红，"不准再笑了！"

他被她逗得更加难以自抑。

笑容是会传染的。

苏宁安没忍住，也跟着控制不住地笑了起来。

"今天先不拿吧。"他叹口气，手指抚摸着她勾人的锁骨，眸光欲色渐淡，"你先去卸个妆，再去泡个澡驱驱寒。大晚上的，年轻人真会玩。"

"喊！"苏宁安笑着哼了一声，"还年轻人，你看起来也不像是大叔啊！"

林顾白笑了笑："你可以问问你们楼下的宿舍阿姨，我那晚站在你们楼下，像不像个社会闲散人员？那阿姨的眼神恨不得把我吃了。"

"那也是因为你帅啊！"她咯咯笑着，亲了他一下，跳下了床。这一身的衣服，真是把她折腾坏了。果然，美丽的代价，必然是冻人啊。

【3】

FAN娱乐作为业内数一数二的影视兼经纪公司，运作能力确实超出苏宁安的预料。只是短短几天，就把苏宁安未来三个月的行程都给定了下来，有新广告、杂志拍摄、综艺节目，甚至还有几场网络直播。

因为她现在知名度还不高，身份只能定位在"平面模特"上，也没什么大牌的广告作品，所以这些有分量的活动和曝光率极高的优秀资源都是捆绑着公司的一线艺人一起做的，韩瑞阳想力推她之心，确实可见一斑。

她知道这是多少新人想求都求不来的好事，可是，她现在想要的根本就不是这个。虽然明知道会被人认为矫情，觉得她得了便宜还卖乖，但她还是想实话实说。

"凌姐，我还得复习啊……"苏宁安苦着脸看着韩瑞阳为她指定的正牌经纪人凌淼，有些为难。

"有意见呀？有意见和韩总说吧。"凌淼收回行程表，懒洋洋地说了句。

苏宁安撇撇嘴，没敢顶嘴。

虽然她只是个根本没入圈的三十六线开外的艺人，但对凌淼的名气还是有所耳闻的。在她之前，凌淼带的无一不是一线影帝影后，什么时候直接带过什么新人？韩瑞阳把她往凌淼手里塞，在外人看来，绝对是无上荣宠，但是在她看来，却有点有苦说不出。

凌淼一头短发，戴着副黑框眼镜，做事干练利落，身上有某种说一不二的霸气。苏宁安这种初入社会小白兔易推倒的个性，在她面前根本就没有反抗的机会。

"另外，手上这枚戒指，摘了。"凌淼扫了她左手一眼，"我知道你男朋友是圈外人，为了他好，最好也给摘了，要知道，娱乐圈里秀恩爱，死得最快。"

苏宁安愣了愣，戴戒指的手下意识地缩了缩，藏在了另外一只手下面。

"我已经帮你注册了个人微博，加V认证的，每周至少要更新三次，随便发点什么，保持一定的活跃度，以后等九尾猫的戏出来了，要作为宣传渠道之一的。"凌淼说着，冷着一张脸站起身，"韩总应该在办公室，有什么事正好可以和他当面沟通一下。"

自从有了凌淼，苏宁安已经很久没见过韩瑞阳了。而且，她估计，韩瑞阳也不大愿意见到她。

之前为了补上那场因为她缺席的聚会，她亲自邀请了韩瑞阳，但是被他以太忙为理由拒绝了。当时她还迟钝地以为没什么，谁知道江小满几杯啤酒下去，就什么都倒了出来。

也是那时，她才明白韩瑞阳的真实身家，以及他对她的心思。

韩瑞阳喜欢她这件事，确实出乎她的意料，只可惜她满脑子都是林顾白，就算韩瑞阳再好，她也不可能往别的方面想。这种事，本来就没什么道理可讲。但出于尊重，从那之后，她也极少再主动约见韩瑞阳。如果不是因为经纪约在懵懵懂懂中被转到了韩瑞阳公司，她想他们之间可能早就形同陌路了。

迟疑了好一阵，她才鼓足勇气去敲韩瑞阳办公室的门。

工作状态的韩瑞阳收起了吊儿郎当的公子气，往宽大的办公桌后面一坐，气势俨然。他深棕的瞳仁淡淡地扫过她不施粉黛的白净小脸，最后落在她左手无名指上的戒指，半晌，舌尖抵住后牙槽痞痞地笑了一下，一如以往那般。

"请客吗？"他笑着说。

苏宁安不明所以："请什么客？"

他叼了一根烟，下巴指了指她戴戒指的手指方向，低头拨了下打火机，点燃香烟。

苏宁安反应了过来，红着脸笑了笑："啊，是啊。韩总有空吗，我请你吃涮羊肉。"

韩瑞阳眯着眼睛吐了一口烟雾，笑了一下，不置可否。

她知道他是个聪明人，知道她这次过来肯定有事，索性直接说出重点。

"我看了凌姐给我的安排，是不是太密集了？"她咬着唇，试图找出最合适的方式表达自己的意思，"我明年一开年就得考试，而且，我真不太想用艺人的方式来经营我自己，毕竟，我现在已经算是订婚了，我不想让林顾白受到任何干扰。"

"后半句才是重点，对吗？"韩瑞阳隔着烟雾似笑非笑地看着苏宁安。

被他看穿了心思，她有些不好意思，微微垂下了头。

"所以，宋院长已经答应你现在就能风风光光地嫁过去当她明媒正娶的儿媳妇了？"

苏宁安一愣，脸上突然有点僵。

韩瑞阳似是没看到一般，拿起手机胡乱刷了两下，才接着说："安安，我首先是你的朋友，其次才是你的老板。作为老板，我肯定希望你能发挥你的天赋，大红大紫，为公司赚钱。但作为朋友，我更希望你能活得有底气，有不被人看扁的底气。宋黎是什么人，我比你清楚。这几天她一直接触邵嘉楠追加投资来着，她是个彻头彻尾的商人，而你，现在根本不具备和她平等相处的砝码，除非你有和她势均力敌的一天，懂吗？"

苏宁安不得不承认，韩瑞阳说到了问题的本质，她竟然无力反驳。她之所以厚着脸皮向林顾白那样表白，无非是心底根本不确定他们有没有明天。

林顾白爱她，这个她相信。可是，他们能走到哪一步，她自己都一片茫然。

韩瑞阳说得对，势均力敌。

连林顾白都无法做到和宋黎势均力敌，她又如何做得到？

宋黎是个不怒自威的女人，在这样的女人面前，现在的她，根本没有与之平视的能力。

在宋黎的眼里，她根本没资格嫁给林顾白。

而资格，从来都不是别人给予的。她没有好家世，能给她翅膀的，只能是她自己。

也许，韩瑞阳给出的这条路，才是跨越阶级分层最快的一条路。只有她拥有了让人不看扁的资本，她才能赢回自己的爱情。

林顾白是那么单纯的一个男人，除了救死扶伤，他对外界一无所知，单纯得就像是个孩子。也许他会为了和她在一起而付出他能为她付出的一切，而这一切的代价，可能让她难以承受。

他唯一的砝码，就是他在医院里存在的意义。一旦拿出这个作为砝码，他还是林顾白吗？

只要一想到这里，她就一阵心惊，不敢再深想。

是她想要拥有林顾白，是她为了一个执念一步步地靠近他，而最终的目的，绝不是毁掉他。他必须与母亲保存和睦的关系，必须在一个配得上他的环境里，安安心心地做每一台手术，救更多孩子的宝贵生命。

"好，"苏宁安攥紧了掌心，抬眼温和却坚定地看向韩瑞阳，

"我同意，但是我有几个要求。"

"说。"

"不参与绯闻炒作。"

"可以。"

"不要刻意强化我和林顾白的关系。"

"可以。"

"不拍大尺度的镜头。"

"可以。"韩瑞阳弹了弹烟灰，眯着眼笑，"还有吗？"

苏宁安抿抿唇，想了想，又摇摇头。

韩瑞阳把只抽了一半的烟在烟灰缸里慢慢碾灭了，才笑着看向她："安安，你是第一个还没红就敢和我讨价还价的艺人。"

苏宁安又有些不好意思地笑笑："那我请你吃涮羊肉？"

"可以啊。"韩瑞阳起身拿了外套，"最近正想念这一口。"

苏宁安乖巧地跟在他身后出去。

刚走出办公室，就听见他喊了声在外面忙活的凌淼："走，吃涮羊肉去。"

凌淼在工位上抬起头，冷冷地扫了他一眼，没好气地哼了声："和你？没兴趣。"

韩瑞阳笑了起来，痞里痞气地走到她位置边撑着脑袋笑眯眯地看她："这么小心眼？"

凌淼甩了他一个白眼，转了转椅子，给了他一个孤傲的背影。

韩瑞阳碰了一鼻子灰，只好悻悻地摸摸鼻头，说："是公事。宁安请客，我们边吃边聊，你平时反正也不想进我办公室。"

凌淼顿了两秒，才站起身，但却不看韩瑞阳，越过他看向苏宁安，笑了笑："是安安请客呀？早说啊。走吧！"

苏宁安安静地看着面前不太正常的两人，突然嗅到了一丝暧昧的味道。

怪不得凌淼看自己的眼神一直怪怪的，总是一副高冷的感觉，原来症结居然在这里!

苏宁安忍不住"啧"了一声。

真是爱情无净土,处处殃及无辜啊!

一顿饭的工夫,三人摊开了各自的想法,苏宁安对新工作的安排也慢慢地接受了下来。只是她依然坚持不更新微博,所有的宣传交给公司。

晚上买了菜去林顾白家,他依然还没回家。

发了短信过去,两个小时后,他终于回了过来:"刚刚在手术。"

"现在能回来吗?"

"得等等。"

"饿不饿?我给你送吃的?晚饭我煮了不少。"

"好。"

得到林顾白的首肯,苏宁安开心地哼着歌开始装吃的,顺便又放了一瓶酸奶和一个苹果。

给自己喜欢的人准备吃的,总让她有一种绵实的踏实感和成就感。她就想为他做一辈子的饭。

开着她的小破车刚在停车场停下,就看到汪漪正拿着车钥匙遥控去开一辆白色宝马的锁。

两辆车,就像是两个人。不需要说什么,气场自有分晓。

汪漪显然也发现了她,目光凝视着她,脚步停在原地。

苏宁安锁上车门,想要视若无睹,却听见汪漪轻飘飘地在她耳边说了一句:"你知道林顾白的梦想吗?"

苏宁安愣了一下,脚步不受控制地停了下来。

"聊聊吧,"汪漪看着苏宁安,目光安定平静,"如果你有时间的话。"

"不好意思,我没时间。"苏宁安摇了摇手里的饭盒,"马上就凉了。"

"哦，"汪漪居然笑了笑，"那下周三有空吗？"

苏宁安看了她一眼，汪漪的眼睛里全是自信和骄傲。

"下周三，医科大有个讲座，主讲人是林顾白。"汪漪勾起嘴角，淡淡地说，"这是上次他来我家吃饭时，我爸帮他安排的。你如果有空，可以去听听。他会提到他的梦想。这个梦想，你帮不了他，而我，却可以。"汪漪说完自己想说的话，优雅地扭着纤细的腰身上了自己的车。

车子同样很舒服地滑了出去，只留下一个刺眼的品牌LOGO。

苏宁安怔怔地望着高冷的BMW背影，直到一阵穿堂风吹来，才猛地回过神来。

林顾白的梦想？

她不仅从未听说过，而且，如果她不去问，恐怕他永远不会提。能让他称之为梦想的东西，到底是什么呢？

她突然觉得心里很空。

里面像是有很大的一块空隙，足够掀起凛冽的穿堂风。

她咬紧了唇，看着手里的饭盒，从未有过的无力感涌上心头。

她能为林顾白做的，也许真的只是微不足道的一顿饭而已。而没有了她，他依然可以活得很好。

可是，汪漪却能为他做那么那么多……

她深吸了一口气，强迫自己看清面前的路。

也不能怪宋黎不喜欢她。如果她是宋黎，也不可能选择一个一无是处的她。

韩瑞阳说的真是该死的正确。

她悲凉地想着，脚步一步步地向电梯走去，不断地调整着面部表情，希望等会儿见到林顾白时，能不要表现出这么异常。

她想，她或许应该听听他的梦想。尽管，他一定不会和自己说，毕竟，说了也没用，不是吗？

第九章
他们都没有家了

世界之大，只剩下他们两个傻子，相依为命，拥抱取暖，真是何其苍凉。

Er Ni
Qing Cang
Xin Di

【1】

医科大是林顾白本硕时期的母校，是国内顶尖的医科大学。可就是这样神圣的讲坛上，如今有了林顾白的个人简介：留美医学博士，新生儿心外科专家，中华医学会心胸外科分会会员，中华医学会小儿外科分会会员，多次赴国际顶尖儿童医院进修，曾创国内最低体重新生儿手术成功记录，跨科室主导省内首例低体重患儿多处器官移植手术，等等。

看着这些简介，苏宁安微微笑了笑，与有荣焉。

看，这就是我的男人，多优秀！

会场人满为患，所幸不需要门票，学生们先来先得。

苏宁安到得很早，却只能悄悄地在一处很远的位置坐下。

在主持人热情洋溢的介绍后，林顾白少见地穿着西装打着领带信步走向演讲台。

他看起来比投影仪上的照片帅气了一百倍，现场明显能听到女生们此起彼伏的尖叫声。

林顾白却始终是一副丝毫不会受任何影响的淡漠模样，眼睛淡淡地扫了一下台下，便开始他的演讲。

他的声音不疾不徐，不高不低，和他的表情一样安定清淡，如同一缕没有温度的春风，让人舒服，却不太亲近。

除了最开始对新生儿心脏疾病的简单介绍，后面的内容，全是关于手术治疗技术的，她几乎听不大懂。但是从台下鸦雀无声的场面来看，林顾白确实实至名归。

苏宁安安静地坐在位置上，眼睛都舍不得眨一下，直到他的PPT翻到了最后一页。

最后是学生的提问时间。

一个女生抢占了先机，获得了第一个提问的机会："请问林博士，您是在海外著名医学院读的博士，您觉得和国内的博士最大的区别是什么？"

　　这本来是个听上去很好回答，但实际上却也不太好回答的问题，在座有不少临床博士，一个不小心，可能同行相轻。

　　林顾白却几乎不用思考就淡淡地回答："是人体解剖机会。一个外科医生，只有获得足够的解剖机会，才能真正地了解人体。而国内，供体太少，这个问题短时间内无法解决。"

　　现场掌声雷动，他实事求是又不自吹自擂的回答引起了在场所有人的共鸣和认同。接下来的提问，涉及的都是专业方面的内容。

　　苏宁安完全听不懂这些专业术语。

　　直到一个男生站起来提问："林博士，之前看您发表的论文，发现您对先心和遗传问题的兴趣很大，不知道您是否会以此为课题，深入研究？"

　　"导致胎儿心脏发育畸形的原因很多，大多数先心病是环境因素和遗传因素共同作用导致的。虽然其确切的发病机制尚未完全找到，但家族性再发是先心病临床表现的经典模式，通过遗传学的基因研究技术对先心病家系进行研究，将有助于揭示其遗传机制，对以后产前咨询和早期干预将有重大意义。如果我们能在基因链上及早做出相应干预，将大大减少畸形的发生。"

　　"这是您的梦想吗？"男生说，"听说您在美国时已经开始进行这方面的研究？"

　　"是。"林顾白并不隐瞒，"这是我的梦想。"

　　"那您后悔回国吗？"

　　林顾白顿了顿，才回答："回国也不是不能开展这个课题研究，只是可能需要点时间。"

　　"我就是遗传学的在读硕士，"男生笑了笑，"如果您的课题组成立，是不是可以报名参与呢？"

林顾白难得地笑笑："当然欢迎。"

男生刚想再说些什么，他身旁的女生突然抢过了话筒，笑着说："林博士，您对遗传学这么有心得，是不是和我们遗传学系博士汪漪学姐有关呢？"

她这话一出，现场的女生突然都很有默契地笑了起来。

苏宁安心里猛地一抽，疼得她指尖都颤了一下。

再看向林顾白时，他的表情并没有任何变化，只是淡淡地说："一个难题的攻克，需要多学科共同努力，同时，也希望在座的同学可以多涉猎其他学科，会对以后的科研和执业都大有帮助。"

直到此时，苏宁安才好像明白了汪漪所说的那些话，到底是什么意思。

这是他的梦想。

还是个和汪漪有关的梦想。

而这个梦想，她倾其一生也无法插上一句话。因为，她根本听都听不懂。

上次汪漪说，这个讲座是她爸爸帮忙安排的……苏宁安无声地苦笑了声。

对啊，汪漪可以帮他申请到课题，准备好经费，也可以在研究中助他一臂之力，帮助他功成名就。

可是，她能帮他做什么呢？

好像真的，什么都做不了。

讲座还没结束，她就悄悄地溜出了会场。

刚走到门口，就看到汪漪正在门外和几个人聊得热络。

苏宁安怔了怔。的确，在医科大学这样的环境里，汪漪毫无疑问是人中龙凤，如鱼得水。

她拉了拉棒球帽，刚想从汪漪身边悄无声息地穿过去，却被汪漪发现了，并喊住了她。

"我等你很久了。"汪漪笑着说，"找个地方，我们聊聊吧。"

苏宁安知道汪漪堵在门口其实就是在等她，只好点了点头。

学校活动中心有一个不错的咖啡厅，汪漪点了两杯卡布其诺。

"女生一般应该比较喜欢卡布其诺。"汪漪笑着看她，"以前上大学时，我和顾白经常来这里，他喜欢喝美式咖啡。"

苏宁安笑笑，没吭声，端起来抿了一口。

汪漪顿了顿，手指转着咖啡杯，停了几秒，才接着说："你应该知道顾白想做什么了，对吗？"

苏宁安依然没什么反应，只是笑。

汪漪已经明白这姑娘是以静制动，便不再保持沟通的姿势，而是自顾自地开始说自己想说的。

"顾白在美国的时候，就在一个著名的课题组做先心病的遗传研究，可是，他的母亲，就是宋黎宋院长，为了纪念医院儿科的发展，骗他回了国，告诉他也可以在国内帮助他申请下来这个课题。可是，你知道这种八字还没一撇的课题申请下来有多难吗？国内医学界已经习惯把钱花在可以见到成效的研究上，对这种未来十年都有可能没有太大突破的课题，就算是申请了，也未必会批下来。毕竟，费用很高不说，也很难出成果，相关领导批复时都会考量。国内已经习惯了去克隆国际先进成熟的技术，这点，顾白也非常清楚，所以，他每一天都活得很痛苦，你懂吗？"

苏宁安依然不动声色，只是保持着微笑的表情，看起来有着超出她年龄的淡然。

这种淡然让汪漪突然有点无力。

是演员的伪装功力比较强，还是她对这些根本就不在乎？

汪漪握着咖啡杯的手指渐渐地收紧，脸上尽量保持着高高在上的微笑。

"不能否认，顾白对遗传学的兴趣和了解，和我有直接关系。我们在一起七年，他帮助我写论文，收集资料，发表文章……"汪漪说着说着笑出了声，"当然，我承认，这没什么值得拿出来说的，在学术方面，我的确不如他严谨。他是一个用功刻苦超过我十倍百倍的人，智商也是超过我十倍百倍的人。他天生就应该比别人成功得更快，获得的成就更大。可是，名利对他而言，也许还不如实现梦想更有成就感。"

她端起咖啡杯，浅啜了一口，看了眼脸色已有些僵硬的苏宁安，笑了笑又道："言归正传，也许你还不知道，我父亲是省卫生厅的现任厅长，也曾是医科大学的老领导。只要我父亲愿意帮助他，顾白的这个课题就完全不是问题，不管是经费还是课题组成员，我保证都不会让他操一点点心。顾白也清楚这一点，上次来我家吃饭的时候，我爸把该说的也都说了。只是，现在他顾忌什么，你心里应该最清楚。但是，我想，如果真正爱一个人，不应该是让他完成他的梦想吗？而不是把他绑在身边，让他痛苦终生，壮志难酬，对不对？"说完，不等苏宁安有反应，她便已经从包里拿出了几张照片，递给苏宁安。照片里，是许多孩子天真的笑容。看背景，应该是个福利院。

"我不知道顾白有没有带你去过这个地方。"汪漪看着照片说，"这是郊区的一个福利院，收容的全都是被父母遗弃的先心病患儿。因为经费问题，不是每个患儿都能得到应有的医治，所以，这些年，顾白很多工资都花在了这些患儿的身上。他为他们争取医院的特殊治疗经费，争取不到，就自掏腰包。也正因为如此，他才对这个研究如此渴望。只有从根本上找到先心病的发病机制，提前做好干预，才能最大限度地减少患儿以及父母的痛苦。"

她的目光渐渐回到苏宁安已然苍白的脸上，缓声继续说："他就是这么伟大的一个男人。你确定，你能完全懂他的一切吗？"

苏宁安不记得自己是怎么熬过这个下午的，她只记得自己终于走出咖啡厅时，外面的阳光格外刺眼，让她有那么一瞬间的眩晕。她好像还打了个电话给韩瑞阳，告诉他，她会努力地赚钱，努力地工作。

好像，她唯一能为他做的，就是找钱。

我赚的钱，全部都给你。

这是她对林顾白的承诺，也是她唯一能帮助到他的。除此之外，她当真一无所长。

比起汪漪，她能为他做的，实在太少。

可是，怎么办呢，她又不愿意放弃他。

那就一起努力吧。她下定决心，暗暗地想，如果真的要以断送林顾白的梦想为代价，来换取两人在一起，那么，她宁愿选择离开他。

这不是一个普通的男人，他的梦想关系到无数家庭的幸福。真到了那一步，她想，她真的不能再继续自私下去。

放手，也许才是最好的成全方式。

他们之间，有过这么一段美好时光，就已经是偷来的了，不是吗？

唯一应该庆幸的是，他们还没找到时间去领证。现在看来，等等是对的，她不能在什么都不能为他做之前，就这样短视而自私地绑住他。否则，等到某一天，当他突然反应过来自己因为一个一无所长的女孩失去了宝贵的上升机会，难保他不会后悔。

她不想有那么一天。

哪怕是她无奈放手，她也不想有他恨她的一天。

【2】

苏宁安刚录完一档网综节目，一群人商量着去哪里吃东西，她一如既往地不主动发表意见，从包里掏出手机关掉静音状态。

屏幕上显示着十几个未接来电，让她不由自主地皱了皱眉，心里莫名的不安瞬间放大。

最近她真是怕极了这些未接来电。

自从她的曝光率增加之后，她的母亲李爱红好像突然记起了自己还有个女儿，没事就给她打电话。电话里的话题也没什么新鲜的，无非是提醒她多久没回家看看了，应该要注意孝道。

苏宁安觉得十分好笑。她十几岁那几年最晦暗、最渴望家庭温暖的日子里，李爱红恨不得她能彻底消失，永远别出现在自己的面前，因为那时候她每次出现，都意味着又要交学费了。

尽管她十三岁起就开始打工，但顶多维持自己的基本生活费而已，学杂费和房租仍旧是最大的难题，而她又不能牺牲太多学习的时间去赚钱。毕竟，她深刻地明白，想要摆脱这一切窘境，想要把自己变成更好的人，想要接近林顾白，唯一的方式，就是好好读书，考上大学。

所以，就算忍受再多难以忍受的，为了继续读书，她都只能硬着头皮一次次地站在李爱红面前，听着只有后妈才能骂出来的那些话。

那个时候，李爱红甚至说过"你长这么漂亮，随便做点什么都能来钱，为什么偏偏要一直做个赔钱货"这样不堪的话来，让苏宁安一走出门口，就扶着墙干呕了许久。

一个漂亮的女孩子，在迷茫的青春期，的确有无数岔路可以走，但好在她心里还有一盏明灯。

那盏灯，就是林顾白。

是他像灯塔一般，让她在风雨中坚持了下来，坚定不移地走着自己选择的路。

好不容易熬到考上大学，熬到变成了一个真正的大人，熬到了遇到江小满，熬到了可以堂堂正正站在林顾白面前，并得到了他的爱的这天，断了四年没联系的李爱红，仿佛突然想起了自己还有这么一个女儿。她在电话里理直气壮地要求苏宁安回家，而苏宁安也确实回了一趟家。

然而，那个家里多年不变的场景，让她差点夺门而出。

破旧的客厅里，烟雾缭绕，李爱红叼着一根香烟，双眼充血，情绪高亢地打着麻将，仿佛快乐得已经成仙。

开门的是她同母异父的弟弟，牛牛。

牛牛已经六岁多，但看起来只有四五岁，瘦小苍白。只见他熟门熟路地开了门，又视若无睹地回到老旧电视前的木凳子上坐下，抱着一个白色发泡餐盒，吃着油腻腻的外卖，眼睛则直勾勾地盯着闪着雪花的电视屏幕，看得津津有味，仿佛身边围着麻将桌激战正酣的四个大人，根本不存在一般。

苏宁安觉得一阵心酸。

李爱红好赌，以前就沉迷于牌桌，废寝忘食，好在那时她还有份朝九晚五的工作，家里还没有糟糕到成为赌场的地步。而牛牛在这样的环境中长大，竟比她的童年还惨。

继父酗酒，李爱红喜欢赌博，两人各取所需，谁也不干涉谁，在日复一日的麻木中，浪费着生命。

苏宁安不知道自己在门口站了多久，李爱红的一局牌结束了，才有时间抬眼看了她一眼，吐出烟蒂，喝了一口水："哟，我们家的大明星回来啦？"

苏宁安抿紧了唇，看着李爱红，半晌没出声。这个家显然已经比以前更糟，李爱红也比以前更加苍老。

其他牌友听李爱红阴阳怪气的声音，也纷纷看向苏宁安。三个男人的眼睛立刻发亮起来，笑着说："你可别瞎说了，这么漂亮的大姑娘能是你闺女？"

李爱红得意："怎么，不信啊？亲生的，如假包换！"

"那你以后可要发财了呢！"一个年轻点的男人眼睛一眨不眨

地盯着苏宁安，透着猥琐的光，"我在网上看到过她呢，还真是个明星呢。"

一个年老一点的男人"啧"了一声，冲着李爱红手一伸："既然都有个大明星闺女了，那之前你欠我的钱是不是能还上了？"

李爱红笑着"呸"了一声，站起身一摆手："行啦行啦，都先回去了，我得和我闺女好好说说话了，回头再一起玩。"

三个男人这才恋恋不舍地收了手，一步三回头地盯着苏宁安，恶心得苏宁安连忙伸手关上了大门。

收了牌桌，李爱红才仿似感觉到了倦意，打了个哈欠，走到牛牛身边："吃饱了吗？"

牛牛抿抿唇，乖乖地放下筷子，李爱红直接端起发泡餐盒，大口地扒拉着剩下的饭菜。

苏宁安静静地看着这一切，一言不发。

等到李爱红终于吃完了，她才扔掉餐盒，坐到沙发上，看了看苏宁安，冷笑："怎么，瞧不上我们这些平头老百姓的生活了？"

苏宁安没吭声，抽了张纸巾弯腰擦了擦地板上的米粒，扔进垃圾桶，才淡淡道："你叫我回来做什么？"

李爱红拿了根牙签剔着牙，笑道："我可是你亲妈，见你一面还需要理由吗？"

苏宁安咬咬唇，没说话。

"别的不说，你既然是我养大的，给我养老送终也是应该的。"李爱红跷着腿悠然道，"当初把你的抚养权判给我，你那亲爸可是一分钱的抚养费都没给过我。这么多年我含辛茹苦地把你供到大学毕业，能赚钱了，你可不能忘恩负义，忘了你还有个亲妈要养。"

苏宁安没想到，除了钱，她们已经没了其他再见面的理由。

李爱红结婚早，现在才四十多岁而已，却已经颓废到如此地步，着实让苏宁安没想到。

几年前，她虽然爱打牌，但至少还按时上班，生活不至于混乱到这种地步。现在再看这个家，已经没有半点家的样子了。

"妈，"苏宁安艰难地喊出这个称呼，涩声开口，"你……怎么过成了现在这个样子？"

李爱红眼睛一瞪，像是被触到了逆鳞，尖叫着吼了起来："我这样怎么了？我这样你瞧不起了吗？我告诉你，再瞧不起，你也得给我养老！"

苏宁安强忍着发火的冲动，指着一脸麻木还在看电视的牛牛："你看看他。他才六岁，天天吃这些地沟油，闻着二手烟，看着你们打麻将，盯着电视没有时间概念地不停地看，你真的不担心他长大后会变成什么样吗？"

李爱红愣了愣，混浊的眼珠在充血的眼眶中终于不安地动了动。她看了眼瘦小的牛牛，突然又笑了起来，嘶声竭力的那种笑。

直到笑出了眼泪。

"报应啊！"她拍着大腿又哭又笑，满脸自嘲，"你说我这辈子算是怎么回事？年轻时也是你这样的模样，怎么碰到的男人，全都一个德行？第一个男人，不务正业，乱找女人，风流成性；第二个男人又是个酒鬼，天天晚上不着家，着家就喝得醉醺醺！好不容易生了个儿子，还有先天性心脏病！现在为了照顾小孩，我都提前从单位内退了，你说我这是造的什么孽！"

关于自己的父亲，苏宁安不予置评。她年幼的记忆里，已经可以清晰地记得无数次爸爸明目张胆地带着各种女人回家。都说女孩多数遗传父亲的长相，苏宁安不能否认爸爸有副好皮囊。哪怕他没钱，这副皮囊已足够让他桃花不断。

当初那个家吵闹到那种地步，无非就是李爱红死活拖着不肯离婚。到了非离不可时，她也只能无可奈何地放手。

据说，离婚时，爸爸在外面已经有了一个两岁的儿子。这让李爱红一直觉得自己生了个女儿，才是留不住男人的关键，也成了苏宁安不被待见的原罪。为了再生个儿子，李爱红坚决不肯让她在家里住，以免带来厄运。

本以为她离得远远的，他们就会一家幸福，没想到，李爱红依然过得不好，甚至更糟。

苏宁安不知道该说些什么。

李爱红这辈子习惯了怨天怨地，却从不审视自己。

如果内退是为了牛牛，那如今看到的这番情景，简直比把牛牛交给别人带结果还要更坏。

苏宁安静静地等着李爱红情绪平复下来，希望听她明明白白地说出找自己的原因。她不想猜。多年的冷漠疏离，耐心已经全部消失殆尽，母女之间，只剩下公式化的谈判，毫无温情。

李爱红闹够了，才去了趟洗手间洗漱。通宵的疲惫，仿佛这时她才感觉到。

苏宁安拿起拖把，把客厅简单打扫了下。而整个过程，牛牛一直目不斜视，眼睛一直盯着电视。

苏宁安暗暗叹口气，埋头去阳台水槽把拖把洗了洗。

转身回来时，李爱红已经站在客厅中央，满是血丝的眼睛正毫无波澜地盯着她。

苏宁安站在原地没动，李爱红走了过来，与她对视。

"我听别人说，你现在是个明星了。"李爱红的声音恢复了冷漠与讥诮，阳光照在她泛黄的脸上，显得格外苍老又死气沉沉，"贵人都多忘事啊，是不是我不喊你回来，你都不知道还有我这个妈了？"

苏宁安多年来已经习惯了李爱红的这种语调，她勾唇冷笑了笑，没有吭声。

"其实也没别的事。"李爱红点燃了一根烟说，"现在家里开销大，牛牛心脏病也得去看了，他爸爸也被查出来肝脏有问题，要用钱的地方多，你以后按时往家里打生活费吧。"

苏宁安知道，这是李爱红的真实诉求。她叫自己过来，无非就是要钱而已。不可否认，她承认自己有赡养李爱红的义务，但并不是毫无原则地给钱。虽然一时之间她不知道该怎么做，但她还是把自己的真实想法说了出来。

"你是我妈，不管怎样，我都会尽我的义务。"苏宁安冷声说道，"但是，其他人，我管不了。我不能替你养活全家。"

"你这是什么话？"李爱红不满地一瞪眼，"我就是这个家的顶梁柱，牛牛也是你弟弟，你为什么不能养？"

"我只有赡养义务，可没有抚养你儿子的义务。"苏宁安掩鼻咳嗽了声。

劣质烟草味让她极度不适，她打了两个喷嚏，才接着道："你还年轻，还有劳动能力，抚养你的儿子，是你身为母亲的义务，不是我的义务。还有，我只能按照本市养老金的发放标准来给你钱，加上你的退休工资，已经足够你生活了。其他的债务都与我无关，我不会负责的。"

李爱红果然对这个回答极不满意，厉声喊道："你胡说什么？这点钱就想把我打发了？"

苏宁安笑："这些钱已经足够正常生活了。我不可能负担起你的赌博费用。"

"你信不信我告你？"李爱红怒道。

苏宁安耸耸肩，无所谓地笑了笑："随便。我现在没挣什么钱，法院一查就知道了，我身正不怕影子斜。"

"你……"

李爱红瞪着眼，刚想叉腰大骂，苏宁安已经潇洒地转身离开："如果没其他事，那我就先走了。等你到了退休年龄，把银行卡号告诉我，我会按时给你打钱的。"

苏宁安直到走到楼下，打开车门，还能听到李爱红站在阳台上探着头对她各种花式破口大骂，惹得一些邻居都忍不住开窗看热闹。她早已习惯了这一切，充耳不闻，径直开车离去。

　　从那天之后，李爱红就不断地打她的电话，多数时间，她都是视而不见。不是她绝情、不孝，而是她不能无底线地把自己乃至林顾白都推进那个看不到底的深渊。

　　可是，今天的未接来电有些不寻常，里面还夹杂着几个固定电话。苏宁安查了一下，居然是一个派出所的电话。

　　她心里一紧，借口去趟洗手间，躲进去打了个电话给李爱红。

　　李爱红一听到她的声音就失控般地叫了起来："你怎么现在才联系我？"

　　苏宁安控制住脾气："刚刚在工作，出了什么事吗？"

　　"还能有什么事！"李爱红骂道，"你最近一直不接我电话，就算我死了，和你又有什么关系！"

　　苏宁安皱紧了眉头把电话拿离耳朵几厘米，不耐烦道："到底怎么了？你怎么会在派出所？"

　　"还不是你那个该死的亲爹！"

　　苏宁安愣了愣："什么意思？"

　　李爱红嘶声骂道："那个没良心的，当初抛妻弃女，这么多年一分钱的抚养费都不给，现在看你出名了，非要找我要你的联系方式！他要你的联系方式还能干什么，不就是为了要钱吗？结果我没答应他，他居然报警，举报我赌博！真是丧尽天良、不得好死的人渣！"

　　苏宁安疲惫地闭了闭眼，有些无力地苦笑了笑。

　　她从不奢望自己的家庭能成为自己的避风港，却从未想到有一天，自己的生身父母会成为伤害自己的最锋利的一把刀。

　　当初，她未成年，他们像对待拖油瓶一般对待她。

如今，她刚有了些小成绩，他们却一窝蜂扑上来，生怕晚了错过了几千万。

世上怎么会有这么一对父母呢？

耳边，李爱红的声音还在絮絮叨叨。

"我现在已经保释出来了，但是我绝不会就这么放过他！等着吧，改天我一定要举报他嫖娼！还当我不知道他那些烂事儿呢！我一定要让他身败名裂……"

苏宁安觉得脑袋嗡嗡响个不停。

多日来的连轴转让她早已疲惫不堪，连住在隔壁的男朋友她都没时间撩了，这会儿又被这样狂轰滥炸，她只觉一阵天旋地转，眼前一黑。

她连忙伸出双手撑着墙壁稳住身子，直接摁断了电话。

"你怎么了？"凌淼见她脸色极差，一个健步走上来扶住她。

苏宁安咬了咬唇，摇摇头，她知道自己的脸色一定很难看。

"你们先去吃吧，"她缓了缓说，"我想先回家，有点累。"

凌淼看了她半晌，最后对其他人说："你们先去吃吧，我带宁安回去。"

其他人散去之后，凌淼把她带到车里，才难得柔下声音问："身体不舒服吗？是不是最近太累了？"

苏宁安摇摇头。

她觉得自己仿佛陷入了一个死局。

一个由自己的生身父母编织的毫无出路的死局，可悲又可怕的没有未来的死局。

为了配上林顾白，她已经这么努力，可是，又有什么用？

比"未来"先来的，是原生家庭的无底洞。

本以为他们不要她，那就不要了吧。

可谁知，他们一嗅到好处，便争先恐后地把她当成了香饽饽，已经开始互相残杀了起来。

可想而知，有这样一对父母，宋黎要是能同意她和林顾白在一起才怪。

如果这个死局无法解决，她连见林顾白的勇气都没有。

她爱他，所以她不想给他惹任何一点麻烦。

【3】

林顾白发现小姑娘变了。

以前总是没心没肺的小模样，现已不见了，取而代之的是时不时出神发呆心事重重的神情，和忙到脚不沾地的通告。

她好像在演艺圈里越来越顺风顺水了。

尽管具体的他不想多问，但忙起来，就代表她能赚更多的钱，有更多的安全感，他也为她感到高兴。

对一个从初中开始就自食其力的孩子而言，经济独立对于他们的诱惑无可比拟。只要是靠自己汗水换来的报酬，不管是什么职业，都是值得赞赏的。

虽然，有时他也会怀念那个总是笑得没心没肺的小丫头。

有时候，他甚至会突然觉得，自己和她的距离是不是越来越远了。偶尔回过神来，又自嘲想多了。

二十一岁的年纪，就该是好好奋斗、找寻自我的时候，他不能自私地把她绑在身边。

宋黎自从看到他手指上的戒指后就没再找过他，似乎还在赌着气。可因为整形外科审批的事盘桓在心里，他也不知道该怎么开口和她细聊这件事。

就这样，拖到了农历年底。

春节将至，病人比往常少了点，科室内的气氛难得轻松了一些。

几个年轻的护士叽叽喳喳地凑在一起看着手机，一看到林顾白，立刻就笑着说："林主任，苏小姐怎么最近不来送夜宵啦？"

林顾白干咳了声："怎么，都这么闲了吗？"

小姑娘们吐吐舌头，其中一个大着胆子说："苏小姐最近好红啊，为了宣传上次在咱们这里拍的那部剧，最近通告很多呢。我们刚刚看了下直播，还送礼物了呢。"

林顾白不自觉地皱了皱眉："什么直播？"

"就是网络直播呀。"小护士说着，把手机递给林顾白看。

手机屏幕上，苏宁安和廖杨正开心地聊着新剧。听说这部戏后期已经做完了，春节期间会开播，现在应该是宣传期，怪不得她最近总是忙得脚不沾地。

让人惊讶的是，比起已经成名的廖杨，苏宁安的粉丝也不算少，一群年轻粉丝不断地刷屏，一口一个女神叫着。

有时真不得不感叹，观众缘确实是个神奇的东西。镜头里的苏宁安，给人一种特别舒服，却又莫名让人看一眼就难以忘记的感觉。也许，有些人可能天生就该吃这碗饭，也难怪韩瑞阳会这么力捧苏宁安。

她的身上有种新人难见的沉稳与大方，分寸感把握得很好，和廖杨配合也非常默契，主持人随意抽出的任何一个问题，她都能微笑地四两拨千斤，轻松以对。

屏幕上不断被刷屏的问题里，也不乏八卦他和苏宁安之间关系的，但想必是得到了授意，主持人并没有挑中这样的问题让苏宁安回答。

这让林顾白为她松了口气，可再定睛多看了一会儿，发现她手上的戒指不知何时已不知所终。

他愣了愣，心里涌起一股说不清道不明的酸涩。尽管知道这应该是为了保护他们之间的关系，可这种对全世界藏起来的感觉，其实并不那么好受。

林顾白直接关掉了直播界面，一脸严肃地将手机还给小护士："上班期间开小差，纪律都哪儿去了？你们护士长呢？"

"林主任，我们再也不敢啦！"小护士们娇俏地吐吐舌头，迅速回归工作岗位。

林顾白也没有多说什么，直接回了办公室。他关上门，拿出了手机。已经连续一个星期，每天她给他的唯一一条留言，都是两个字——"晚安。"

她太忙了。所谓晚安，都已经是凌晨两三点。

就是住在隔壁而已，但他们好像已经好几天没见过面了。

林顾白说不上哪里不太对劲，心里却是空落得厉害。

爱情里所谓的患得患失，有时候就是这样磨人。

正有些走神，桌上电话突然响起，是门诊主治医生打来的。

"林主任，这里有一个六岁的病人，室间隔缺损，家长想要先见见您。"

林顾白皱了皱眉："为什么要见我？"

"她说她是您……女朋友的母亲。"

林顾白愣了愣，停了两秒才道："等我一下，我马上去门诊。"

一路上，林顾白都隐隐觉得不太舒心。

苏宁安和家里人的关系，他比谁都清楚。这么多年来，一个对女儿完全不闻不问的母亲，这个时候带着患病的孩子特意找到他，到底是何用意？他到底应不应该和苏宁安先沟通一下？

号码调出来，但还是没拨出去。她正在直播，想必是没时间接他电话的。

还是先见见吧，他想。不管怎样，这总是她的母亲。

一推开门诊的门，一个精瘦的中年女人就站了起来，一脸夸张的笑容看着林顾白："这就是你们主任吗？"

门诊医生向林顾白使了个不堪其扰的眼神。

林顾白点点头，冲中年女人笑了笑："您好，我是林顾白。"

"我是宁安的妈妈，我叫李爱红！"说着，她把身边一个瘦小的小男孩一把拉过来，"这是牛牛，是宁安的弟弟！"

林顾白礼貌地笑笑："您好。请问，是有什么问题吗？"

"是这样，"李爱红抢在医生前面说，"牛牛从小心脏不好，因为家里没钱，所以就一直拖着没做手术。之前医生说长长或许能长好，可这么多年过去了，也没什么好转。现在听说我们宁安有这么一个医生男朋友是这方面的专家，我们不就专门奔您来了嘛。"

林顾白拿过李爱红放在桌面上牛牛以前的检查结果，发现确实是到了必须做手术的时候了。虽说不严重，但五岁前通过手术干预肯定是最好的。拖到现在，已经影响孩子的正常发育了。

"李女士，"林顾白放下资料，对李爱红笑了笑，"您如果准备好了，可以让医生开住院单，安排住院然后手术。"

"那需要多少钱？我们家可是穷得很！"李爱红尖着嗓子说。

林顾白不着痕迹地蹙蹙眉："不贵，两三万足够了。"

"怎么比我在公立医院问的要贵呢？"李爱红不高兴了，"公立医院说一万五就差不多了呢！"

林顾白看了眼门诊医生。

那医生只好硬着头皮笑着说："我们肯定不会乱收费的，刚刚我也和您解释过了，缺损大小不同，病人情况不同，医院不同，用药不同，护理等级不同，费用都会不同的。我们是正规医院，是卫生局批准的收费标准，都是有清单的，您放心好了。"

"你走开，我不要和你说！"李爱红一把拉过林顾白，紧紧攥住他的手，不顾他尴尬的脸色，尖着嗓子嚷，"我是宁安的妈妈，咱们也不是什么外人了。我也是上网的，我知道你们现在关系很好，听说这医院就是你妈妈开的。就咱们这种关系，你还好意思收阿姨的钱吗？"

阿姨？她也就四十多岁的年纪，这个称呼实在是有点尴尬。

林顾白这辈子都没碰到过这么尴尬的局面，白皙的脸有些涨红。他努力抽出被李爱红抓住的手，看着手背被勒红的印子，清了清喉咙才尽量放缓了声音道："对不起，医院有医院的规章制度，就算我自己生病，也得按照流程来缴费。如果您对费用有疑问，可以去相关部门咨询。"

"可是我们穷呀，穷人难道就得等死吗？"

门诊医生无奈地看了一眼林顾白，林顾白只好说："后面还有人等着叫号，咱们可以到别的办公室里谈吗？"

林顾白对李爱红的印象简直差到极点。不知怎的，突然想起多年前他还是一个小小的住院医师时，在儿科普外病房遇到的一次夫妻间的争吵。那女孩明明只是在学校运动会上不小心扭伤了脚，夫妻俩却只顾在病房里大喊大叫，把孩子吓得只能躲在一旁默默地掉泪。

莫名地，一想到这件陈年旧事，他突然觉得这个李爱红很是眼熟。那时候，那个女人，真的是她吗？

如果那个女人就是李爱红，那当时那个躲在一旁哭得很可怜的小女孩，就是苏宁安？

心仿佛一下子提到了嗓子眼，他半天没回过神来。

耳边，仍旧是李爱红絮絮叨叨的诉苦声。不过，林顾白很难对她产生一丝一毫的同情，甚至连相信都谈不上。

两万多元的手术费并不算太多，只要正常的家庭，拿出这点手术费，问题并不大，而且可以医保报销。

也许她真的经济不太宽裕，但对孩子的不负责任和对金钱的吝啬，可能才是主因。

牛牛的发育明显落后于正常的儿童，不知道身为一个母亲，她到底于心何忍。

李爱红絮絮叨叨这么久，无非就是希望通过他的关系，免费把手术给做了。

其实，医院每年确实有一定的经费可以给经济特别困难或有特殊情况的家庭用于治疗，只是李爱红的情况的确还达不到这个标准。李爱红夫妻虽然月收入不高，但不至于一贫如洗，家中也无其他病号，拿出手术费困难并不大。他确实有点搞不懂，只是这么点手术费，怎么就舍不得拿呢？

她口口声声说医院是林顾白家的，觉得她作为"亲戚"就可以省了这笔钱，这让林顾白十分无语。

他现在终于明白苏宁安为什么这么多年宁可咬牙忍着，也决不肯和自己生身母亲有任何瓜葛了。

"抱歉，手术费方面，我作为一个科室主任，没办法帮您减免，请您理解。但我保证，手术和护理方面，我一定会特别关照，能省的费用尽量帮您省了。"林顾白终于忍无可忍，打断了她的话。

"就这样？"李爱红很不满意地瞪着林顾白，"那你是准备让宁安主动和你说吗？"

林顾白笑笑："她想必不会这么为难我。"

"那你是说阿姨为难你啦？"李爱红提高了嗓门，"你们要结婚还得过我这一关呢！我女儿现在好歹也是个明星了，她嫁不嫁你不还得我说了算！"

林顾白还是淡淡地笑着："从私人感情上说，我是很愿意帮您的。但是公事上，我只能做到这样。我真的没办法，为您申请到免费的名额。"

"那行吧那行吧，"李爱红很不耐烦地摆摆手，"我先回去想想，等我想好再说。"

"孩子的情况尽量不要再拖，"林顾白慎重提醒，"还是要尽早治疗。"

"我知道我知道。"李爱红烦躁地皱起眉，手一伸，"你能不能把宁安的电话号码给我一下？"

林顾白微微一怔："您没有宁安的电话号码？"

李爱红冷哼了声："这丫头有心眼了，电话号码换了，公司现在也不让我进了，她住哪儿我也不知道，真狠心！"

林顾白迟疑了一下说："对不起，我手机没带下来，号码我真记不住。"

李爱红拿过一张纸，唰唰地写上一串号码："这是我的号码，你交给她，让她打电话给我。不过我知道她是不会打的，你是她男朋友，你就直接当面告诉她，她再这样对我，就别怪我真找记者哭诉她不养我！"

林顾白眉头紧蹙，冷冷抬眼，看了她一眼："她只是一个学生，恐怕暂时还养不了家。"

李爱红笑了起来："她现在可是明星呢，有钱着呢，你当我不知道？她能当明星，不还是靠我生了她一张好脸蛋？她赚了钱，给我点钱养老是应该的，是天经地义的！"

李爱红带着儿子走了。

林顾白坐在空荡荡的办公室里缓了一会儿神，才给苏宁安发了一条微信。

她想必是刚结束直播，很快就回了过来："抱抱！"

林顾白笑了笑，给她发了个拥抱的表情，才又问道："现在方便接电话吗？"

他刚发过去，苏宁安的电话就打了回来。

小姑娘的声音有些疲惫，带着点沙哑，听得他有些心疼。

他本不想把这件事拿出来烦她，可是，李爱红既然放话说要找记者爆料，逼着她养老，他就得让她有个心理准备。

简单地把事情的前因后果说了一遍，苏宁安果然在电话那头陷入一阵长时间的沉默。

良久之后，她才轻轻吐了口气，疲惫地说："这件事你不用管，我来处理。"

"安安，"林顾白顿了顿，揉了揉眉心才接着道，"你要小心点。她可能会为了钱无所不用其极。"

苏宁安苦笑了笑："我知道。"

"你说，这笔手术费用，要不要我帮她垫付了？"林顾白沉默了一秒，又说。

"不要！"苏宁安失声大喊，"林顾白，这事和你没关系！你不仅不能借钱给她，甚至不能收治她！这是个无底洞，不是你能管得了的！"

"那你要怎么办？"他听得出苏宁安的担心和恐惧，就更不能放下心来。

"我找韩瑞阳商量一下吧。"苏宁安缓了口气，"他应该有办法。你只是一个医生，这些事你不懂，也管不了。"

林顾白捏着电话怔了半晌，最后才轻轻地叹了一口气："好，我懂了。"

"对不起，顾白……"苏宁安的声音听起来越发疲惫不堪，"我给你添麻烦了……为什么总是给你添麻烦呢？我帮不了你不说，我怎么还惹出一堆乱七八糟的麻烦呢……"

她的声音渐渐地哽咽起来，让他不由得皱紧了眉头。

"你哭了？"

"没！"她立刻矢口否认。

他却听得出，她在说谎。

"别胡思乱想，"林顾白知道她正在工作，不想干扰她的情绪，便柔声劝道，"有什么事，我们一起面对。别多想，好吗？"

"嗯。"姑娘轻轻应了声。

"先这样？"

"嗯。"姑娘小声说着，挂断之前又补充了句，"晚上能准时回家吗？我给你做油焖大虾。"

"好。"他笑了笑，"安安……"

"嗯？"

"我想你了。"

"……"

"挂了？"

"哦……"她似是终于回过神来，木木地应了声。

他笑了笑，刚要挂断，却又听到她细细柔柔的声音从听筒中传来："我也想你了，林顾白。"

他心尖一酥："那……晚上见？"

"嗯。"她的声音轻柔似耳语，仿佛就在他的耳畔呢喃着，"晚上见。"

【4】

苏宁安的手指微微颤抖着，点了好几下好几下手机屏幕，才终于把电话挂断。

这是她最害怕的，而李爱红终究把主意打到了林顾白身上。还好，他还知道及时和她沟通。

最近一段时间，她再没接过李爱红的任何一通电话，甚至为了图清净，换了个新的手机号码。显然，这已经彻底激怒了李爱红，昨天李爱红居然找到了FAN娱乐，直接进了公司，把正在公司开会的她堵了个正着。

那一通撒泼打滚好不精彩，当着全公司所有同事的面声泪俱下地指责她如何不孝，如何不管家里人死活。

还好韩瑞阳是知道些她家庭情况的，直接让保安带着李爱红去了会客室，不再让她哗众取宠。

李爱红一到会客室，立刻擦干眼泪，就变了个脸色，十分冷静地拿出了一堆欠条递给苏宁安。

苏宁安看得只想发笑。这些年，李爱红过得还真是精彩，先是拿出所有积蓄跟着牌友一起投资一个一看就不靠谱的高返利白银项目被骗，接着又挡不住爱赌博的心，借着外债继续赌博，导致现在债台高筑，比她想象的要惊人得多。

也就是这个时候，苏宁安才彻底明白，赌徒是最不值得怜悯的。哪怕是金山银山，也挡不住家里有个有头无脑的赌徒。

现在，对李爱红来讲，是柳暗花明，苏宁安成了她唯一的指望，自然不可能轻易放手，怎么也得让苏宁安脱层皮才算告一段落，谁让苏宁安是她的女儿呢？

只要还存在着这种关系，她就永远逃不出李爱红这个黑洞。

最后，李爱红放话，今天必须先给二十万现金。现在人人都知道她有个当明星的女儿了，债主都堵到家里来要债了，她是撑不下去了，已经打好包带着牛牛住旅馆了。如果今天苏宁安拿不出钱，要债的明天要堵的就是她苏宁安。反正她李爱红是光脚的不怕穿鞋的，但是苏宁安要想过安稳日子，要想继续抛头露面工作，想在公众面前还有个好印象，就得拿钱消灾。

苏宁安气得说不出话来，直接拉开门去找了韩瑞阳。

对付这种事情，在娱乐行业摸爬滚打这么久的韩瑞阳当然是最有办法的。

韩瑞阳倒也果断，对他而言，艺人的负面新闻肯定是能避免就避免的。就算是如日中天的艺人，都经不起负面新闻的折腾，特别是这种被家人算计、被自己亲妈爆料的负面新闻。娱乐圈不是没有前车之鉴，最后的结果无一例外，都是断绝关系。

与其被啃得连骨头都不剩了再断绝关系，还不如当机立断，做个了断。

他的这个建议，让苏宁安有一瞬间的迟疑。不管怎么说，李爱红都是她的亲妈，生她养她的人。纵然她有再多不是，苏宁安都做好了为她养老送终的打算，会尽好自己的赡养义务。

李爱红的日子过得的确很不好，如果真照她所说的，牛牛还有心脏病，那是根本没可能医治的。李爱红连正常的日子都过不下去了，怎么可能还会花钱为孩子治病？

虽然韩瑞阳很反对，但苏宁安还是决定再考虑一下，并在没有让韩瑞阳知道的情况下，决定先息事宁人，给李爱红转了二十万，权当断绝关系前，先报答完李爱红的生养之恩。

李爱红当然是欢天喜地地走了，但苏宁安没想到，她的心软得到的不是片刻的安宁，而是更加肆无忌惮的骚扰。

都骚扰到林顾白这里了，她还能忍吗？

当然不能。

那二十万，是她几乎全部的积蓄，也是她们二十年母女关系的全部交代。

她已经尽力了，也心安了。

是该果断做决定的时候了。

否则，她不知道自己和身边在乎的人将会被拖到怎样万劫不复的境地。

所以，苏宁安在挂断林顾白电话之后，直接拨了电话给韩瑞阳，让他速战速决。

这段时间她为林顾白做了不少饭，也摸清楚了林顾白的口味，知道他是个对科学饮食有点讲究的人，所以烹饪手段尽量简洁，口味也不很重。

她在厨房里忙活，他就在旁边为她打下手。

闲下来时，看着她熟练地翻炒，有着完全不属于她这个年龄的成熟，他心里忍不住一酸。

以前，在他简单的朋友圈子里，他只知道学术，完全不了解人生百态。如今见了李爱红，他才真正认识到，这世界上居然还有这样的母亲。果然，为人父母，是不需要上岗证的。

只是委屈了他的小姑娘。

这么想着，他有些忍不住，趁着她盖上锅盖的短暂时间，从她背圈住了她，鼻尖埋在她的颈窝，深深吸了口气。

她的身上还残留着淡淡的百合香水味道，淡雅却感人。只是这样简单的拥抱，却仿佛突然勾起了心底潜藏了几日的思念，竟一下舍不得放开。

她被他突如其来的动作弄得浑身僵了僵，不好意思地缩了缩脖子，软糯糯笑道："别闹呀，做饭呢……"

他置若罔闻，温热的呼吸扫过她白嫩的颈间，留下一片潮湿。湿润的唇寻到了她的下巴，双手用力，把她身子扳正，侧过身来，一下便精准地含住了她的唇。

灶上有火，油焖大虾正躺在锅里收汁，浓郁的香味一波波侵袭着两人的鼻腔。

苏宁安费力地推着他的胸口，红着脸微喘："行啦，汁水都快干了……等会儿的……"

他这才意犹未尽地放开了她一些，看着她手忙脚乱地去翻炒锅里的食材。

大虾饱满油亮，看起来格外有食欲。

"去收拾一下餐桌，汤马上好了，准备吃饭。"她红着脸推他，他也只好先转身出去。

一个虾、一个蔬菜、一个简单的汤，好吃又不费时，很适合冬天晚上两个人的晚餐。

林顾白连续剥了三只虾都放到了苏宁安的碗里，让她忍不住又夹回来一只："我又不是没手，你赶紧吃。"

林顾白笑了笑："好，先吃饭。"

饭后，林顾白收拾厨房。回到客厅时，她已经切好了水果，正工工整整地摆着盘。

这种简单而温馨的家居生活让他一阵阵心软如水。

如果时间能永远停留在这一刻，该有多好。

"安安，"他走过去从背后圈住她，双手搁在她的腰间，揉搓了两下，"你瘦了。"

腰部是她的敏感部位，她只觉得一阵痒，不禁想躲，却没躲过他的掌心，于是小脸一片通红，低声说："你放开呀，痒……"

他仔细观察着她的反应，突然明白了些什么，嘴角一勾，不仅没放开，反而从她衣服下摆探手进去，火热的掌心直接覆盖在了她的腰眼之上。

他们虽有过亲密，但除了之前酒店那一次为她上药，他还从没有像现在这样直接碰触过她的身体。也不知道是他的手到底有什么魔力，还是碰触的位置实在有点奇怪，只是轻轻揉搓了两下，她便明显感觉到一股热流从他掌心处席卷至四肢百骸，让人忍不住想要发出羞人的声响来。

"林……顾白……"她微颤着唇，惺忪的眼睛迷茫地去寻林顾白的眼睛，"你……是不是摁到我什么奇怪的穴位了？"

他的眸光格外幽深黑亮，带着些得逞的坏笑，凑过去堵住了她的唇。她早已情动，此刻一碰到他的唇，便急切地迎了上来，整个身子早已软绵绵。他吻了一会儿，有些受不住，直接拦腰把人抱起，径直走向卧室。

诚然，是他用了点小心机。之前有段时间他对中医产生了些兴趣，就跟着中医院的老师学了点皮毛。方才一时兴起，用了点力气在她的敏感穴位上，没想到竟如此立竿见影，反倒把他自己给陷了进去。

然而，他是真的想她了。

这些日子的不安，让他特别想做些什么弥补一下心底的空虚。

也许，这种彼此身体严丝合缝地亲密相嵌，某种程度上也是人心觉得不太圆满时的一种自然需求。因为觉得不够，所以想要做点什么，证明些什么，补足些什么。

以前他总感觉到她就是他的小姑娘，反而在这方面不会太着急，只想着时间再久些，等她再长大些。

可现在，不知道怎么了，那种渐行渐远的不安总是干扰着他平静了这么多年的心，让他有些耐不住，对她的身体有了按捺不住的冲动渴望。

他自然知道，只要他想，不管何时，她都会给。

可他偏偏就想看她情动的模样，也希望他们的第一次能少一些痛苦，让她少受些罪。

……

苏宁安这段时间应该是极度缺乏睡眠的，结束之后连他要带她洗澡都不肯，浑身汗津津的，却只昏昏沉沉地抱着枕头不肯撒手。

林顾白只好无奈地打了些热水过来给她简单地擦了擦，自己才去洗澡。

时间还算早，他就算重新回到床上，也有些睡不着，便去书房想找本书消磨一下时间。甫一进门，便看见当初她借的那本《追忆似水年华》正端端正正地放在书桌上。

他浅笑了下，刚想把书放进书架，却又下意识地随手翻了两下。

果然，扉页处是苏宁安的字迹：Desire makes everything blossom; possession makes everything wither and fade.

她的英文写得很漂亮，娟秀柔美，端庄大方。

而你轻藏心底

八

他知道，这是书里的一句话。

可不知怎的，这句话让他心底的不安越发放大。

他又忍不住想起七八年前遇见的那个小女孩。

那会是她吗？

时间已经太久，他已经记不清那时的细节。何况，那还是他在市一医院的时候，资料已不可考。

如果真的是她，那还真是极大的缘分，他想。

只是，她还记得这些往事吗？

再回到卧室时，她依然睡得很沉，整张脸如孩童般干净无邪。

他怜惜地凑上去吻了吻，把人揽在怀里，却有些难眠。

李爱红的影子一直在他的眼前晃悠，那尖锐的嗓音让他极度不舒服。他也想把她当作哪怕一个普通病人一样尊重，可明显，她根本担当不起这样的尊重。

他不知道自己该用什么样的身份来参与进小丫头的家事之中。她说他不懂，会让韩瑞阳帮忙，这让他不免有些挫败感。

他也不太清楚韩瑞阳会用什么样的方式来解决这个问题。

脑子有点乱。

最后，思绪落到了那个叫牛牛的男孩身上，他应该是李爱红再嫁之后生的孩子，是苏宁安同母异父的弟弟。

这孩子虽然拥有了一个完整的家庭，但在这样的母亲教导之下，这孩子将来成长成什么样，还未可知。这些，作为医生的他自然无权干涉，唯一让他担忧的是，这孩子的手术必须马上进行。

他轻轻叹了口气，这世道，还真是一地鸡毛。

第二天一早，林顾白刚一动，苏宁安便醒了过来。

"你今天有通告吗？"他低头吻了下她的额头，柔声问。

她兴许是蓦然想起了昨夜的一切，脸红得不敢抬头。

他看得一阵心动，但也只好控制住了自己，清清喉咙起身："我准备去上班了。"

"顾白……"她揪着被子红着脸小声唤他。

"嗯？"他扣着衬衫的手停下，深情地看着她，"怎么了？"

"我妈的事，你别插手。"苏宁安小声说，目光认真地对上他有些不解的神色，不容置疑地补充道，"这件事，韩瑞阳昨晚已经去帮我处理了。"

"他是怎么处理的？"

苏宁安抿了抿唇，组织了一下语言。韩瑞阳处理的方式很专业，同时针对李爱红和她的生父，以杜绝后续一切可能出现的后患。不过，她不想在林顾白面前说得太详细，她还想在林顾白面前保留最后一丝尊严和颜面。

最后，她只是轻声如是说："从十三岁时起，她就没有对我尽过抚养义务。现在，却要求我对她尽赡养义务，甚至威胁我，这一点，我实在不能忍受，所以就请韩瑞阳帮我彻底解决此事。昨天晚上，韩瑞阳已经派律师去找我妈了。我会一次性支付她五万元，作为了结。这些钱，她做什么都好，但是，必须退出我的生活，从法律上我们断绝母女关系。"

"哦。"林顾白手指顿了顿，应了声，继续扣扣子。

"我不知道她还会不会去找你做手术，"苏宁安又道，"如果她再去找你，你大可不用理她。"

林顾白扣好扣子，回头看了苏宁安一眼："那孩子的情况不容乐观，如果她真找到我来做手术，没有正当理由，我好像也不能把病人推出去。"

"那就当个普通病人来看待。"苏宁安看着他的眼睛，"她这个人嗜钱如命，你注意保护自己就好。"

"我明白。"林顾白笑了笑，又倾身亲了一下她的额头，"你多睡一会儿。"

"嗯。"她终于放松地笑了笑,仰起头含住了他的唇,笑着亲了一下,"路上注意安全,我亲爱的小白白。"

他被她逗得忍不住笑出声来,狠狠地吻了她两下,便迅速起身。抬头看看挂钟,已比平时晚了十分钟。美人怀,英雄冢,此话果真不假。

到医院,查好房,开完晨会,护士站就打来了电话,告诉林顾白有个叫李爱红的人刚办理了住院手续,不过指名要他做手术。

林顾白坐在办公室里想了一会儿,才起身往病房走去。

"37床,林主任来了。"床位护士小张叫了声。

李爱红看起来气色很不错,不知道是不是那五万元起了作用。不过,她看向林顾白的眼神却不大客气:"林主任,我让你昨天转交个电话号码,可不是让你和她一起想办法对付我的!"

林顾白淡淡一笑,负手而立:"我是医生,您是病人家属,这里是医院,关于私事,我们不在这里谈。"

李爱红见对面的男子已没了昨日的客气温和,穿着白大褂往那里一站,身后跟着两个护士和一个医生,说不出来的清冷威严,让她不由得气场弱了半分,悻悻住了嘴。

"给病人先做例行检查,"林顾白吩咐身后负责床位的住院医师,"有什么解决不了的事再来找我。"

"好的,林主任。"

"37床,还有什么要和我们主任说的吗?"小张最看不惯这种嚣张不讲理的病人,从一进住院区就一副"我就是要找你们主任,谁也不要理我"的气势,确实让人生厌。

"没了。"李爱红讪讪哼了声,"除了手术需要你们主任亲自做之外,其他的没什么要说的。"

"那就好,"小张说,"有事按铃。"

"好。"

一行人随林顾白走出病房，护士长悄声问："林主任，她说她是苏小姐的妈妈，是真的吗？"

林顾白淡淡道："不是。"

"哦，"护士长这才松了口气，"不是就好，看那气势还以为是总统夫人来了呢。"

林顾白轻笑了声："不过要小心，这种人属于医患纠纷高发人群，你们要多注意，免得被投诉。"

"好。"护士长慎重地点了点头。

牛牛的手术比起新生儿完全性大动脉转位手术，简直是小巫见大巫，林顾白很快就干净利落地下了手术台。

刚回到办公室，就看到宋黎正坐在里面等着他。

他微微一愣："您怎么来了？"

"你忘了有我这个妈，我总不能忘了有你这个儿子。"宋黎冷哼了声，放下手里的杂志，"前一段时间我比较忙，也没时间找你聊。听说你在医科大的演讲很成功？"

"就那样吧。"林顾白淡淡应了声。

"前两天我和汪厅长吃了个饭，才知道原来是他亲自推荐的你。"宋黎定定地看着林顾白，"顾白，你应该明白他的心思，对不对？"

林顾白打开抽屉，从里面拿出因做手术而摘掉的戒指戴上，在宋黎面前晃了晃。

宋黎一看到这枚戒指就气不打一处来，直接站了起来，走到林顾白对面坐下："你到底要和我置气到什么时候？"

"这不是置气，"林顾白淡淡道，"我和汪漪没可能，这点我和汪伯父也说得很清楚，和您，我也不知道说过多少遍了。"

"哪怕要放弃你的科研项目？"宋黎盯着林顾白的眼睛，逼问，"现在全医科大学都知道你有这样一个梦想，你就真打算试都不试一下了？"

林顾白笑了："怎么试？和汪漪结婚，利用裙带关系去试？"

宋黎轻哼了声："你也不用说得那么难听。说白了，婚姻是什么？不过是找个合适的人过日子罢了。你和汪漪也不是没感情，反而非常相配。和她结婚，你就能马上拥有一切，而对我，也有好处。我相信汪厅长也是这个意思，否则他也不可能让他的宝贝女儿这么一个大名鼎鼎的博士跑到我这座小庙里来上班，你说是不是？"

林顾白似笑非笑地听着宋黎说完了，才慢悠悠来了句："我记得，当初我爸出轨时，你对我说过一句话，出轨只有0和100，不存在中间数。那时我多么佩服您的通透和果断，现在您怎么反过来劝您的儿子忍着一根刺接受一个曾经背叛过您儿子的女人？"

宋黎没想到他会突然蹦出这句话，表情瞬间僵硬了一下，半晌没回过神来。

"妈，"林顾白叹了口气，难得这样叫了她一声，"我知道您也不喜欢汪漪，您放不下的只是她能为您带来的便利。但便利是有时效的，而婚姻是一辈子的事，难道您愿意为了眼前的便利，就拿我一生的幸福来换？"

宋黎没理他，只是定定地坐着，脸色有些苍白。

"我知道您不容易，但我们可以慢慢来，没必要这样急功近利，对不对？"

母子俩相对而坐，良久之后，宋黎才缓缓起身，苦笑了下："行吧，随便你。只要你不后悔，将来随你要怎样。"

"我绝对不后悔。"林顾白看着她的背影，坚定地说了句。

宋黎握着门把的手微微一顿，旋即便打开了门，僵硬着背影走了出去。

林顾白目不转睛地盯着紧闭着的门半晌，觉得无比心累。原本他还想和宋黎聊聊过年的安排，想趁机修复一下和她之间的关系，或者，如果有可能，他希望苏宁安能有个家可以过个春节。

现在她已经彻底没有家了，她只有他了。

可是，如今，连他都没有家了。

世界之大，只剩下他们两个傻子，相依为命，拥抱取暖，真是何其苍凉。

仔细想想，他们可曾错了？

他们并没有错，只是太较真罢了。

世人讲究难得糊涂，有些不愉快的事，当作苍蝇一般，吞了也就吞了，只要这辈子不再提，也是一种解脱。

但，他做不到。

哪怕明知道只要吞下去，他就能少奋斗十年或者二十年，可是，那又如何？

一旦吞下去，他的心就会卑躬屈膝了。

连他自己都不再是昔日的林顾白，那梦想实现与否，于他，又有何意义？

第十章
原来真是你

原来，不是她随便，而是她，爱得太早。在他远远还不知道的时候。

Er Ni
Qing Cang
Xin Di

【1】

苏宁安的工作在腊月二十五之后就开始慢慢减少，每天买菜做饭收拾房子，俨然新婚小妻子的贤惠模样。

医院过年放假和其他行业不同，完全按照排班表进行，所以年前抽了个空，林顾白决定带苏宁安去一趟福利院。

苏宁安看着他采买的一大堆零食和玩具，心里便已有了数，但还是装作什么都不知道的样子问："这是要去哪里呀？"

"上次不是说要带你去个美丽的地方吗？"

"那是哪里啊？"苏宁安笑笑，眨眨眼睛。

"福利院。"林顾白摸了摸她的头发，"很久没去看他们了，太忙了。"

苏宁安在他掌心乖乖地蹭了蹭，笑着说："没关系，以后我可以代替你去。"

"好孩子。"林顾白捏捏她的脸颊，笑出了声。

"那些孩子，都是普通的孤儿，还是……"苏宁安想了想，还是明知故问了一下，以免自己的表现露了馅儿。

"主要是一些被父母遗弃的先心病患儿。"

"那需要经济帮助吗？"苏宁安又问。

林顾白看了看她："怎么，你有什么想法？"

苏宁安俏皮地笑笑，拍拍胸脯："我现在好歹也是个艺人，如果可以帮你吸引到更多社会关注，不是很好的一件事吗？"

林顾白怔了怔，而后才慢慢点点头："也对，正好这次你可以和院长直接聊聊。这些孩子和其他有缺陷的孩子完全不同，他们都可以完全被治愈，过上正常人的生活。唯一的区别是，他们的父母因为经济原因或对先心病的认识不足而只好选择遗弃他们。如果有社会力量可以帮助到他们，我相信他们的未来一定也会非常美好。"

"对呀，"苏宁安笑着握住了他的手，"既然是你要做的事，那就是我的事。我一定会好好地替你完成的，亲爱的小白白。"

林顾白心中一暖，不禁莞尔。

有妻如此，夫复何求？

他们认识的时间虽短，却仿佛认识了许多年。莫说上帝不公，不过是补偿在不同的地方罢了。

福利院坐落在偏远的郊区，山清水秀，交通却极为不便。两人开了将近两个小时车，才总算到达目的地。

一进门，院长便热情地迎了上来："林医生，好久不见。"

林顾白有些抱歉地把零食和玩具递给院长："真不好意思，回国之后一直都太忙了。"

两人寒暄了一阵，院长才看向苏宁安："这位是……"

"我爱人。"林顾白笑着扣住苏宁安的手，晃了晃手上的戒指。

院长立刻笑了："原来林医生都结婚了呢，时间过得真快。"

"是啊。"林顾白笑笑。

两人边走边聊福利院的一些近况和孩子们的身体状况，苏宁安则是一路心情沉重地看着远处玩耍的那些孩子。

原来，困扰这些孩子的，除了他们的健康问题，还有他们的未来。原来，被遗弃的孩子，在被送往福利院的时候，还会接受评估，不是每个福利院都会无条件地接受这些孩子的。因为，这些孩子在治愈之前，不会得到领养，会一直成为福利院的负担。

所以，他们才被遗忘在了这么偏远的地方。

她想起了汪漪说的那些话，和林顾白的那个梦想。

亲眼见到这些可怜又天真的孩子，她才觉得，他的梦想好大好大，而她的步伐，却好慢好慢。

她好着急，想要尽快帮助到他，却每次都仿佛置身于噩梦中一般，有心无力，脚步迈都迈不动。

这就是她和汪漪的差距，如同银河一般。

等林顾白和孩子们互动出来之后，苏宁安拉着他的手笑着问："如果让你做一场公益直播，你愿不愿意？"

林顾白愣了愣，不太明白她的意思："什么直播？"

"就是和直播平台合作，由你和孩子们出镜，展示一下孩子们的日常生活，最好让孩子们表演些有趣的节目之类的。你呢，就向大众科普一下相关的医学知识，所得的收入全部捐给福利院，用在孩子们的治疗和教育上，你觉得怎样？"

林顾白有些为难："就像你上次直播的那样？我又不是明星，会不会有点怪怪的？"

"不会的。"苏宁安鼓励他，"你就当出席普通的开会啊或者讲座啊之类的活动，反正你现在多少也算是'网红'了嘛，为孩子们做点事比自己掏腰包买点小礼物要实际得多。现在正好是过春节，大家的钱特别足，同时心也特别软。"

她这一番话说得他终于有了些动摇："需要医院的宣传科联系一下吗？"

"不用，"苏宁安摇摇手机，笑吟吟道，"我已经和小满说好了，上次我们上的那个直播平台就是她家邵嘉楠投资的，让他支持一下流量和宣传就行。"

"哦。"林顾白应了声，不知怎的，还是觉得有些紧张。

"别紧张，"苏宁安笑着捏捏他的掌心，"你只是不习惯这种方式而已。你现在可以和院长沟通一下，可以的话，晚上咱们不走了，就当提前陪他们过个小年。"

"哦。"林顾白还是有些艰难地应了声。

苏宁安看了他一会儿，知道他还是有点不是很能适应这样的身份变化，便笑了笑说："我突然想起来，我现在的名气比你大多了哦！这样好了，我来直播。气氛就弄得轻松自在一些，我和孩子们一起做游戏、唱歌、跳舞什么的，你看行不行？"

林顾白知道她是体谅自己，也明白她这个提议对福利院的孩子们来说是很好的一个机会。

于是，他伸手抱了抱她："谢谢你，安安。"

因为是场公益活动，凌淼特意在微博上利用FAN娱乐的资源做足了宣传，还让FAN娱乐旗下的众多一线明星转发微博，加上最近苏宁安知名度的上升和直播APP连续几个小时的重点版面预热，直播时间一到，当苏宁安出现在屏幕上的时候，一下子就拥进来了一万多人，十分钟之后已经超过了十万人，很快就达到了五十万人。

这是林顾白第一次旁观苏宁安直播，和在手机端看到她的感觉完全不同。原来这还真不是随便坐在摄像头前面就万事大吉的轻松事，从下午开始，她就围绕着直播主题写脚本和整个流程。所以到真正直播时，才能看起来轻松自在，让观众也觉得舒服，宛如只是一场轻松的聊天互动。

一些对苏宁安本就比较熟悉的粉丝一上来就热情刷屏，送礼物，喊着女神好有爱心，逗得苏宁安不住地甜笑着表示感谢。

在简单的开场之后，她便把镜头对准了孩子们和福利院工作人员，让他们就像平时一样做游戏和表演就好，自己则充当主持人的角色。只是因为设备不专业，没有了号称"直播神器"的固定支架，孩子们表演开始之后，手持的自拍杆导致镜头有点晃，让苏宁安有点烦恼。尽管观众们都能理解，但到底是影响观感。

"我来吧。"林顾白很小声地说了一句，伸手想要接过苏宁安的手机。

苏宁安的手举得都已经有点酸了，他感激地望了他一眼，没多说什么，便把手机递给了他。

手机交接过程中，随着一个轻微的晃动，林顾白的一张俊脸突然出现在手机屏幕里。

粉丝们瞬间就惊爆了，开始了堪称疯狂的刷屏模式。

——天哪，刚刚那个帅哥是谁？

——好帅啊！

——咦，怎么看起来好像是小儿心外科专家林顾白啊？

——林顾白也在？那这福利院的情况肯定百分百是真的！大家礼物刷起来！

——哇，我搜了一下，林顾白是不是还是安安的男朋友啊？

——我好像看到帅哥的戒指了？等等，好像安安手上也有一枚戒指啊？？？

——真的哦！是对戒！是对戒！还戴在左手无名指上！

——夫妻合力献个爱心还虐狗，简直了！

……

苏宁安看着屏幕上跳动的八卦之光有些无奈。

她看了眼林顾白，却只见他温和地冲她笑，似乎毫不在意。

于是，她就大方地补充说道："是的，刚刚就是林主任。这些年，林主任一直致力于帮助这些孩子，可惜他一人的力量总是比较单薄的，希望大家能多多帮助这些孩子，也让林主任可以把更多的精力，投入到先心病的科研和治疗当中去，造福更多的孩子。"

这场直播持续了差不多一个小时，结束时已经将近有一百万人在线，反响非常强烈。微博和其他自媒体也迅速跟上了热度，完成了本年年末最温暖的一场慈善盛宴。

整场直播结束，募捐总额达到了两百多万。院长很是吃惊地看着这个数字，感动得泪花闪闪。

"因为捐款数额较大，直播平台会和红十字会联系，走正规流程的。"苏宁安解释,"今天之后,很多人会关注到这些孩子,应该也会有慈善机构和你们联系,孩子们以后会越来越好的。"

"太感谢了!"院长一手握着苏宁安,一手攥着林顾白,"有了这些钱,这里的孩子们明年都能做一次全面的健康检查,需要做手术的也可以尽早做掉了。我真不知道该怎么感谢你们……"

苏宁安笑笑说:"您太客气了,举手之劳而已。以后我就是这个福利院的长期义工了。不光我自己会来,我还会介绍很多明星朋友来这里做义工,相信孩子们的未来一定会越来越好的。"

一场直播,能获得这样的效果,确实让林顾白始料未及。

这也让他对新媒体的态度发生了改变。原来是自己对这些新兴的自媒体偏见太深的缘故,其实并非所有的参与者和用户都是无聊的一群新新人类。

牵着小姑娘的手漫步在福利院游乐场,仰望淡淡的星光,他的心底无比踏实。这些日子以来,从未有过的踏实。

他的小姑娘仿佛一夜之间长大了,还拥有了这么惊人的能量,着实让他刮目相看。

两人什么话都没多说,只是十指紧扣,漫无目的地走着。

其实很多话,已不需要多说。他们已比任何时候,都更懂得彼此是什么样的人。

这种了解,让人踏实。

而踏实,是一份感情最圆满的归属。

没有什么比让人觉得踏实,更难能可贵。

"冷不冷?"忽然一阵山风吹来,他把她护在身后。

"有你帮我挡风,我什么时候都不冷。"她窝在他的胸口。

他拥紧了些她,迟疑了一下,还是问了出来:"你是不是八年前就见过我?"

她被这突如其来的一问吓了一跳,一下子从他怀里弹起来:

"你想起来啦？"

她这句慌乱的话，欲盖弥彰。

他笑了一下："那个扭伤脚的小姑娘，还真是你啊。"

她心虚地笑了笑，点点头。

"我记得那个小姑娘后来还给我送过饼干呢，是你没错吧？"

"啊。"她羞红了脸。

当年偷偷地躲在住院部看他时，有次不小心被他发现了。那时她刚出院不久，他还记得她，所以冲她笑了笑，还特意走过来问她恢复得好不好。她局促得说不出一句完整的话，只好双手把手里的小熊饼干往前一递，红着脸请他吃饼干。也许他是真的有点饿了，当时还真接了。

苏宁安对他还记得这个细节真的挺意外的，羞得抬不起头。

"所以你一直都记得？"他勾起嘴角，双目幽深地含笑看她。

"啊。"她模棱两可地应了一声。

"再见我的第一面，你就认出了我？"他还是觉得很神奇，有点不敢相信。

"啊。"她还是傻乎乎地应着。

"那你……"他顿了顿，清朗的眉眼溢满玩味的波光，"是故意接近我的？"

小姑娘心虚到了极点，心跳如擂鼓一般，脑袋嗡嗡嗡地响。

"啊。"她低低地承认着，然后害羞得一头钻进他的怀里。

林顾白仿佛一瞬间恍然大悟。

怪不得这丫头明明车技不错，却犯了那个连最菜的新手都不会犯的错误。

怪不得她从一开始就仿佛自来熟似的，看他的眼神让他总有点心里犯嘀咕。

更怪不得，她脱口而出便是奔放的"我喜欢你""我爱你"。

原来，不是她随便，而是她，爱得太早。

在他远远还不知道的时候。

"我怎么觉得我好像是许仙呢？"林顾白拥紧了她，小幅度地晃着怀里骨骼纤瘦的姑娘，难以置信地轻叹了声，"只随手做了一件该做的小事，就有仙女来报恩了呢？"

"这说明善有善报呀。"姑娘在他怀里闷声笑了起来。

"这倒是。"林顾白也笑了起来。

"你是怎么想起来的？"她最终还是扬起头好奇地问他，"都这么多年了。而且，你的病人简直不计其数。"

林顾白虽然不愿意提到李爱红的名字，但还是避不开，只能轻轻叹口气："我看到李爱红之后，看着她熟悉的姿态和动作，突然就想起来似曾相识的一幕。如果当时那个人就是李爱红，那么，那个女孩，一定就是你。"

苏宁安笑容渐渐敛了起来。这本不是什么愉快的回忆，此刻提起来，确实有点扫兴。

"是啊，"她轻轻地叹息了声，"她这些年，一点都没变。"

林顾白没说话，只是又紧紧地抱住了她。

"那天，我躺在医院的病床上，腿疼难忍，却没人愿意看我一眼，两个人像看仇人一样看着我，说我整天就只会给他们找麻烦……"苏宁安窝在他温暖的怀里，这么多年第一次向外人讲起那些想起来都让人觉得心寒的往事，语调却十分漠然，"他们先合力骂我，再互相争吵，为了谁该照顾我，谁该出钱，谁该请假……"

那天早晨，是这对貌合神离的夫妻无数次争吵中最为普通的一幕。

她已经习惯了这样的场面，只是这次是因自己而起，才突然觉得特别委屈，以至于难得地掉了眼泪。

十三岁的少女，在那一刻，甚至想过索性直接从医院窗口跳下去，便可以一了百了，再也不用被亲生父母嫌弃，再也不用在公开场合因为他们而把脸丢尽。

直到那个穿着白大褂的天使出现。

那天早上，来来往往的医护人员，没人愿意多看这个床位一眼，甚至有病人投诉后，护士过来呵斥了几句，让他们小声点。

这原本就是个陌生而冷漠的社会。越是这样的垃圾人，医护人员越是敬而远之，生怕一不小心惹来一个投诉。

所以，那天早上，他们如入无人之境，吵得热火朝天，毫不觉得有违公德。

直到林顾白的到来。

他一脸严肃地朝他们走来，清冷的眸光透着不容置疑的威严。

他说，既然父母在未经孩子允许的前提下，就把孩子带到这个世界，那父母就有抚养和照顾孩子成人的义务，否则你们就不配为人父母。抚养孩子，和夫妻关系存续，也没有任何关系。成人之间的矛盾，与孩子无关。让孩子做替罪羊，那就是无能的表现。在孩子面前争吵，是最令人不齿的行为。现在，请你们出去，解决完你们自己的问题再回来……

他冷静而又克制地说了很多很多，硬是让父母从火冒三丈的情绪中被迫沉默了下来。

出院之后不久，他们就离了婚。

虽然之后被迫自力更生的日子很辛苦，但至少心境很平和。对一个孩子来说，本就没有什么比父母整天暴力相向更可怕的事情了。她简直很难想象，如果那样的日子再持续几年，在三观养成期，在那种环境中，她将会变成什么样的一个人。

所幸有他，机缘巧合下，他几乎救了她的一生。

"好了，都过去了。"林顾白温暖的手掌摩挲着她的背，"以后你有我，我们会有一个很温暖的家。"

"一定会。"她满足地闭上眼睛，靠在他的胸口，"我们还会有可爱的孩子，你喜欢男孩还是女孩？"

"都喜欢。"一提起这个话题，他的心就莫名柔软。

不久之前，他还觉得人生破败晦暗，毫无意义。而短短几个月之后，他竟可以开始畅想色彩斑斓的未来，生命真是充满了奇妙和惊喜。而这一切，都是因为她。

是她，让他完全跳脱过去狭小圈子见识到全新的宽阔世界，让原本逼仄的视野瞬间变得宽广，让他觉得原本压在身上的千斤重担此刻消失无踪，整个人仿佛重生了一回一般。

人生就是这样，仿佛什么都没有改变，但冥冥之中，一切就已经变了。

轻装简行，举重若轻，随心尽兴，这样的感觉，才是人生该有的模样。

有她在，一路风景，便都美不胜收。

【2】

第二天是大年三十，林顾白把苏宁安送回家之后，自己又回了趟医院。

护士长一看到他就赶紧追了过来，跟他进了办公室，才压低了声音说："那个李爱红，果然有问题！"

林顾白心里一沉："怎么了？"

"36床是我的一个远房亲戚，她告诉我昨天有个鬼鬼祟祟的人过来，一直在病床前和李爱红低声商量些什么。今天上午那人又来了，又嘀嘀咕咕了一阵。我这亲戚也是学医的，越听越觉得不对，感觉那人来意不善，像是要收集证据，和咱们打官司来着。"

她这话让林顾白狠狠地吃了一惊。如果真是这样，那这李爱红也太没有底线了。

"我去看看她。"林顾白说。

"要不要请她到办公室来谈？"护士长担心影响不好。

"可以。"林顾白点了点头，然后又问，"37床的孩子恢复得怎么样了？"

"很好啊！"护士长肯定地说，"非常好。"

"那就好。"林顾白沉吟了下，"注意保护病历和所有医疗记录，不准任何人复印和调阅。除非有我的批准。"

"好的。"

"去吧。"

护士长转身出去，林顾白捏捏眉心，有些疲惫地叹了口气。

这样的女人，还真是让人叹为观止。

不大一会儿，李爱红敲门进来。

再见到林顾白，她的态度前所未有地倨傲起来。

"林主任，请问你找我有事吗？"

林顾白站起身，指了指沙发："请坐。"

李爱红并不坐，而是扬着下巴站在他办公桌的对面，哼了声："林主任，我还得照顾孩子，请问你有事吗？"

林顾白见她如此，索性直接坐下了，面色平淡，看着李爱红："牛牛恢复得怎么样？"

"哟！"李爱红尖着嗓子嘲讽般地笑了起来，"你还有空理我们呀？我还以为你下了手术台就不认人了呢！本来想着收费这么贵的医院怎么服务这么差呢，没想到你还能记起我们这些穷人呀？请问是不是不给红包我们穷人就该受罪呀？"

林顾白此刻心里已经可以肯定，她这般傲慢，一定是有所小动作，看来护士长所说一点都不假。很有可能，当初她选择继续在这里治疗，就已经做好了这个准备。

"李女士，"林顾白不动声色，依旧淡淡道，"我们每天都有查房，重点病人我们都做重点监测，这点您都能看到。每次查房记录我们都记录在册，护士监护记录也定时更新。这都是符合相关规定的。据我所知，牛牛恢复得也非常好，不知道您是否还有不满意的地方。如果有，您可以直接提，或者到医院投诉我们，我们一定改正，让您满意。"

李爱红被他说得不知道该怎么反驳，就只是叫嚷着："你们服务不好！"

林顾白终于笑了声："服务哪里不好？您可以和护士长或者我提意见，我让他们改。"

"他们笑得少！"

"好，"林顾白说，"还有吗？"

"药费和床位费都有点贵！"

林顾白又笑了笑："这些您在住院前我们都解释过，我们的价格都是上级单位核准过的，不存在乱收费的情况。而且，考虑到您的实际经济情况，我们已经尽量在为你们省钱了，这点，在药单上可以看得出。"

李爱红哑口无言，但还是强硬地强词夺理："到了你们这里，不还是什么都由着你们说了算！"

林顾白失笑："李女士，我是这个科室的主任，也是您孩子的主刀医生，我希望我们能保持一种互相信任的关系。有什么不满意，您和我们说，也是我们改进医疗服务的机会。"

"你们这些人，总是官话一套一套的。"李爱红不满地嘟囔。

林顾白莞尔："看来您心里还是有不满意的地方，您不妨直说，毕竟于私，我也希望可以照顾好您。"

"哎哟！"李爱红又嗤笑了声，"你还别提于私了！我连夜被律师强迫签了脱离母女关系协议的事，你又不是不知道！真没想到这是我亲生女儿干出来的事！"

林顾白平静地看着她："这件事，我真的不知情。我一个医生，也养不起律师。"

李爱红冷哼着说道："这医院都是你们家开的，你还养不起？骗谁呢？"

林顾白定定地看了她一会儿，而后站起身，郑重说道："李女士，您和您女儿的关系，不应该成为您质疑我院医疗服务水平的理由，这样有失公允。至于你们母女之间的问题，你们心里最清楚，外人无法干涉。但不管怎样，我还是要提醒您，协议已经签了，你们也达成了某种约定，具有法律效力。如果对有其他想法，都应该就事论事，寻找解决方法，您觉得呢？"

李爱红冷笑了一声："别开口法律闭口法律的，你们就是欺负我们小老百姓！别的不说，就那五万块钱，你觉得对我公平吗？按照法律，怎么也得是年收入的百分之多少吧，她昨天在网上露露脸、动动嘴就有两百多万，现在收入可不少呢，才给我五万块，打发叫花子呢！"

林顾白心里一顿，直到此刻才明白事情的症结点。

"昨天她那是慈善募捐，和日常收入是两回事。"林顾白强迫自己耐着性子解释。

"说起募捐我就来气！"李爱红尖声嚷道，"她就知道替别的小孩募捐，怎么就不看看自己弟弟呢？她自己弟弟也生病了，也没见她这么有爱心！虚伪！"

林顾白彻底被李爱红给闹得无话可说，也知道这个女人已经钻进钱眼里彻底走不出来了，索性决定直言。

"所以，您是对苏宁安只给您五万元有意见了？"

"那当然！我养她那么大，五万实在太少了！"

"那你想要多少呢？"

"人家香港明星不都是按月给钱吗？我要求一个月给五万！"

"哦？"林顾白怒极反笑，"这一定是天天找您的那个律师给您出的主意吧？"

李爱红一愣："……胡说！没有！"

"但您不敢去走法律途径来提出诉求，所以就想通过来我院做手术的机会来敲诈勒索，对吗？"林顾白的眸子猛地冷下来，"李女士，您要知道，医院每年养那么多专门应付医疗纠纷的律师不是白养的，一个专搞医疗碰瓷的流氓律师根本不是我们的对手！任何一场医疗纠纷，都需要上级单位做医疗鉴定，不是您想怎样便可以怎样的。这个过程不仅漫长，而且严谨。流氓律师们的唯一出路，无非是恐吓一些资质不过硬的小医院或者胆小怕事的小医生罢了。我们这么大的医院，如果连这个都应付不了，也不用开下去了。"

李爱红的脸瞬间变得通红，她有些紧张地揪着自己的衣服，不敢和林顾白冰冷的目光对视。

"我猜那个撺掇您这么做的律师一定和您谈好了不低的分成，唯一的砝码就是利用舆论压力，让我们屈服，对吗？"林顾白依旧一眨不眨地盯着她，冷声道，"不过，想必您也听说过，就在前段时间，我们儿科就出现过类似事件，可最后的解决方案相信您也看到了。就算患儿很可惜地走了，本着实事求是的精神，家属也只能公开道歉。通过不正当的手段诉求权利，最后一定不会得偿所愿。不管是起诉还是恐吓，医院只会实事求是地处理，我们相信公平正义，也会保障医护人员的执业权利。反倒是您，和一个流氓律师合作，无异于与虎谋皮！您想过最后您能给他什么吗？这代价，您付得起吗？"

李爱红听不懂他在说什么，抬头看向林顾白："什么代价？我要付什么代价？"

林顾白这才放缓了语气，凝视着她："这种律师，都是业内败类。他肯定不愿意白忙一场，如果为了最终拿到钱而偷偷在您儿子的药瓶里放了什么其他药物的话……您真的愿意用您孩子的性命，来换取医院的一点人道赔偿吗？！"

林顾白的一番话，彻底把李爱红给吓蒙了。她马上嘶声尖叫了起来："不可能！"

"别以为不可能，每个打医疗官司的律师，都有一定的医学背景！他们对药物的了解，远比您要多得多！"

李爱红腿一软，差点倒了下去，单手抓住面前的椅子，好半天才艰难地回过神来，慌张地看着林顾白："林主任……你是说……他会为了钱要我儿子的命吗？"

"我们的医疗环节，没有任何问题。他为了不让自己白忙一场，不排除这种可能性。这种事我们见多了。我相信，作为一个母亲，孩子的性命和健康对您来说，才是最最宝贵的，经不起一点冒险的，不是吗？"

李爱红慌乱地摇头："这是我儿子……我唯一的儿子……我要钱也是为了儿子啊……"

林顾白叹了口气，温声道："您记住，比任何人都希望病患平安健康的，永远都是医生。请您相信我们，好吗？"

李爱红慌里慌张地跑了出去。

林顾白从一张纸下拿出一支录音笔。

他也不想用这种方式来防患于未然，但他知道，一旦他发生些什么事，苏宁安一定会担心。如果还是因为李爱红出事，她那小脑袋里会想什么，他也猜不出。

现在，他好不容易有了一个温暖的小家，他就绝不允许这种事情发生。

保存好录音，他打了两个电话，分别联系了法务部和保卫科。

他让保卫科调看监控录像，锁定这个律师，禁止他再出入医院，同时让法务部调查清楚这个所谓"律师"的背景。任何时候，知己知彼，才能立于不败之地。

最后，他才看看时间，准备去超市再买点东西，为了今晚的年夜饭。

这是他和苏宁安这个小家的第一顿年夜饭，心里竟有些超出年龄的雀跃和期待。

自从懂事之后，好像很少有这样的期待了。

舒展了一下筋骨，他准备换衣服下班。

还没走出医院大门，就接到宋黎的电话。

"晚上早点回来吃饭。"她的声音有些僵硬，又带着莫名的脆弱，让林顾白怔了一下，不知道该怎么回答。

"带上苏宁安。"宋黎又补充了句，便匆匆挂了电话。

林顾白盯着电话看了一会儿，慢慢地勾起嘴角，快步地走向自己的车。

【3】

苏宁安非常紧张。虽然明知道宋黎亲自邀请她去过年大概意味着什么，但心底仍旧不安得厉害，不知道等待着她的会是什么。

还好，林顾白一直牵着她的手，毫不避讳地时时刻刻表达着他一直站在她这一边的立场。

保姆放了假，当林顾白走进家门的时候，正好看到宋黎正戴着围裙站在厨房有些生疏地忙活。

在手术台上，宋黎是名副其实的一把刀。但在厨房里，她却是个连鱼都处理不好的"陌生玩家"。

只是，这时手忙脚乱的宋黎才能让他这个当儿子的感受到一丝烟火气。

"妈！"林顾白笑着喊了一声。

宋黎一脸忙乱地回头，没好气道："喊什么，快过来帮忙！"

林顾白牵着苏宁安走过去："没关系，我给您带来了一个厨艺小能手。您收拾一下，出来歇一会儿，我来帮她打下手。"

"随便你们。"宋黎一脸解脱地赶紧脱下了围裙，却一直不正眼看苏宁安。

林顾白看得出她眼里的尴尬和妥协，笑着捏了捏苏宁安的掌心："叫人啊。"

苏宁安红着脸，僵硬地站在他的身侧，半天不知道该喊什么。

"叫什么叫？"宋黎轻哼了声，鄙视地看了一眼林顾白，"不知道新人首次登门开口叫人是要有规矩的吗？"

林顾白愣了愣，然后又笑："哦，对。"

"你们先忙着，让我去准备准备。"宋黎走出了厨房。

厨房食材丰富，大部分都是超市处理好的，做起来倒是很快。

等餐桌准备好，宋黎再下来时，已经换了一身崭新的休闲服，卸了妆，整个人看起来柔和了不少。

看着桌上丰盛的年夜饭，她的目光终于看向了苏宁安："第一次来，就让你动手，有没有不高兴？"

"没有没有！"苏宁安连连摇手，笑得很灿烂。

宋黎看着她孩子气单纯的脸，忍不住弯了弯嘴角。

她从衣兜里掏出一个厚厚的红包："来，别嫌少。"

苏宁安紧张地拽了拽林顾白的手指，低着头不知所措。

"拿着吧，妈给的。"林顾白笑着帮她接了过来，塞到她的衣兜里，"快谢谢妈。"

"谢谢……妈。"苏宁安感觉自己的脸能滴出血来。

宋黎似乎也有些不适应，干咳了声："好了，吃饭吧。"

这顿饭吃得多少有点沉默，毕竟一切都来得太突然。

但是林顾白却觉得很愉快。这是他有记忆以来，过得最幸福的一个年。

很完整。

特别是有了之前对年夜饭有些萧索的预期，这意料之外的团圆，让他有种一生少有的意外之喜。

饭后，一家人看了一会儿"春晚"，宋黎向林顾白使了个眼色，就把他叫到了书房。

"你是不是一直有话要和我说？"宋黎坐在椅子上，温和地看着自己的儿子。

林顾白像小时候那样站在她的对面，斜倚着书桌让彼此视线更舒服一些。

闻言，林顾白笑了一下："原本有，现在好像又没有了。"

宋黎也跟着笑了一下："是啊，有些事真要改变了想法，做起来，比想象中要简单得多。"

林顾白点头，最近他刚刚经历过类似的转变，感悟确实很深。

"那天和你聊过之后，我想了很多。"宋黎顿了顿，说，"这些日子，我确实也碰到了不少难题，不过现在，我突然想通了。你说得对，一步一步地走，这步子才能走得踏实。凡事都想走捷径，虽然速度快，但心里不踏实。"

难得看到母亲有这样的转变，林顾白不由自主地心里一暖，第一次发现，原来自己一向雷厉风行说一不二的母亲，也有如此温和柔软的一面。

"至于你和汪漪的事，的确，是我太功利。这两天，我又和汪国泉见了一面，就你们俩的关系，我们第一次开诚布公地谈了谈。说实话，他是很希望你们在一起的，要不然也不会让汪漪到我们医院来工作。但比起成全汪漪的执著，他更希望自己女儿幸福，所以他不想再勉强你接受一段你根本不想要的婚姻。"

宋黎说着说着，又笑了起来："你看，比起他，我是不是好像忽略了你的幸福和感受？"

林顾白轻笑了笑，一切尽在不言中。

"他给我上了一课，他爱他的女儿，所以万事以她的幸福为

而你轻藏心底

254

第一考量标准。而我，好像却一直回避这一点，觉得你只要名利双收，就一定会幸福。在这一点上，我的确有问题。所以，思前想后，我决定尊重你的选择。"她顿了顿，看向林顾白，表情认真又温和，"好好过你自己想要的生活吧，我以后不再干涉你的私事。"

"谢谢妈。"林顾白朝她张开双手。

宋黎愣了愣。

林顾白依然保持着张开手臂的姿势，微笑："我已经记不清我上次拥抱您是什么时候了。从今天晚上开始，我们重新开始好好相处，好吗？"

宋黎脸色怔了怔，眼圈陡然泛红，突然一个转身，只留下一个微微颤抖的背影，给朝她张开怀抱的儿子。

林顾白觉得鼻尖有点酸。

从有记忆开始，母亲一直强势，从未在任何人面前表现过如此脆弱的一面。

如今，仅仅因为他的一句话、一个动作，便泪如雨下，让他突然也有些控制不住情绪。

他向前走了两步，轻轻从身后抱住了母亲。

"妈，您可知道，如果您这些话再晚些说，我就可能真的要离开您了吗？"

宋黎身子一僵，红着眼睛转头看他："你说什么？"

林顾白站直身子，淡淡笑了笑："我其实已经和医科大那边在商量去任教的事情了。"

"你……"宋黎狠吃了一惊。

林顾白抿紧了唇线，斟酌着用词："其实，这些日子，我过得真的很不开心。我知道您需要我，可是，如果再这样过下去，我怕我精神上会撑不下去。所以，对不起，妈，我想到了逃跑。"

宋黎怔怔地看了他半晌，良久之后才苦笑了笑："你又没错，都是我的错。"

"我虽然一直希望自己可以临床救治更多的病人，但一个医生，如果连自己都无法治愈，又怎么能治愈别人？"

"我明白你的意思。"宋黎叹了口气，缓了缓情绪才接着道，"我也正好要和你说说这件事。你研究课题的事，我和汪国泉商量过，年后就帮你申报。这是我欠你的。"

林顾白一愣："汪伯父也建议申报？"

"他看了你上次医科大的演讲录像，很感动。他觉得这件事，也只有你去做，才能真正做好。"

这个意外之喜来得实在太过突然，林顾白难得失神，半天没回过神来。

人生真是奇妙啊，有些东西太过执着的追寻未必如愿，当心态放松以后，竟然一切都已经圆满。

以至于他不知该如何收拾心情去迎接这份惊喜。

"昨天晚上你们的直播，影响非常大。"宋黎又说，"直播刚结束，很多同行和投资机构都打电话给我，想了解一下你这方面研究的进度。你看，这不是变相催着我赶紧为你申报课题吗……说实话，我真的没想到，这个女孩子会有这份心胸和能量，也能为你付出到这样的地步。有她在你身边，我现在真的觉得很踏实。"

林顾白终于回过神来。

是啊，有她在身边，当然很踏实。

她简单，透明，毫无杂质。

想爱，便爱了。

想付出，便付出了。

就是这么简单的一个人。

世界本不复杂，复杂的，只有人心。

当一个人变得纯粹，很多事，便也跟着简单起来。

"您现在还介意她的工作性质吗？"林顾白笑着问。

宋黎笑笑："我相信就算只是为了你，她也会把握得很好。"

"是啊，"林顾白说，"不要带着偏见去看任何一个行业，任何一个人。我一直相信她的选择，也相信有了她这样的人当公众人物，世界一定会更美好。"

"我还不了解她，但我相信你。"宋黎说，"只要你幸福，我没什么好说的。"

"那现在下楼吧，我怕我老婆一个人不自在。"林顾白笑道。

宋黎微笑着起身。

刚走到门口，她突然又想起一件事，挺严肃地看着林顾白。

林顾白微微一怔："怎么了？"

"你们年龄相差有点大。"宋黎说，"从优生优育的角度讲，你现在生孩子正好，可是她会不会觉得太早？"

林顾白没忍住笑了起来："妈，顺其自然，好吗？"

"不行，"宋黎严肃地说，"这可是我的专业，你必须尊重我的专业意见。"

"行行行！"林顾白只好投降，"我去和她聊聊，好吗？"

宋黎这才满意地哼了声："这还差不多。"

林顾白则偷偷地暗笑了声。

和他的小姑娘商量？

不用商量也知道结果，那孩子傻乎乎的，这种事一旦他提出来，她还有不同意的？

只是，他还想让她多自由两年。

她也不过是个孩子而已。

他想让她好好地享受属于她的最好年华，找到属于自己的真正梦想。等到一切都成熟时，再顺其自然也未为不可。

第十一章
倾我一生，如你所愿

林顾白，我好想你。想得简直快要死了。

Er Ni
Qing Cang
Xin Di

【1】

因为还没领证，宋黎给他们准备了两间房。

不过第二天一早，她刚从卧室出来，远远就看见自己儿子神清气爽地从苏宁安的房里走出来。

四目相对，宋黎轻轻皱了下眉，但下一秒，她便视若无睹地自顾自下了楼。

林顾白淡淡笑了笑，跟在她身后，进了厨房。宋黎对别的一点也不提，只问："接下来的几天你们怎么安排？"

林顾白抢过她手里的厨具，自告奋勇地担当起准备早餐的角色，然后才回答她道："吃完早饭我就送她回去。从明天开始我跟您一块去长辈家拜年。"

宋黎轻哼了声，不置可否。

不过，没有拒绝，基本就是同意的意思，林顾白心情一如既往地大好。

直到，宋黎问起苏宁安昨晚絮絮叨叨大半夜的那件事。苏宁安一直担心宋黎会问起关于她家庭的话题。

林顾白把心里早已准备好的一些话用最轻松的方式说出来："她父母离婚后各自成家，她成人后就脱离双方家庭自己独立生活了。所以，您不需要考虑双方父母会面的事。"

宋黎没想到会是这个答案，微微吃惊："她无父无母？"

林顾白淡淡道："差不多吧。"

"哦，"宋黎沉默了下，"那倒还有点可怜。"

"是啊。"林顾白转身微笑着看了眼宋黎，"所以您对她好点，她最渴望家庭温暖。"

宋黎瞥了他一眼，轻哼了一声："难为你啊，居然还觉得我能给得起。"

林顾白失笑，知道她想起自己过去说过的一些伤她心的话，便赔笑道："过去是我错了，是我不够孝顺，亲爱的妈妈。"

宋黎傲娇地瞪了他一眼："贫嘴。"

林顾白刚载着苏宁安上了大路，就接到值班护士的电话。

"林主任！"小护士都快急哭了，"37床逃跑了！"

林顾白愣了一下，以为自己听错了："你说什么？"

"早上查房还在，刚刚去输液，发现大人小孩都不见了。"

"胡闹！"林顾白温润的脸上露出少见的愤怒，语气急促而严厉，"赶紧尝试联系家属，告知擅自出院的后果。同时去查患者住院时留下的住址，尝试去上门找人。孩子现在还不能出院，一旦发生伤口感染和并发症，就危险了。"

"我知道，我们这就去办。"小护士赶紧挂了电话。

苏宁安从未见过林顾白的面色如此阴沉，于是小心翼翼地问："怎么了？"

林顾白长吁了一口气，缓和了一下情绪，才看向她，尽量放缓了语气说："你妈带着你弟擅自离院了。"

苏宁安心里咯噔一下，愣了半天没回过神来。她这个亲妈还真是没什么事是干不出来的。

"我现在担心的根本不是医药费，那些医药费哪怕我给她付了也没关系，可是孩子的身体才是最重要的。"林顾白紧蹙着眉头担忧道，"我真担心护理不当会引发其他问题，到时候真的后悔都来不及了。你妈还真是够胡闹的！"

"她不是我妈！"苏宁安回过神来，冷声道，"该怎么处理就怎么处理，和我没什么关系。"

林顾白能理解苏宁安的心情，忍了忍，还是没有把昨天和李爱红的谈话告诉苏宁安。如果她知道她这个母亲一早就做好了讹诈的准备才来找他的，不知道她会做出怎样的反应。

他只沉默着把车子掉了个方向，驶向医院。李爱红能找准大年初一早上查房之后这个时间点逃院，看来必定有高人指点。

夜晚，住院部门禁严格，谁也出不去。而大年初一，是一年中值班人员最少而且警惕性也最松懈的时候。这个时候查房刚结束，探视的人刚被放进去，来来往往的人员较多，是最容易逃院的。如此一来，可见她从一开始住院，就已经想好了在这一天逃院。

也许是想赌一赌自己女儿在他这个科室主任心里的分量吧，否则她也不可能来纪念医院一试身手，在明明知道私立医院比公立医院费用要高的前提下，还非要到这里来医治。

真是个挖空了心思努力消费自己女儿的"好"母亲。

刚过了两个路口，值班护士和保卫科的电话陆续打过来，证实李爱红确实逃院了。而且，当初入院登记的住址，确实是假的，电话也打不通了。

苏宁安听完，沉默了两秒，最后说："我知道她家在哪里。就算她带着牛牛去了别的医院，家里也会有人的。"

林顾白怔了怔，转头看向她，她却只留了个悲伤的侧脸给他。

他心里有些不安，伸出手去握苏宁安的手："这件事情和你没关系，你别自责。每年医院都会发生类似这样的事件，每天都有概率发生。"

苏宁安听了他的话并没有好受些，反而眼皮一动，两行清泪无声落下。她不敢回头看他。从没有任何一个时候像现在这样，让她觉得自己根本配不上他。

林顾白一路开着车，不敢分心，开启导航，按照苏宁安说的地址开了过去。他真的太担心牛牛的身体了，这种事一刻也不能耽搁。

李爱红的家在一个普通的老小区。因为正值春节，到处都停满了车。林顾白找不到停车位，便在稍微远一些的商场停车位将车停了下来。直到下车，他才发现苏宁安眼圈泛红，鼻子也红红的。

意识到她可能偷偷地哭了，他心里一疼，伸手把她揽在怀里，轻轻抚了抚她的背，一个轻柔的吻印在她的额头："傻妞，别瞎想。这不是什么大事，我只是因为担心孩子身体才着急了些。"

苏宁安沉默不语，推开了些他的身体，率先转过头，闷声道："走吧。"

林顾白只好压下心底的千言万语，五味杂陈地跟在她的身后，走向小区深处。

最后，他们在一扇贴满了小广告的防盗门前停住，苏宁安抬手敲敲门。

很快，门内传来李爱红的声音："谁呀？"说着话的同时，她打开了门。

一见到门口站着的两个人，李爱红脸上的喜色瞬间僵住，一脸紧张，下意识地想要关门。

林顾白眼疾手快，单手撑住了门，一脸严肃地看着李爱红："李女士，您知道牛牛现在根本不能出院吗？您考虑过孩子的身体吗？"

李爱红费力地推了两下门，没推动，便索性撕破脸，冷笑道："别以为这样就能唬住了我。你们医院的问题大着呢，我们下午就入住别的医院，你们就等着接诉讼状吧。"

林顾白淡然一笑："李女士，首先您得清楚一件事，按照医疗界的默认行规，您孩子这种情况，与我们同级别的正规医院是不会轻易接收的。而如果您选择了不正规的医疗机构，您将付出难以估计的隐性高昂费用和潜在的护理风险。这些，希望您能考虑清楚再做决定。只要您赶紧把孩子再送回医院，我们医护工作者肯定不计前嫌，全力继续为您服务。"

李爱红却满不在乎地继续冷笑："别以为随便说两句就能忽悠我。我现在脑子清醒了，你就等着吃官司吧。"

林顾白却仍旧一脸淡定，云淡风轻地说道："这也是那个律师教您的吧？"

李爱红矢口否认："你少胡说八道，我不会再被你洗脑了，我要维护我的正当权益！"

"那行，既然您把话说到这个份儿上，我们就法庭上见吧。"说着，他从兜里掏出一支录音笔，"从昨天到刚才，我们的所有谈话我都全程记录下来了。我相信法官会明辨是非，知道您因为什么要做这些事。"

· 李爱红脸色立刻变了，瞪着眼睛扑上来就要来抢林顾白的录音笔，怎奈手臂太短，根本够不到。

她瞬间恼羞成怒，破口大骂，说林顾白故意挖坑让她跳。言辞之污秽，行为之泼妇，简直让人不堪忍受。

苏宁安已经从两人的对话里听出了些端倪，对李爱红失望透顶。她一把将林顾白拉到自己身后，挺胸挡在李爱红前面，皱眉痛心道："你真就不能给弟弟积点德吗？"

李爱红当然知道，没有苏宁安，林顾白肯定不会这么快就找到她家的实际住址。方才她就窝着一肚子火，只是没顾得上教训苏宁安。如今她突然自告奋勇地挡在前面，李爱红新仇旧恨一道算，扬手就要打苏宁安一巴掌。

怎奈巴掌还没到苏宁安脸上，手腕就已经被林顾白铁力箍住。

李爱红挣扎了两下，那只手却纹丝不动。她武的不行，便来文的，对着苏宁安便是一连串的咒骂："吃里爬外的东西，早知道你是个这么没良心的，我就该在你一生下来就把你掐死！你等着，我俩的事还没完，等打完这个官司，我一定会让王律师为我讨回公道，让你该付多少赡养费就得付多少赡养费，否则我让你身败名裂！"

"一个月五万吗？"林顾白冷笑，"行啊，让你的王律师来找我们，我们等着。"

苏宁安一愣，抬头看林顾白："你知道这事？"

林顾白眸子闪了闪，点点头："回头我会和你细说。"

李爱红见情况越发复杂，想起王律师交代的让她尽量少说话，言多必失，便索性停止了咒骂，瞪了一眼林顾白："放开我！你再不放手，我就加一条，告你殴打病人家属！"

林顾白无语地摇摇头，松手。

"李女士，您已经明确告知不想让孩子回到本院，我们也已经录音，具有法律效力。我们医院有权主张追讨医药费的权利，法务部会联系您。对了，友情提醒您一下，今天我们就会启动追讨程序，从现在起，全市所有正规医院都将拒收你们，因为你们的信用已经失效，整个医疗系统都是联网的。"说完，林顾白牵住了苏宁安手，头也不回地转身下了楼。

李爱红傻眼了。她没想到会变成这样，一下子便失了神。

她六神无主地跑到里屋拿起电话打给王天明，语无伦次地把刚才的一切讲了一遍。

王天明听了之后直接就开骂："愚蠢！我之前就说过避免和他们正面接触，你却让他们全给你录了音，这下就将全处于下风了。"

李爱红急道："王律师，那您说怎么办呢？孩子要是进不了医院怎么办呢？"

王天明道："不着急，下午去的医院是我朋友开的，绝对靠谱。你提我名字就行。"

李爱红心里忐忑："那里正规吗？"

王天明冷笑了声："你还想进人民医院呀？人民医院能给你做出林顾白手术有问题的鉴定来吗？这不都得我朋友帮忙吗？"

"哦。"李爱红这才缓过神来，"那我听您的。"

王天明这才热情地又笑了声："你放心，我们是合作关系，讲究的就是双赢。就算医院这边赢面不大，但至少能给你女儿心理压力，让她愿意息事宁人，毕竟他们儿科之前刚出了事，经不起舆论的折腾。为了林顾白好，你女儿一定会在赡养费上妥协，那可是大头。所以你一定要咬定不放松，才能笑到最后。"

听到这里，李爱红总算吃了颗定心丸。要说还是当律师的人聪明呢，什么时候都能分析得头头是道，于是她立刻赔着笑脸连连点头："是是是，您受累了。"

【2】

林顾白回医院去处理李爱红的事情，苏宁安执意半道下车，说自己打车回家。

看着林顾白一脸不放心的样子，苏宁安只好亲了亲他的脸颊，笑了笑："没事了，你放心吧。回去好好处理，千万不能做出任何让步。"

林顾白点点头，只好把她放下，看她上了一辆出租车，才发动车子赶往医院。

苏宁安这个时候当然不可能回家，她直接打了电话给韩瑞阳，告诉他李爱红找了律师打算反咬一口的事。

韩瑞阳简直被苏宁安这奇葩亲妈给逗笑了，让苏宁安找了个咖啡厅坐下，他随后就叫律师过来商议对策。

苏宁安忐忑不安地坐在咖啡厅，心里盘算的不是自己的问题，而是林顾白的问题。医患纠纷向来敏感，前不久刚经历一次，现在又来一次，不管真相如何，最终受到影响的都会是林顾白和他的科室，这该如何是好？

尽管林顾白一再劝慰她，说这和她无关，但她心里却明白，一切都因自己而起。如果不是因为自己和林顾白的关系，他本可以避开这次事件的。

······

苏宁安心乱如麻，简单地说了下前因后果，律师就抓到了问题的症结："韩总，这件事的症结不在于赡养费本身，而是在于她可能会利用社会舆论给苏小姐造成压力。所以，根本的解决方法，还是得见一见对方的律师，谈一谈条件。否则，一旦闹起来，损失最大的是苏小姐。苏小姐的剧这几天就要开播，负面新闻是大忌。"

韩瑞阳斜斜倚在沙发上，眯着眼盯着律师："这个我也知道，所以，你觉得就算她要求一个月给五万，我也得答应？"

律师笑着摆了摆手："当然不是。我想先摸摸对方这个代理律师的老底。基本上，一般律师是不会跟韩氏对着干的，我相信这件事，必然有些蹊跷。"

韩瑞阳勾唇笑了笑，看向苏宁安，耸耸肩："听到了？"

苏宁安没想到事情还会有转折，有些发愣。

律师也看向苏宁安："那就得苏小姐帮忙，让我和医院的法务部对接一下。一个敢打医疗关系的律师，一定有一定的医疗背景。我和他们互通有无，才能事半功倍。"

这个年，注定过得鸡飞狗跳。两个律师团队紧急对接，不消片刻，苏宁安便弄清楚了王天明的背景。

原来，纪念医院早就有所准备，凭借监控录像，已有人认出了王天明。

王天明原本也应该是个医生，毕业于医科大学，巧的是，和汪漪一样，都是遗传学专业的。后来不知怎的，硕士毕业之后没当医生，反而转读法律，成了一名专打医疗纠纷官司的律师。

苏宁安注意到他的履历，发现他和汪漪师出同门，两人从本科到研究生一直都是同学。这个认知，让苏宁安本能地警觉起来。这件事，难道和汪漪有些关系？

她心里有了某个大胆的猜测，只是，这猜测太过敏感，她没敢和律师团队说，而是决定打电话给林顾白。

　　他是她唯一的家人，她百分百地确认林顾白和汪漪已经是过去式。既然如此，他们就应该并肩作战，渡过这次危机。

　　这是她等待了八年才终于等来的幸福，也是这一生唯一一次获得幸福的机会，所以，无论如何，她都要积极守护，方不会后悔一生。现在并不是要小孩子脾气的时候。

　　而林顾白，彼时正在办公室里想着同一个问题。

　　这个王天明，与他将近十年没见过面了，他都快彻底忘记这个人了，以至于看到监控时，根本没认出来。

　　直到法务部把王天明的履历打印出来，放在他的面前，他才敢相信，原来这个发福的中年男子，就是当年那个王天明。

　　王天明是汪漪的前男友之一。当初汪漪就是抛弃了王天明，和他在一起的。

　　如果事情只是这样简单，林顾白想，王天明应该也不会恨到现在吧。当时的情况，确实有点复杂，也是他后来听其他同学说起，才知道的。

　　王天明读本科阶段一直都在追汪漪，尽管汪漪和他的关系忽远忽近，他也毫不在意，因此同学们当中就有了王天明看中汪漪家庭背景的传言。

　　这些传言当时似乎并没有对王天明造成什么影响，但对汪漪影响却很大。她开始不断地对王天明恶语相向，不顾场合，丝毫不给他一点面子，就希望他能彻底放手。但王天明却一直很坚持，甚至还和她一起报了同一个方向的研究生。

　　这种暧昧的关系，在汪漪和林顾白确定关系之后才算告终。听说当时汪漪明确地告诉王天明，如果他再坚持纠缠，她一定会让他在毕业分配工作时后悔。

没有任何一个威胁比这个更让王天明忌惮，所以，王天明终于放弃了汪漪，。但同时，他也放弃了医学这条路，而是选择当一个专门和医院对着干的律师。

林顾白直到此时，方才有点体会到王天明当时的愤恨。当他放弃了攻读多年的医学，便是彻底告别了一种人生。如果不是体会到某种特别大的痛苦，一般人不会做出这种选择。

他不能排除这次王天明有种报复心理存在。毕竟，在王天明的心里，是林顾白让他一败涂地，彻底改变了一生。

真是何其冤枉。

林顾白心里很乱，手指重重地摁压着太阳穴，有点没有头绪。

他当然不怕医疗方面的纠纷，他担心的是苏宁安。她一直心怀内疚，如今她的前途和名声问题才是他难以控制的局面，也是他最为忌惮的不敢和王天明博弈的关键所在。

正闭眼沉思，电话突然响了起来。

是老妈。

他盯着来电显示足足有十几秒，却第一次有点不敢接电话。

李爱红的事请已经在医院走正规程序，相关部门都已经知道了，老妈肯定是为了这事儿而来。

他不知道老妈会说些什么。

但他到底不是个会逃避的人，在电话即将自动挂断之际，他才接了起来："妈。"

宋黎的声音果然带着怒气，她不等林顾白多说，便劈头盖脸地先表达了自己的观点。

"无父无母，或者家里很穷，我都可以接受。但如果是流氓父母，对不起，我不能接受！这是个无底洞，林顾白，你最好给我清醒一点，别拉着整个医院为你的爱情陪葬！"

林顾白单手摁压着跳动的眉心，尽量控制住自己的情绪："妈，这事真的和苏宁安没关系。"

"李爱红不是她亲妈？"宋黎冷笑，"林顾白，我已经不期望你娶的女人可以对你有所帮助，但至少她不至于拖你的后腿！我希望你借此机会好好清醒清醒，拿出你的智商来！"

宋黎说完自己想说的，便挂断了电话。

林顾白重重地叹口气，把快没电的手机找了充电器插上，然后起身去法务部。好好的一个年，医院的骨干们都被临时拉回来加班加点，他心里也非常过意不去。

一推开法务部的门，他便惊讶地发现，汪漪居然也在。

"你怎么来了？"林顾白怔了怔。

汪漪站起来，一脸歉意地看着林顾白："对不起，我不知道是王天明。"

林顾白看了眼法务部张主任："是你请汪漪过来的？"

张主任笑笑，无奈地道："没办法啊，正本溯源，才能找到问题的症结。"说着，他拿出一沓资料递给林顾白，"这是FAN娱乐的律师顾问团拿到的王天明的一些通过伪造医疗鉴定帮助患者敲诈医院的记录。在律师这行，王天明可以说已经算是'流氓律师'中的一员了。所以，这次他们主动提起诉讼的可能性并不大，可能还是敲诈勒索为主。"

林顾白翻了翻资料，有些遗憾。当初那么优秀的一个学生，如今变成这样的形象，确实让人痛心。

"FAN娱乐的律师团队实力比咱们强太多，他们已经去找王天明主动沟通。不过，他们要维护的是苏小姐的利益，所以咱们这边也不能掉以轻心，毕竟上次那个患儿死亡事件刚过去没多久，我们不能再让舆论影响到医院。"张主任说。

林顾白点点头："以我的猜测，王天明应该会用同样的方式去做鉴定，来作为要挟我们的筹码。只是不知道他去哪里做鉴定……"

"我可能知道……"汪漪突然开口，目光很肯定地看向林顾白，"敢帮他做这个事情的人不多，根据资料，很可能就是经常和他有联系的一家三流私立医院。我让卫生厅的人直接到这家医院去警告，他们肯定不敢再造次。"

张主任连连点头："是的。我也是这个意思，所以才请汪博士不管怎样都要来一趟。"

林顾白也只好点点头。除此之外，他也想不出更好的办法能让影响降到最低。

"谢谢你，汪漪。"林顾白放下资料，看着汪漪，"麻烦卫生厅的工作人员提醒他们一定要注意患儿的护理，如果实在不行，还是赶紧转回我们医院来。"

张主任一听就急了："林主任，这可不行。这种患者我们绝对不能再碰，特别是别人经手过的。"

林顾白平静地看着他："不然怎么办呢？全市的正规医院都不会再收这孩子，难道就眼睁睁看着孩子自生自灭吗？"

张主任看了看汪漪，不敢再吭声。

谁料汪漪也点点头："是啊，医者仁心，生命高于一切，我同意林主任的说法。"

张主任无话可说，只能点点头。这两个人他一个都得罪不起，再多说话倒显得他没有仁心了。不过这事儿，最终还是得取决于院长，他得及时把此事进展汇报给宋院长才行。

林顾白放下资料，转身向外走。汪漪从背后及时叫住他，笑道："怎么，林主任，我大初一的赶过来帮你搞定这么大的事，就不请我喝杯咖啡吗？"

林顾白身形微怔，停了一秒，转过身来，温和地笑："应该的，走吧。"

这个时候的医院，是一年中最清静的时候。休闲区的咖啡厅还好仍在正常营业，林顾白点了两杯咖啡和一块提拉米苏。

汪漪看着眼前这一切，抬眼有些落寞地笑了笑："难为你还记得我喜欢吃什么。"

林顾白淡淡笑了笑，没吭声。

两人如此相对，仍有点无话可说。

汪漪沉默了一阵，吃完了一块提拉米苏，才轻声开口道："到现在，你还觉得苏宁安是最适合你的吗？"

林顾白笑笑，对上她带着些期待的目光，残忍地抛出三个字："我爱她。"

汪漪满不在乎地吐了口气，背靠在沙发椅上，眉眼带笑："可是我放不下你，我还是觉得我和你是最合适的。就像今天这件事，除了我，没有人可以帮你，往后也是。只要你让我在你身边，我永远都会这么帮你。相信我，无论是科研方面还是医院，只有我会无条件地帮助你，而绝不会拖你后腿。"

林顾白脸上的神色仍然没有任何变化，语调波澜不兴地只用一句话回应她的深情："对不起，可是我心里只有她。"

汪漪不理解："不管她给你招惹来多少麻烦，你都不在乎？"

林顾白勾了勾唇："好像是这样。不过话又说回来，谁又能保证一辈子不给别人招惹麻烦呢？如果不是你当初把王天明逼急了，你觉得他今天会来报复我吗？"

汪漪一愣，微微蹙眉："所以，你觉得这次其实是我给你惹来的麻烦？"

林顾白耸耸肩，似笑非笑："不然呢？李爱红明显是被王天明蛊惑才做出这一切的。要不然，你以为她能想出这么一箭双雕的好办法同时针对我和苏宁安？"

"所以，你认为是王天明为了报复你才顺道利用了苏宁安？"汪漪这才真的怔住。

林顾白淡笑："要不然你以为呢？王天明专注的可一直都是医疗纠纷，从来不涉及民事纠纷的。"

汪漪怔了半晌，最后才迟疑地看向林顾白，神色有些凄然：
"所以，你认定是我给你惹了麻烦？"

林顾白摇了摇头："别这么想。这都是猜测，真相只有王天明才知道。"

"我去找他！"汪漪霍然起身。

林顾白却及时拉住了她的胳膊："坐下。"

他大部分时候都是温和的，就连发起命令来，声调都不会太犀利，但却带着让人无法抗拒的力道。

汪漪不解地看向他："你为什么要拦着我？"

林顾白叹气："就事论事就好，别去指责他。他因为你而放弃了攻读多年的医学，已经是难以对外人道的痛苦，你这时候确实没有立场再去指责他。当年，你对他……确实残忍了些。"

"可是他真的很烦人啊！"汪漪绝不承认这一点。

"他只不过是太爱你罢了。"林顾白叹息，"因为太爱，所以无法放手。其实……换位思考，你该理解的，不是吗？"

汪漪不耐烦地还想再反驳些什么，可话到嘴边，她却突然变了脸色。她好像听懂林顾白在说什么了。

王天明当初的纠缠和偏执，与她此刻简直就是如出一辙！

唯一不同的是，面对王天明的执着，她选择的是践踏他的尊严，毫不留情地威逼利诱，直到他遍体鳞伤地离开，甚至放弃了刻苦那么多年的专业。

而林顾白对她，却显然仁慈了许多。

纵然冷淡，纵然逃避，却仍旧保持着最后一丝耐心和礼貌。

正是这点仁慈和耐心，让她误以为自己还有机会，一次次地纠缠不清。

其实，说到底，她和当初的王天明又有什么分别呢？

不过是死皮赖脸地强求一份不再属于自己的感情罢了。

样子同样可怜，而又可笑、可悲。

真的该放手了，她想。

其实，这些道理，父亲已经说过无数遍，只是她自己不甘心罢了。如今，突然有一面活生生的镜子竖在自己面前，她才终于发现，自己的言行举止有多么幼稚多么丑陋。

的确……该放手了。

苏宁安连续打了林顾白几次电话都没有接通，心底的不安被放到最大。

她知道，这次是她给他添了天大的麻烦，他现在一定焦头烂额，怕是也没心情接她的电话了吧？

她有些难过地抱腿窝在沙发上，心仿佛被一双带刺的手狠狠揉搓着，痛得让人喘不过气。

她不怕自己会怎样，她担心的只是他。他那么好的一个人，那么完美的一个人，肯定不能让他在自己的专业领域受到质疑。他的梦想还没开始呢，这个时候千万不能出事，绝对不行！

她狠狠地揉了下眼睛，擦掉汹涌而出的眼泪。

这个时候，哭又有什么用呢，她难过地想。如果早知道在赡养费上留有这么多的后遗症，她就应该做得更妥帖完善一点才对，不至于让李爱红为了钱设计了这么大一个坑给林顾白。

说到底，还是她的错啊……

这二十四个小时，她感觉自己像是做了一场梦，从天堂到地狱，如此不真实。

本以为终于获得宋黎的接纳，幸福就在眼前，可到底还是被她亲手给毁掉了。

……

窗外，依旧弥漫着节日的欢乐气氛，凛冽的空气中夹杂着爆竹的特殊味道。可此刻，她的心，却仿佛陷入一个冰窟，寒冷而绝望。

她想，也许她从一开始就做错了。一个满身疮痍的自己，又怎么能配得上那么好的一个人呢？如果她连自己都没有修复好，她又有什么资格拉着林顾白一起下水，面对她身后的这一切的不堪入目呢？

　　她到底是害了他。

　　苏宁安终于下定了决心，打了个电话给韩瑞阳，告诉他，自己可以答应李爱红的一切要求，只要她放弃抹黑林顾白。

　　韩瑞阳正在陪韩家老爷子下棋，听到这话立刻就坐不住了，径自走到花园，皱眉质问："你怎么了？受什么刺激了？"

　　苏宁安咬着唇，倔强地握着手机："没什么，就是觉得林顾白很冤枉，归根到底是我家事没有处理好，才害了他。"

　　韩瑞阳真想敲敲她脑门看看她到底在想什么："你以为对付这种人退一步就海阔天空了？错！这种人只会得寸进尺！人的贪欲永远无法满足，你真是太嫩了！"

　　"我知道，"苏宁安小声说，"但不管怎样，现在这个节骨眼上，我想先稳住我妈。"

　　韩瑞阳无奈，他知道，苏宁安满心满眼的就只有那个医生，别人说什么这次估计都无济于事了。

　　最后，他只好想出一个办法："这样好了，你发个微博，表示你要出国游学，暂时退出演艺圈，我让凌淼跟进炒作一下。这样一来，一则可以给你的新戏炒炒热度，二则也让李爱红断了念想。她不是主张根据你的实际收入来付赡养费吗，可以！你现在失业了，以前的工作收入全部用来赔偿接下来通告的违约金都还不够，你现在入不敷出，负债累累，非但给不出钱，我还得去找李爱红追讨，让她帮你付！谁让她是你亲爱的妈妈呢？我倒要看看她和她的律师准备怎么办。这一招，就叫以退为进，破釜沉舟！"

　　苏宁安完全没想到韩瑞阳能想出这么一招，愣了愣："可实际产生的违约金怎么办？公司真要付吗？"

"傻瓜！"韩瑞阳一脸鄙视，"你当自己是什么咖位呢？我换个一线二线明星给别人，别人不得高兴死了？还要什么违约金？"

苏宁安哑然。这只老狐狸，真是越来越奸诈了！

"如果李爱红还想胡搅蛮缠的话，我就可以掌握主动权，首先爆她的料，让她连工作都保不住，门都出不了。跟我韩爷斗，嫩了！"韩瑞阳有点嘚瑟。

苏宁安相信，韩瑞阳绝对说到做到。之前不过是忌惮这件事影响苏宁安的星途，现在她都退出娱乐圈避风头了，李爱红的筹码就没了，韩瑞阳确实可以大开杀戒。

"谢谢你，韩瑞阳……"苏宁安终于觉得心里的大石头松动了些，深吸了一口气，声音带着哽咽。

韩瑞阳却痞里痞气地轻笑了声："谢早了。你以为我做慈善呢？苏宁安，你给我听好了，我暂时送你去美国避避风头，可不是无偿的。别忘了，咱们签的合约可是十年呢，你真当我就这么轻易放了你啊？到美国之后我会给你安排一些表演课，你一定要给我好好用功啊。"

苏宁安失笑。这人，连帮个人都这么傲娇，也是够了。

【3】

李爱红完全没想到事情会发展成如今这个样子，她非但讨不到钱，反而还收到了FAN娱乐寄来的律师信，要求她来赔偿苏宁安的一百多万违约金！

对方律师言之凿凿，表示如果不是李爱红逼人太甚，苏宁安也不会被迫退出娱乐圈，远走美国。现在苏宁安已经离境了，既然李爱红承认两人还存在母女关系，那就只好让她来赔钱了。

李爱红这下真的是欲哭无泪了。她拼命地打王天明的电话，谁料却再也打不通了。

　　她不知道，王天明此时也已经自身难保。

　　王天明要是早知道韩瑞阳会为了一个八十八线小明星这么大开杀戒，当初他怎么也不蹚这浑水。

　　现在韩瑞阳不知道从哪里找了一堆的证据，正联合市内所有医院向律师协会要求撤销王天明的律师证，这让王天明真的感受到了前所未有的威胁。

　　现在，在卫生系统和律师界的双重压力下，他只能选择蛰伏。

　　他承认，当初确实有些报复林顾白的意思，也想通过敲诈名人赚一笔钱。本以为板上钉钉的事，没想到却栽了这么大一个跟头。他是真没想到那样性格的汪漪会为林顾白出手，更没想到韩瑞阳会为苏宁安做到这种地步。

　　他决定放弃李爱红，而李爱红此时也已经陷入了前所未有的窘境。

　　那个小医院在接到卫生厅的警告之后，便直接拒绝再见王天明，非但不帮助他做什么鉴定，还要求把病人逐出医院。

　　李爱红信不过林顾白，问了这边医生的意思，才知道牛牛现在根本不是王天明口中那么轻描淡写的情况，还是必须得去大医院好好做术后护理。

　　然而，果然如林顾白所说，跑遍了全市所有的医院，没有一家医院接收牛牛。

　　直到此时，她才真的后悔莫及。

　　牛牛当晚在家，发了高烧。李爱红知道大势已去，此刻面对生死关口的儿子，便什么都不再想了，只好硬着头皮再把儿子送回纪念医院。虽然接收的护士冷嘲热讽，但是她也只好受了。他们肯接收，就代表林顾白已经不计前嫌，这个时候，她还有什么资格计较态度问题？

经过这次事情，她算是彻底明白了一个道理。外人的蛊惑千万不能信，到最后吃亏的永远都是自己。

春去秋来，时间缓缓流逝。

林顾白看着桌面上一页页翻过去的日历，第一次发现日子居然可以过得这么漫长。

苏宁安已经走了半年多了。

这半年，日子寡淡得让人有些撑不下去。

无数次，他想收拾行李去美国看看她，但总是被她拒绝，让他有时间自己多注意休息。

现在，他同时兼顾着课题项目和医院，忙得确实分身乏术。有时候，林顾白真的很不喜欢她一切以他为中心的善解人意。他真想告诉她，没有她的日子，才是他觉得最痛苦的日子。

好在，半年总算快过去了。她很快就要回来了。

韩瑞阳也是个能力极强的，春节期间就找到S大的校长，要求把苏宁安送到S大在美国的合作院校交流半年。虽然S大历史上还没有过学生在大四下学期出国交流的先例，但韩瑞阳还是办妥了一切，非但没有影响她毕业，连毕业证都是韩瑞阳代领的。

当然韩瑞阳也不会白白做雷锋，苏宁安之所以延迟了三个月才回国，是因为韩瑞阳额外安排了一些表演课给她，作为她这趟去美国的作业。

李爱红乖乖地交了医疗费，也签字画押承诺不再找苏宁安的麻烦。而宋黎，经过这次有惊无险之后，曾经一度以为自己儿子真的失恋了。看他渐渐消瘦的脸，实在忍不下去，最后主动求和，表示自己对苏宁安本人并无成见，当时只不过是实在气急了。如果他真的还喜欢苏宁安，那就不妨把苏宁安追回来，她不再干涉。

一切都在往好的方向发展，但最重要的那个人，却不在身边。

林顾白拿起笔，对着8月30号的方格再次狠狠地圈了两笔。

那个方格已经被黑色的签字笔画得面目全非，连台历纸都要被戳出了一个洞。

这是她的归期，他等了两百多天的日子。

随着日子越靠近，林顾白就越有些坐不住，心跳总是莫名加速。不知道多少年没有过这种毛头小伙子般的冲动了，他总是有些怀疑自己是不是越活越幼稚了。

为了防止自己胡思乱想，林顾白尽可能给自己多排了一些手术。尽管现在儿科已经羽翼渐丰，不再万事靠他，他完全可以投入更多的精力到自己项目中去，但他却一直担心，万一苏宁安突然回来了呢？万一她孩子气一来，提早回到医院却找不到他呢？她会不会很失望呢？

为了避免出现这种失望，林顾白整个八月下旬几乎都扑在了儿科住院部。直到某日，他做完手术回到办公室，刚一推开门，便觉得似乎哪里不对劲。

办公桌似乎被整理过，桌上还有一杯刚泡好的绿茶，最关键的是，好像隐约还闻到了一点浓郁的鸡汤味。

是幻觉吗？

林顾白心跳骤然加快，下意识地四处看了看。

老实说，他的办公室确实也没有什么可以躲藏人的地方，除非，是办公桌底下。

他轻笑了下，这小丫头，难保不会做出些鬼马精灵的举动来，快走了两步，还没走到办公桌，突觉身后刮来一阵风。

他倏然止步，配合地稍微矮了下身子，任由身后的姑娘伸手捂住了他的双眼。

"猜猜我是谁呀？"姑娘瓮声瓮气地粗着嗓子问。

林顾白嘴角含笑，配合地伸手碰了碰她细嫩的指尖，故作疑惑："余医生？"

姑娘果然一秒炸毛，张嘴在他耳朵狠狠一咬，气哼哼："余医生是谁？"

林顾白反手一捞，温香软玉满怀。

他双手紧紧箍住她纤细的腰肢，心里虽然难耐得要命，面上却依然一派淡定地回答她的问题："余医生是喜欢穿白色连衣裙的大美女。唉，好可惜，怎么会是你？"

苏宁安小脸气鼓鼓的："林顾白！"

林顾白实在装不下去，也怕戏演过了作茧自缚，双手猛地一收，两人贴了个严丝合缝。太久没有这样的亲密接触，也极少见到他如此霸道急切的一面，紧贴着他异常灼热的胸膛，苏宁安瞬间羞红了脸，低头不敢看他。

他嘴角笑意加深，缓缓低下头去，在她耳畔喃喃低语："怎么，不记得余年年医生了吗？"

苏宁安一愣，僵硬的脑袋似乎这才反应过来。原来他口中的这个余医生，指的是她饰演的九尾猫那个角色的名字。

"我可是觉得余年年医生是世上最漂亮的女人，怎么，你不同意吗？"他低笑着蹭着她的耳垂，温热的呼吸若有似无地撩拨着她每一寸敏感的神经。

她只觉得脑袋又开始晕晕乎乎的，脚下都有些站不住。

而他却意犹未尽，仍旧撩拨着她："你不在的这些日子，我就全靠余年年陪着了。余年年可是会替爱人实现愿望的九尾灵猫，那么请问，苏小姐，你有为你男人实现愿望的本事吗？"

苏宁安伸出双手，一边一只地揪住他的耳朵，眼睛弯弯："我也有啊。不过，你的愿望是什么呢？"

林顾白眯眼："什么都可以实现吗？"

苏宁安哼哼："说说看。"

"亲一下，可以吗？"

苏宁安二话不说，嘟唇主动印上，旋即闪开，笑眯眯的样子：

"还有吗？"

林顾白眸色渐渐变得幽深漆黑。

"不太够啊。"

苏宁安笑出了声，双手一钩他的脖颈，双脚踮起，再一次，结结实实地吻上了他的唇。

重逢的温情瞬间变得火热，乃至燎原。

在两人记忆中，似乎还从未有过如此怎么都舍不得放开的纠缠。可是，好像，不够。

怎么都不够。

然而这到底是办公室，他身为科室主任总不能太过火。

好不容易逼着自己放开了些她，但一见到她惺忪迷醉的眼，便又有些把持不住。

"走。"林顾白牵起她的手就打算往外走。

"去哪儿啊？"她软软糯糯地问，羞得不敢抬头。

"回家。"他回答得顺理成章。

"……"苏宁安红着脸咬了咬唇。

"拿证件，登记去。"他补充了句。

她微愣："什么？"

他垂首看她："安安，许我一辈子，好吗？我一刻都不想再等了，现在还来得及，我们今天就去领证好吗？"

"……"她突觉眼底一阵温热，这意外的一句话，已然让她顷刻溃不成军。

"怎么了？"他见她眼圈一红，眸光水润，不由得心疼。

她回过神来，没话找话："那什么……鸡汤……鸡汤……"

林顾白真佩服这个时候她还记得这些有的没的，转身把杯子里的茶水一饮而尽，又拎起被她藏在茶几底下的鸡汤，再度牵起她的手："走了。"

她猛地抱住他的腰身，让他险些猝不及防。他想说些什么，她却在他胸口软软地说："别动，也别说话。"

他只好保持着一手拎着鸡汤，一手搭在她肩头的动作。

两人保持这个动作不知道过了多久，才听小姑娘带着哽咽的声音从他的胸口传来。

她说——

"林顾白，我好想你，想得简直快要死了。我等不到原本定好的日期，就提前回来了。

"发生那些事的时候，我曾想过最坏的结果，我以为我们也许只能这样了，可还好，你还是我的，我也还是你的。

"我现在回来了。回来了，就再也不走了。我们这辈子都不要再分开这么久了好不好？

"我许你一辈子，你也要许我一辈子。

"不，一辈子不够，还有下辈子，下下辈子，下下下辈子，我们都要提前预约了。

"……

"林顾白，我爱你。"

——完——

而你轻藏心底

我们秉承万物皆可撩的宗旨，
为迷茫的少女们指引方向，带着满分诚意等你常驻！

文艺少女
话题馆

【扫一扫，马上开撩】

在这里有逗比可爱的话题馆馆长鱼跳跳每天不定时在线陪聊！
（真的不是机器人哦）

在这里还有各种或甜或虐或蠢萌搞笑的戳心话题跟你分享！
（大都是黄金狗粮啦）

在这里只要你参与话题并上了微信头条就有机会领取福利！
（啊，就是这么任性）

在这里你还可以遇见心中的男神／女神，开撩八卦，游戏互动！
（嘻，反正随时有惊喜）

在这里还有最全最新的大鱼书单，最独家的作者专访、最前沿的扒剧扒书，
良心安利，内容有保障，总有一款是你的菜！

如果你觉得还挺有趣儿，不妨找我聊个二十块的 \(^o^)/